花在林中
月在心

周　勇／著

浙江工商大學出版社 ZHEJIANG GONGSHANG UNIVERSITY PRESS | 杭州

图书在版编目(CIP)数据

花在杯中月在心 / 周勇著. —杭州:浙江工商大学出版社,2023.1

ISBN 978-7-5178-5231-5

Ⅰ. ①花… Ⅱ. ①周… Ⅲ. ①散文集—中国—当代 Ⅳ. ①I267

中国版本图书馆 CIP 数据核字(2022)第239844号

花在杯中月在心

HUA ZAI BEI ZHONG YUE ZAI XIN

周 勇 著

责任编辑 厉 勇

责任校对 张春琴

封面设计 望宸文化

责任印制 包建辉

出版发行 浙江工商大学出版社

(杭州市教工路198号 邮政编码310012)

(E-mail:zjgsupress@163.com)

(网址:http://www.zjgsupress.com)

电话:0571-88904980,88831806(传真)

排 版 杭州朝曦图文设计有限公司

印 刷 杭州高腾印务有限公司

开 本 710 mm×1000 mm 1/16

印 张 22.5

字 数 276千

版 印 次 2023年1月第1版 2023年1月第1次印刷

书 号 ISBN 978-7-5178-5231-5

定 价 68.00元

自序
时光背后的泅游

从2021年夏天开始，我尝试着坚持写文抒怀。但该年上半年几乎耗在了公司建筑类证书的考试里。为了生活的无奈，走南闯北的不定，种种感慨在心里交织、荡涤。虽心不静，但书写的习惯已然成为最重要的选项，因此决定静下来，好好写作。

我向《钱江晚报》《浙江工人日报》《团结报》等纸媒和网络平台投稿，陆续发表了一些，在编辑的鼓励下坚持写作。《钱江晚报》陈骥编辑让我写专题，于是"宋韵"系列一篇篇发在小时新闻平台上；《浙江工人日报》编辑郭老师要求我理文脉，于是，重情重义的亲情散文登在《浙江工人日报》上。对于写作者来讲，发表是鼓舞人心的。当然，发表不是最终目的，真正的书写是心灵起舞。

我用近一年的时间来记录心灵，自从这些佳作被发表，我就尝试着利用头条、小时新闻等写作平台来完成共享。因而，文章也就有了大量读者。比如，《可可托海的牧羊人》在小时新闻上有4万左右的阅读量，《纸上的春天》在头条上有1.1万阅读量。由于编辑的支持，平台的关注，读者的鼓励，再加上个人的坚持，遂有这本书的面世。

在书中，我告诉读者，对地域文化的关注是一个重要的写作区块。写作，应该多关注丰富多元的文化生活。如今，对宋韵文化的探讨是浙江文化源流的一部分。文化不可怕，没文化才是让人担心的。我试图从个人视角来理解和思考宋文化，旨在探讨一个民族在历史舞台上曾经留下神奇而又独特优越的一面。宋代抑武重文，统治者重视文治，他们的治政方略使得我们这个民族在夹缝中生存，而又拥有璀璨的一面。宋代经济繁荣，文化进步，这和开放的政策息息相关。

我在文章中还审视和关注了杭州的历史人文风貌，关注了平凡生活的朴素美好。在这些文章中，有大马弄的市声喧嚣，有众安桥的源流沧桑，更有群山上的思考与视野。

关注亲情，讴歌美好是我书中鲜亮的部分。文章中充盈着走南闯北的见闻与思绪。完成对于亲情的追寻，对大自然的美丽书写，是我一直以来孜孜以求的愿景。

生命无限美好，河山依旧美丽。眼中花朵，手上时光，杯中美酒，身边亲朋，这些我所珍视的物景人事成为我书写的无尽之源。

写下这段文字时，2021年已经过去了，2022年正大步流星走来。春光乍泄，世事如烟。我们，不断珍惜的美好时光正随着疫情一步步突围，相信总会云开日出，相信被命运捉弄的人生，必然会有云开天霁、雾尽虹起的一天！

写作，使生活变得美好如初。事物总有两面性，当我们纠缠于身边迷瘴，不妨换个角度考虑，说不定它正是为了更好而不得不去跨越的修行！

如此，心会通达！如此，情会浪漫！

周　勇

2022年2月28日

目　录

第一辑　宋韵旋律

第二辑　山水人生

第三辑　我本凡人

第四辑 杭州之韵

第五辑 故乡之歌

第一辑

宋韵旋律

我们去宋代，是因为那是一个整体和乐的年代，从上至下，文治代替武功。皇帝搞休养生息，老百姓和顺安乐。

——《到宋代钓鱼去》

城隍牌楼巷

一大早去抚宁巷寄快递，便牵挂城隍牌楼的早点了。说起早点，印象最深的是“游埠豆浆”，老板叶军开的豆浆店如今易地到中山南路380号，店面更大，不变的是举起大瓢往碗里一倒，热腾腾的豆浆花吱溜溜地冒出来，仿佛生活的味道被还原了。豆香在蒸汽中弥漫，从鼻子到眼镜片，有一阵子我沉浸在烟火味里，忘记了扫二维码付钱。

我没有忘记自己此行是来“寻宋”的，先介绍一下名气不一般的“廿三坊”。它指的是南起高士坊巷，北到伍公山，东至中山南路，西通吴山、紫阳山范围内的巷子，由十五奎巷、晓霞弄、井弄、茶啾弄、丁衙弄、城隍牌楼、四牌楼、察院前巷、察院前支路、勤远里、周衙弄、大马弄、花生弄、元宝心、方井弄、泗水弄、瑞石亭、燕春里、太庙巷、白马庙巷、高士坊巷、严官巷、严官巷上山道等23条坊巷构成。

至于这条城隍牌楼巷，它东起中山南路北段，西接四牌楼，南通大马弄，北接十五奎巷，长330米，宽5米。宋称吴山庙巷或保民坊巷，明代称城隍庙街，清代称城隍牌楼。现在的名字是民国时起的。

为什么说这个地方在宋代不一般呢？《西湖游览志》卷十三写道：“保民坊，即城隍庙街，西通金地山。宋有司农寺、太府寺、将作监、军器监，诸司、诸军审计司。”宋时，司农寺管农田水利、仓储设备、园林绿化等，相当于如今的农业部。

太府寺的职责有点像国家财政部，“凡商贾之赋，小贾即门征之，大贾则输于务。货之不售者,平其价鬻于平准,乘时赊贷,以济民用;若质取于官,则给用多寡,各从其抵”。管理国家财政,平抑物价。

将作监,是掌管宫室建筑、金玉珠翠、犀象宝贝和精美器皿的制作与纱罗缎匹的刺绣及各种异样器用打造的官署。

可见,这个城隍牌楼巷在南宋时是京畿要地,是操作国家运转的门户之地。说它“保民”一点都不夸张。

当然,在宋代,这条巷子还能通到吴山城隍庙。自南宋时起,开始在山上修建城隍庙。绍兴三十年(1160)敕封城隍神为“宝顺通惠侯”。乾道元年(1165)以后累加封号,但城隍神之姓名“传诸流俗,别无明文”。也就是说,城隍庙供奉的只是守护城池的某个神。因为城隍爷既可能是神话中的神,也可能是名臣英雄之类的。

关于城隍牌楼巷,还有一个典故。相传,这里驻扎着皇帝的禁卫军——东三班。

东三班准确说就是皇帝的贴身保镖。南宋皇帝仿效宋太祖设立这个特别班组是有来头的。据说赵匡胤发动陈桥兵变,他的军队行进到开封北门宣祐门,哐哐打门,守门的不理。赵匡胤部队绕道至第二扇门前,守门的见高官赵匡胤回来了,没思索就放行了。

赵匡胤一屁股坐在龙椅上,就问左右,刚才放他们进门的是哪支部队,左右说是散直班。赵匡胤立马下旨,散直班玩忽职守降一级。又问守宣祐门的是何人,回说是东三班。赵匡胤当即拍板,“就它,朕以后出门,就让东三班做朕的贴身保镖”。但是传话的人来说,东三班的全都自杀了。赵赶紧去劝剩下的两个班长,说:“你们以后跟着我,我给你们封王称侯。”但那两个人还是拔剑自杀了。赵匡胤命人建庙用来供奉那帮将士。回来后,马上筹建新的东三班。这样,他能随时使唤这批忠直之士。

南宋高宗赵构靖康之难后，亡命天涯，当然需要一批"东三班"勇士紧随其后护驾。1138年，南宋定都临安，东三班的宿舍就放在赵构皇城最近的地方，也就是现在的城隍牌楼，当时叫保民坊巷。

时光一去近900年。如今的街巷除了卖早点的几家，还有粮油店、海鲜店、土猪肉店。我喜欢去荣兴粮油店买鸡蛋，只要6.3元一斤。也喜欢买23元一斤的双胞胎姐妹店老鸭，姐姐一看到我："大哥，今天还是拿3斤半的吧？"一过秤，正好80元。"大剖小剖？"我说："大剖，我家小朋友喜欢吃鸭肝。"

艳阳高照，巷子里满是淘货的大伯大妈。一个大伯拎着几包东西，停下来，掏出龙井茶趁机歇一会儿，他说："到这里就是来扫货的，划算。"我问他住哪里，他说："以前住这里。城隍牌楼7号院子。后来搬到庆春路那边了。"

"有点远。"我说。大伯告诉我，他们这里的房子如今装修一新，不漏水了，也修了厕所。可是子女们都想住外面，那里的房子既方便又干净。他倒是觉得，还是这里住着方便。他也听惯了市声，喜欢这里的热闹。

我说："我家在雄镇楼，也喜欢来这儿逛街，扫货。这里可以讨价还价，蛮好！还有就是锅贴和煎包好吃。"

今天是周末，巷子里人特别多。我想，如果赵构皇帝知道这条街上有这么多好吃的、好玩的，他也一定会和东三班的人过来，找个地方喝喝茶，下两盘围棋。

话说1162年，56岁的高宗皇帝对臣子们说："现在玮儿(赵昚)也长大了，我是时候该安享晚年了。"众大臣也不太挽留，高宗皇帝当即禅位于侄儿宋孝宗。

过了几日，赵构从德寿宫出来，让太监告诉东三班的保镖："我就在城隍牌楼巷转转，你们知道就行了，我退休了，准备享享清福。"

突然有人拍了我肩膀一下，我回头去看，只见一个花白胡子的老人，一脸的烂漫，仿佛在朝我微笑，又像是在画中。我知道没必要行大礼，只欠身一鞠示意。哈哈，幸会幸会，欢迎打卡！

到宋代“过早”去

现代人讲究一日三餐。营养师的建议是早上要吃好。什么样才叫好?是说花样要多,营养才均衡。在这一点上,宋人已经把秦人、汉唐人、魏晋人甩好几条街了!

那么,就随我去宋代,过一次早吧——“过早”的意思是吃早饭。

我们知道,宋代是南北文化兼容的时代。所以典型的早市,当然要去汴京(开封)看看。

宋人的日常主食也有南北差异,北方人的主食以面食为主,南方人以米食为主。宋人日常生活中所食用的面食种类丰富多样,主要有包子、馒头、烙饼三大类,其他还有馄饨、饺子、饆饠、餶饳、兜子等。

因此,假若要去宋代做客,最值得吃的三道菜是什么?

首选当然是面了。据史料载,宋代面条的品种有100余种。比如,临安城饮食市场上就售卖炒鸡面、三鲜面、盐煎面、笋辣面、笋泼肉面等几十种面条。

馒头走入民间成为食用点心后,就不再做成人头形状。因为其中包有馅,于是就又称作“包子”。宋人王栐在《燕翼诒谋录》中记载:“仁宗诞日,赐群臣包子。”包子后注曰:“即馒头别名。”看来包子在当时是很有身价的食品。

唐宋之后,馒头也有无馅的。《燕翼诒谋录》说:“今俗屑面发酵,或有馅或无馅，蒸食之者，都谓之馒头。”

宋代的包子、馒头均有馅料，二者的区别在于馒头较大而皮厚，包子较小而皮薄。其中，馅料种类丰富，比如有羊肉馅、笋馅、豆沙馅、枣栗馅等。咸甜荤素不一而足，总有一款符合你的味蕾。

除了包子、馒头、烙饼之类，另外还有几种典型的面点，如馄饨、饺子、饆饠、餶飿、兜子等，它们亦常见于宋人的餐桌上。

馄饨、饺子不去说了，介绍后面几种。

饆饠，也写作“毕罗”，是一种包有馅心的面制点心。始于唐代，当时长安的长兴坊有胡人开的饆饠店。据史料记载，有蟹黄饆饠、樱桃饆饠、天花饆饠等，甚为著名，此乃从少数民族地区传入。宋代高似孙《蟹略·蟹馔》中记有“蟹饆饠”（即蟹黄饆饠）。

餶飿，古时的一种圆形、有馅、用油煎或水煮的面食。宋代孟元老的《东京梦华录·是月巷陌杂卖》记载过“鸡头穰、冰雪、细料餶飿儿”。宋代周密的《武林旧事·市食》写过“鹌鹑餶飿儿”。

兜子，其实是馒头的别称。北方一般将无馅的蒸食称为馒头，有馅者称为包子，而南方则称有馅者为馒头。北方之无馅者，有的称作“馍”“卷子”“花卷”，也有称作“包子”的。南方之有馅者，也有称作“面兜子”“汤包”的。

如果要吃包子、馒头，汴京城哪家有名？鹿家包子店、孙好手馒头店、万家馒头都是大名鼎鼎的，保证你吃得舒舒服服。吃好了不要忘记打包带走一份！

宋人还爱吃饼。那么，我们来到这汴京城，可以好好选选饼店里的各种饼来尝尝味道了！你是吃烧饼、汤饼，还是想吃蒸饼（又称炊饼）呢？汴京城内的胡饼店、油饼店，遍地开花，随你挑。

这里介绍一种通神饼。这种传奇食品时至今日仍然能在日料店里找

到。关于它的做法,书中是这么写的:

“姜薄切,葱细切,各以盐汤焯,和白糖、白面……,入香油少许,炸之,能去寒气。朱氏《论语注》云:‘姜,通神明’,故名之。”

这不就是蔬菜天妇罗吗?当然我们并不清楚有没有人尝试过用调味料来制作天妇罗,如不介意,大抵味道不错。

还有,如果要吃羹,为你推荐“碧涧羹”。这是一道芹菜汤,这里芹菜指的是水芹,又叫楚葵、水英。水煮作羹,清爽甘香,好像是碧绿的山谷水,所以借用杜甫“香芹碧涧羹”命名。

看来,去一趟宋代过个早,也就能感受这个“吃货”喜欢停留的时代早餐品类该有多丰富。宋人从来就是在舌尖上行走江湖的,他们的吃,无疑已经讲究到有点偏执的地步。

然而普通老百姓呢,他们吃得起这些吗?答案是肯定的。但老百姓取食材总没那么讲究,也没有那么雅致罢了。

英国史学家汤因比说过:“如果让我选择,我愿意活在中国的宋代。”他不是站着说话不腰疼的人,他也听不懂我们的“文骂”。实在是,宋代人太会生活了!

你愿意去宋代吃早点吗?那么,约起!

到宋代钓鱼去

假若给我一艘船，我希望穿越到北宋的宫廷里去钓鱼。

请允许我以两朝元老的身份先来到宋太宗时期。那时候，我还是个新进文人，七品小官。

太宗皇帝赏花钓鱼，历史有记载。李焘《续资治通鉴长编》有言，宋太宗“召宰相、参知政事、枢密、三司使、翰林、枢密直学士、尚书省四品、两省五品以上、三馆学士，宴于后苑，赏花钓鱼，张乐赐饮，命群臣赋诗习射，自是，每岁皆然。”

因为官小，在宴席上也就是混个脸熟。尽管我的恩师告诉我，只写点风花雪月，少讲政治。我明白，烛光斧影，皇帝陛下是想通过收买重用文人，换个和平江山，少杀伐。毕竟，他已经杀得眼红了，再搞下去，下面就没人带兵了。

在一个烛影之夜。太宗皇帝暴薨，真宗朝立，这个钓鱼活动仍然继续，彼时有次宴席，实在是吓出一身汗。我渔竿上的钓饵早已被鱼叼走，我却一句诗也没有想出来。刚刚吏部尚书还在讲一个笑话，说太宗朝时有个叫李宗谔只是校理官职，可以前去赋诗，但念完就得退下，心中不悦之际，写了首诗，还传到了皇帝耳朵里——

戴了宫花赋了诗，不容重见赭黄衣。

无憀独出金门去，还似当年下第时。

明白人都知道这不是在讽刺埋怨皇帝吗？等着被皇帝砍头吧。所幸他真的是运气好。太宗也不生气，“闻之，即令赴宴，自是校理而下皆预会”。这样，级别低的人就有机会见到皇上了。想到这里我忽然有感觉，大臣钓不到鱼不要紧，宋代皇帝能钓到鱼就行了，但诗歌是一定要写的。

我明白，在宋代，诗写得好不好不一定重要，关键是要防备小人谄媚。还有就是要和朝臣搞好关系，同时要练好口才，学会钻营。

《温公续诗话》写道：“韩魏公为首相，诗云：‘轻云阁雨迎天步，寒色留春送寿杯。二十年前曾侍宴，台司今日喜重陪。’时内侍都知任守忠，尝以滑稽侍上，从容言曰：‘韩琦诗讥陛下。’上愕然，问其故，守忠曰：‘讥陛下游宴太频。’上为之笑。”

宰相韩琦差点因为这首诗丢了乌纱帽，所幸任守忠开了一个滑稽玩笑，让皇帝一惊一乍，讨好之心而已。我还不是重臣，但我知道，宫里混下去太艰难，我还是去民间当个钓叟更好。因为我已经50多岁了，告老还乡理由合适。

我喜欢用“钓车”去钓鱼，钓鱼得有好钓竿。我爱去小溪口钓鱼，和黄庭坚《题花光画山水》一样，诗写的是江湖隐逸的钓车：“花光寺下对云沙，欲把轻舟小钓车。更看道人烟雨笔，乱峰深处是吾家。”我觉得，到寺庙边上小溪里钓鱼特别好，偶尔听见寺院的钟声，江上云烟虽然影响视线，可那画面很美。打一点饵料，水面上细风微波，我的心便神游于境外。三五条小鱼，煎炸均可，一碗汾酒，但见得隔世繁华。没有战乱的日子，心，坦荡；没有风险的官场，诗，纯粹。

关于钓鱼，我个人比较赞同这种说法：“江上一蓑，钓为乐事。钓用轮竿，竿用紫竹，轮不欲大，竿不宜长，但丝长则可钓耳。豫章有丛竹，其节长又直，为竿最佳。竿长七八尺，敲针作钩，所谓一勾掣动沧浪月，钓出千秋万古心，是乐志也。意不在鱼。或于红蓼滩头，或在青林古岸，或值西风扑面，或教飞雪打头，于是披蓑顶笠，执竿烟水，俨在米芾《寒江独钓图》中。比之严陵渭水，不亦高哉！”我相信，有七八尺竿长就可以了，渔轮也不宜大。我喜欢披蓑戴笠于江上独钓。毕竟，钓鱼时可以畅想过去与明天，不为宫廷中的繁文缛节所困。写诗讲究灵感，没有灵感，就算有准备，不过也是完成任务交作业似的写作而已。钓鱼，钓的是心情，跟利益无关。尤其是内心的烟花，人间的暖情，所谓名利皆可抛，一蓑烟雨任平生！

写至此，我想说，宋代官场也并不是前面那样处处有心机的。我们去宋代，是因为那是一个整体和乐的年代，从上至下，文治代替武功。皇帝搞休养生息，老百姓和顺安乐。就连皇帝那个皇家金明池，春季也是开放的，正如《东京梦华录》中写道：“其池之西岸，亦无屋宇，但垂杨蘸水，烟草铺堤，游人稀少，多垂钓之士，必于池苑所买牌子，方许捕鱼。游人得鱼，倍其价买之，临水斫脍，以荐芳樽，乃一时佳味也。”

不过，他是“有偿开放”的，交点钱才能垂钓。这和以前吴山广场花20元买一根钓竿钓两小时的感觉差不多。

我倒希望垂钓钱塘江，因为那里没那么多规矩，要是涨潮，我就去富春江严子陵钓台去垂钓江月。

唉，话说完我发觉自己又穿越回来了。

到宋代去游“六桥”

大概在前几年,我基本上每周都游苏堤,走六桥。于是想,宋代的苏堤六桥是什么样子?那时候,可能没有今天的高大上,但也许别有风味呢?

苏堤是在哪年修的?北宋元祐四年(1089)苏东坡任杭州知州时所修。实际上是1090年才开始,征募了20万民夫,拔菱荷,挖淤泥,筑湖堤。第一年就是在打报告等拨钱下来。要知道苏大人爱修堤是出了名的,之前在阜阳,后面去惠州,加上杭州苏堤,共修了三条堤。

苏东坡修堤之前,官府也在广征豪强僧侣们占有的西湖湖边水域。但是苏东坡说干就干,带头下西湖去挖土,这位老市长赢得了百姓支持和拥护,掌声是必需的!

眼看着百姓干活辛苦,苏市长将募集的经费马上拨下改善生活,由他内人王闰之主厨的“东坡肉”赢来交口称誉。眼看一条堤架通北山与南屏山,苏东坡高兴得有点过头了,老酒两杯下肚,诗情绽放:“六桥横接天汉上,北山始与南屏通。忽惊二十五万丈,老葑席卷苍烟空。”他看着这道长虹飞架,心里的幸福感立马“爆灯”!

苏东坡过后,到了南宋,“六桥”仍在,对比一下,我发现,宋代六桥及周边景观建筑与现在有很大不同。

那么,让我们骑匹驴儿,摇把折扇逛逛南宋时的西湖。只见一道白光划过,我,划没了;南宋苏堤,马上见到了!

南宋时，官府的“环保意识”真心很强！那时的散文家吴自牧在《梦粱录》中记载：“咸淳间，守臣潜皋墅亦申请于朝，乞行除拆湖中菱荷，毋得存留秽塞，侵占湖岸之间。有御史鲍度劾奏内臣陈敏贤、刘公正包占水池，盖造屋宇，濯秽洗马，无所不施，灌注湖水，一以酝酒，以祀天地、飨祖宗，不得蠲洁而亏歆受之福，次以一城黎元之生，俱饮污腻浊水而起疾疫之灾。”这里面说潜皋墅市长再次请求疏浚西湖。还有谏官告了两个贪官，结果呢，后面的事情我告诉诸位，皇帝罢免了两个贪官，而强占、污染问题得以解决，从此一湖清水百姓安乐。

还有件事情是西湖有个特殊节日，农历四月初八这天，满城百姓到这儿放生，只见“所活羽毛鳞介以百万数，皆西北向，稽首仰祝千万岁”，“绍兴以銮舆驻跸，尤宜涵养，以示渥泽，仍以西湖为放生池，禁勿采捕”。这种放生活动逐渐成为官方条例，自东坡倡议修堤后传袭下来。

宋时苏堤南面第一桥叫“映波桥”，与今天相同，但是它的西面筑有祠堂，里面供奉“本郡人物许箕公以下三十四人，及孝妇孙夫人等五氏，各立碑刻，表世旌哲而祀之”，是由唐代宝历年大资袁京尹歆请求朝廷盖的房子。当然，今天我们盖了苏东坡纪念馆，所谓异曲同工吧。袁大资确实了不起！

袁公堂边，《梦粱录》中记载：“其地前挹平湖，四山环合，景象窈深，惟堂滨湖，入其门，一径萦纡，花木蔽翳，亭馆相望，来者由振衣，历古香，循清风，登山亭，憩流芳，而后至祠下，又徙玉晨道馆于祠之艮隅，以奉洒扫。”有亭台楼阁，有小路逶迤，等同于今天花港一带，风景美不胜收。

第二座桥叫锁澜桥，桥边也建亭堂。《咸淳临安志》中写道：“洪帅焘买民地创建，栋宇雄杰，面势端闳。”后来，《梦粱录》中记载：“潜皋墅增建水阁六楹，又纵为堂四楹，以达于阁。环之栏槛，辟之户牖，盖迩延远挹，尽纳千山万景，卓然为西湖堂宇之冠。”这里可谓锦上添花，当时临安城百姓争相驻足赏景，热闹非凡！

第三座桥叫“望仙桥”，如今改叫“望山桥”。为什么当时叫“望仙桥”？实际上是为了纪念白居易、林和靖、苏东坡三位先生。如今，这里有望不尽层峦的丘陵，看不腻葱郁的山色之意，远望可见“双峰插云”，改了名字，应该说各有其好吧。

第四座桥叫压堤桥。宋时，没怎么交代这座桥，只是描述其风光旖旎，美丽动人。“南北诸峰，岚翠环合，遂与苏堤贯联也”。

第五座桥叫东浦桥。宋时，有一座过水小桥，名叫“小新堤”，后来在淳化年间，有个叫赵节斋的市长，正式架桥修堤，通往曲院，再可至灵隐寺烧香。

第六座桥叫跨虹桥。宋时这座桥叫“涵碧桥”，“过桥出街，东有寺名广化，建竹阁，四面栽竹万竿，青翠森茂，阴晴朝暮，其景可爱”，这个意境不输“跨虹”。现在桥边也有竹林，衬着旁边的建筑物，我觉得，似乎“涵碧”更婉约一点。当时，桥边也有亭，对面山上有白公祠堂，有广化寺，寺里竹阁可观湖面。寺、祠、亭成为宋时苏堤一带的园林“标准配套设施”。

总算是把宋代“六桥”游了一遍。我觉得吧，比之于如今的“六桥”，两者各有其妙处。宋代的园林，更加注重生态自然，把西湖人文精神理解为素朴美好。宋人在这里植柳、养竹、种桃，为的是四季都能看到“美”的景与“好”的人，取法天地，敬乎神明。宋人奉行自然之韵，讲求意境与品位巧妙结合。900年过去了，我们今天的人同样追求山光水色，宇宙澄明。我觉得，这是因为审美有同源性。当然也有区别，比如今天的人更注重人文与自然的融合。

在秀丽的山水与绿荫丛中，到处隐现着楼台亭榭和岚影波光，丰姿绰约，确实使人感叹这“古今难画亦难诗”的园林艺术好景——这，便是宋人的园林审美吧！

再见了，载我的小毛驴时光机，以及大宋。只一刻，恍惚间我又回来了！

“东坡肉”掀起宋人舌尖风暴

说起宋人菜品，“东坡肉”是绕不开的。其法，五花肉焯水，往砂锅里加入黄酒、生抽、老抽、白糖和盐。盖上盖子，大火烧开后转小火慢炖1个半小时。炖肉一定要小火慢熬，这样出锅才会肥而不腻，这道菜的好吃就在于肥而不腻。苏东坡之所以炮制这道菜，是因为当时黄州的猪肉太贱了，还有就是老百姓不懂得如何烹饪。

苏东坡说：“富者不肯吃，贫者不解煮。”原文出于苏大厨的《食猪肉》：“黄州好猪肉，价钱如粪土，富者不肯吃，贫者不解煮。”在食肉的过程中，他逐渐掌握了烧肉的经验，即“慢着火，少着水，火候足时他自美”，被四川人称为“东坡烧肉十三字诀”。看来这烧东坡肉的诀窍与火候是有关系的。

宋代老百姓食猪肉，其实方法也是蛮多的。其菜肴有烧肉、煎肉、煎肝、冻肉、杂熬蹄爪、红白熬肉等数十种。猪内脏的烹制方法也较多，仅猪腰子一项就有焙腰子、盐酒腰子、脂蒸腰子、酿腰子、荔枝腰子、腰子假炒肺等许多菜品。

脂蒸腰子，是将猪腰子用盐水泡2个小时，沥干水，在猪腰内侧滴几滴料酒、撒少许细盐、适量胡椒粉、姜末。准备隔水蒸，取一个稍深点的盘子，摆上猪腰，往猪腰上撒少许细盐，撒一些胡椒粉。蒸的时间为15分钟，取出切片食用。

这道腰子菜比较清淡，不腻，可口。

荔枝腰子。其法，先腌渍。将猪腰子洗净切成小块，加盐、料酒、生姜腌渍十分钟，这样可以去腥味。

再备料，将白糖、醋、生抽、料酒、味精、湿淀粉调成汤汁。

再爆炒。起油锅，放入葱白和大蒜子，爆香。连汁倒入腌渍后的猪腰，翻炒几下。

摆荔枝。将荔枝剥壳后围在腰花边上一圈，既美观，又可当餐后水果。

这是一道既有味又有观赏性的菜肴。先吃腰子，再吃水果。腰子入味，荔枝干甜，所谓两相宜。

从宋人烹饪猪腰的两种菜式，可知烹饪确实是技术活。宋代的饮食文化已经发展到一种高境界了，许多烹调技术得到开创，例如煎、烤、炙、炸、煮、蒸、炒、煨、熬、烧、爊、焐、熏、焙、燠、汆，宋代的调料有盐、酒、酱、醋、糖、酱油。其中不少是宋代首创——这有力地说明了饭菜好吃是饮食发展的源头活水。

还有就是冶铁技术大力发展，铁锅得以普遍推广。宋代之前，“炒”需要在铜铛里倒入麻油，宋代以后，食用油的种类多了，铜铛也成了过去时。铜铛又贵又重，既费钱又费力气，是实实在在“贵重”的厨具。

由此，宋代的餐饮技术得以空前发展是水到渠成的。再从宋代经济发展的大环境看，重“文治”轻“武功”，变法与改革的推进，客观上也使国家大环境趋向和平稳定，人心稳定。

这里要说的是猪肉肥美价廉，特别是到了南宋时期，猪肉已经成为时人常食的肉食，比如，南宋临安城内外猪肉铺随处可见。

此外，宋人还创制了可长期储存的腊肉。宋人陈元靓所撰《岁时广记》记载：“腊日以豕肉，先糟熟，挂灶侧至寒食取食之。”由此，猪肉俨然成为宋人宴席上一道不可缺少的菜肴佳品。

宋人餐食苛求菜品的多样，技术的多变。难怪美国汉学家安德森在《中国食物》中说："中国伟大的烹调法也产生于宋代。唐朝食物很简朴，但到宋代晚期，一种具有地方特色的精致烹调法已被充分确证。地方乡绅的兴起推动了食物的考究：宫廷御宴奢华如故，却不如商人和地方精英的饮食富有创意。"要我说，还是那句话——好吃在民间。宫廷御宴讲的是排场，而民间菜式，才真正富有创意，才是真正属于老百姓的舌尖风景！

东坡在徐州

苏东坡于北宋熙宁十年(1077)四月至元丰二年(1079)三月,调任徐州知州,在徐州生活了将近2年。按照王安石主政时期的惯例,京官外放而且任职不长似乎是习惯了,苏东坡就被外放过8次。苏东坡与王安石不和,属于自请外放,但是他的内心既是优柔的,又是奔放的。

在徐州的两年时间里,苏东坡干成几件大事。其一为抗洪。熙宁十年(1077)春,苏轼到任,同年秋,徐州遇黄河水患,最危险的时候城外水高二丈八尺,离城头只有"三版"(数寸),当时苏东坡给自己下了"吾在是,水决不能败城"的军令,他先是动员五千百姓堵水,接着越权调用禁军协助。这场洪水在他蓑衣草履、亲力亲为之下于70天后退去。满城庆贺,当时宋神宗感叹说:"一城生齿得免漂没。"朝廷拨银嘉奖,当地百姓杀猪宰羊送至官衙,苏东坡命家眷炮制成"东坡肉",用来犒赏那些抗洪的百姓和军士,这便是"东坡肉"的由来。

苏东坡任上还干了件祈雨的大事。"天地本无功,祈禳何足数"。苏轼并不迷信祈禳,只不过是尽知州"守土之责"罢了。说来也巧,不久,徐州真的下了一场喜雨。丰收在望,他写了两首《浣溪沙》描述当时所见所闻:"老幼扶携收麦社,乌鸢翔舞赛神村。道逢醉叟卧黄昏。""垂白杖藜抬醉眼,捋青捣麨软饥肠,问言豆叶几时黄?"人们在丰收中庆祝,那个可爱的老头酒喝得酣畅,醉卧在黄昏中。作者以此表达内心的喜悦。

其实，本性好玩的苏东坡还带动了人们旅游的兴致，搞活了本地旅游经济。公务之余，他带着一帮朋友踏遍了云龙山，荡舟于云龙湖。关于云龙山，其写有《放鹤亭记》一文，“彭城之山，冈岭四合，隐然如大环，独缺其西一面”。果然，那“西山之缺”，就是鹤从西面飞出山的地方。相传，道士张天骥在云龙山放飞二鹤，苏东坡与其大谈归隐之意，两人很是投缘。

云龙山上，今人还建有苏公塔、苏堤路，湖南小岛有苏轼纪念馆一座，湖堤至湖心岛则建有名为“苏公桥”的栈桥。可见，在徐州百姓心中，苏公占有显赫的位置。

这里有一处疑点，为什么苏东坡和张道士大谈归隐，在《放鹤亭记》中多处提到羡鹤归隐？要知道，彼时的他正当政绩斐然皇帝欣赏之际，又深受百姓感恩拥戴。

他写给范子丰的尺牍上有“水旱相继，流亡盗贼渐起。决口未塞，河水日增，劳苦纷纷，何时定乎？近乞四明(今浙江宁波)，不知可得否？不尔，但得江淮间一小郡，皆所乐，更不敢有择也。子丰能为一言于诸公间乎？试留意。”

他请哥们范子丰替他打招呼。想调到浙江宁波等地，退一步说在江淮之地当个地方官也成。他为什么会这么想呢？

回顾苏东坡的一生，我们不难找到答案。就是他有着儒家的经世致用思想，同时也保留着道家的闲逸与诗情，更有着佛家的包容与慈悲。

人格意义上的他，此时已然掺杂着儒家的浩然，同时兼容道家的尚美与飘逸。徐州的经历相对于苏东坡一生的历程来说，只是他浩瀚生命体验中的一个节点罢了。

如此，我们也见到他的潇洒吟哦。元丰元年九月十七日，描写苏东坡和张山人、颜复、王巩游云龙山的《登云龙山》一诗就是典型：

醉中走上黄茅冈，满冈乱石如群羊。

冈头醉倒石作床，仰看白云天茫茫。

歌声落谷秋风长，路人举首东南望，拍手大笑使君狂。

同时，我们在《江城子·别徐州》中，更能看到一个离任时为民请命的好官回首往事时的依依不舍，离情满怀：

天涯流落思无穷！既相逢，却匆匆。携手佳人，和泪折残红。为问东风余几许？春纵在，与谁同！

隋堤三月水溶溶。背归鸿，去吴中。回首彭城，清泗与淮通。欲寄相思千点泪，流不到，楚江东。

写成此词，苏子已在调任湖州的路上了。在徐州的两年宦游中，苏东坡写下170多首诗歌，把他对徐州（当时叫彭城）的思念和不舍寄寓在绵密的惦念之中。

人生海海，苏东坡恐怕不会想到，调往江南富庶之地的他，会迎来一场意想不到的狂风骤雨！

孩儿巷里有人家

在杭州的孩儿巷98号，有一处幽僻的清朝宅院。山墙巍巍，祟门厚朴，可见门内朱红户牖掩映。相传，南宋时曾有过一位头发花白、年逾花甲的老迈名人、学士居住于此。

那个春天，他结束6年的绍兴闲居来到临安听候皇上差遣。

临安这个地方，他实在太熟悉了。用今天的话说“一言难尽”。28岁时，他参加锁厅考试，名次在宰相秦桧之孙秦埙之前，秦某不爽，但是皇帝监考又没办法，陆游取得第一。后来，在礼部选拔考试中，秦桧专权，干脆让陆游考不上直接回家。直到5年后秦桧病故。陆游才被赵构起用，成为大理寺司直。

在杭州做官，陆游曾慕名游览灵隐寺边冷泉亭。这个地方白居易来过，苏轼来过。31岁的陆游，在一个下着大雪的寒冷早晨，去拜访朋友郑禹功，座中有一位老和尚，朋友介绍说是妙喜禅师。陆游年少轻狂，也不管长幼尊卑，直接占据上座，并向朋友讨要酒喝，然后旁若无人地与朋友喝酒谈诗论兵，妙喜禅师遂离去。

多年以后，经历世事的陆游想寻机向禅师道歉，禅师却圆寂了。这份遗憾都化解在陆游诸如《书浮居事》之类的文章里，表示对妙喜尊崇有加。

后来，陆游调任外地，从镇江到南京，被贬，被起用。47岁调任蜀州通判，56岁去职回家。再一次到杭州，那是一个春天的早上，他来到西湖边，来到曾仕居的孩儿巷98号,物是人非。陆游在一旅店住下来,天开始下起雨来了,他点了两碗绍兴家乡酒,一盘熟牛肉,几粒茴香豆,乘兴挥墨写下《临安春雨初霁》:

世味年来薄似纱,谁令骑马客京华。

小楼一夜听春雨,深巷明朝卖杏花。

矮纸斜行闲作草,晴窗细乳戏分茶。

素衣莫起风尘叹,犹及清明可到家。

写罢此诗,陆游不禁大声吟诵起来。正巧,伙计收拾盘盏,听到此声。“敢问可是陆放翁相公?”陆游闻之侧身看看伙计。伙计说:“陆相公不认得我?以前我和婆姨在孩儿巷开饼店,卖缙云烧饼。”陆游听后说:“哦,想起来了,你是吴小二。”伙计说:“二十多年了,您老记性真好。”两个人聊起来,伙计还告诉陆游,当初卖杏花的二丫头,他的姨妹子如今已嫁人,她的丈夫在众安桥帮人载货做搬运工。“前几日,江北(元朝控制区)又催了50船粮食,由禁军押送。听说还不够!”

陆游感叹说:“我刚刚接朝廷通知,在等候觐见,不知去何处补缺。有机会也和皇上说几句。”伙计说:“还是相公心系国家啊。”

不几日,陆游见到孝宗皇帝。一番寒暄后,孝宗说吴编修给他看了一首陆游的诗,“小楼一夜听春雨,深巷明朝卖杏花”一句尤其美妙,很有想象力。如今调他去严州府任知州,望珍重,好好干出一番事业。

在陆游的人生履历中,因为一句诗而惊动皇帝,进而委以官职显然有些牵强。陆游本人也没有这样考虑过。其实在民间有“小李白”之称的他,早已见惯人生浮沉,在起起落落的宦海中犹如一叶扁舟,已然把个人利益和生死抛开,除了头上有皇恩,地上还有草根百姓。

陆游不仅喜欢临安春雨,也惦念四川成都的西楼。他曾作《宴西楼》:

“西楼遗迹尚豪雄，锦绣笙箫在半空。万里因循成久客，一年容易又秋风。”是的，对于任性放达，同时又患得患失的他来说，“万里因循成久客”与“小楼一夜听春雨”是他人生中两种截然不同的处境，更是命运的旋律和变奏！

对于陆游来说，62岁写就的《临安春雨初霁》恰恰是作者诗风转向的一个标志。

陆游在任上，力求“宽期会，简追胥，戒兴作，节燕游”，因此得到当地人民的爱戴；在诗歌创作上，60多岁后，他的诗歌偏重清新隽永的风格，这与一个人的阅历是息息相关的。

究其原因，大概是奔波了一生，也看尽了世态炎凉，对于自己一生中执着的信念也就看开了。既然知道自己已经是风烛残年，十有八九是完不成在红尘中的壮志了，那还不如敞开心扉接纳世间的一切。

因此，孩儿巷98号，不仅是陆游人生际遇的交割之地，还是他精神征程中的加油站！有空的时候，不妨来这里看看。一个人的心灵史，也许就是我们解读宋韵的典型章节。

喊你到宋代来观潮

假如让我推荐一下宋代的观潮之地，我首先向你推荐候潮门外的“浙江亭”，其实在宋代应叫“樟亭驿”。这个地方在候潮门外，今天往东去，应该是傍在四桥边的某个位置。周密在《观潮》中早有交代：“每岁京尹出浙江亭教阅水军，艨艟数百，分列两岸；既而尽奔腾分合五阵之势，并有乘骑、弄旗、标枪、舞刀于水面者，如履平地。”观潮作为宋代的官方节庆，最佳欣赏点当然是候潮门外的浙江亭，另外钱江四桥至六和塔一带也行。

至于什么样的潮水才是宋代人心里的模样，让我们通过一组诗文来与他们交流一下。

宋代诗人陈师道《月下观潮二首》之一：“隔江灯火见西兴，江水清平雾雨轻。风送潮来云四散，水光月色斗分明。”写潮水到来时波光涌动，月色相映之下显得宁静、安逸。《月下观潮二首》之二：“素练横斜雪满头，银潮吹浪玉山浮。犹疑海若夸河伯，豪悍须教水倒流。”写潮水激荡，宛若胸中块垒顿出，心上芳华立生。白玉天清，忽而又若奔马飞鹰。

苏东坡的诗意境宏阔，想象张扬。《八月十五日看潮五绝》：“定知玉兔十分圆，已作霜风九月寒。寄语重门休上钥，夜潮留向月中看。”“万人鼓噪慑吴侬，犹似浮江老阿童。欲识潮头高几许？越山浑在浪花中。”“江边身世两悠悠，久与沧波共白头。造物亦知人易老，故教江水更西流。”“吴儿生长狎涛渊，冒利轻生不自怜。东海若知明主意，应教斥卤变桑田。”“江神河伯两醯鸡，海若东来气吐霓，安得夫差水犀手，三千强弩射潮低。”苏轼一口气飙诗五首，写出潮来潮退的神奇变化，写出浙江“潮人”勇立潮头的冒险精神，让我们对宋代人的阳刚之气有了崭新的认识。

辛弃疾《摸鱼儿·观潮上叶丞相》：“望飞来、半空鸥鹭。须臾动地鼙鼓。截江组练驱山去，鏖战未收貔虎。朝又暮。诮惯得、吴儿不怕蛟龙怒。风波平步。看红旆惊飞，跳鱼直上，蹙踏浪花舞。凭谁问，万里长鲸吞吐。人间儿戏千弩。滔天力倦知何事，白马素车东去。堪恨处。人道是、子胥冤愤终千古。功名自误。谩教得陶朱，五湖西子，一舸弄烟雨。”写潮水由远及近，变化万千。同时联想到伍子胥遭夫差误解含冤而死，陶朱公范蠡急流勇退，于定陶一带开创其商业王国的典故。吴越之间的争斗，最终归结于两个人之间的战争：伍子胥和范蠡。辛弃疾把历史风云与潮涨潮落有机联系，可谓出手不凡。

读过宋人观潮的诗文，让我们一睹宋代观潮的盛况：“其杭人有一等无赖不惜性命之徒，以大彩旗或小清凉伞、红绿小伞儿，各系绣色缎子满竿，伺潮出海门，百十为群，执旗泅水上，以迓子胥弄潮之戏，或有手脚执五小旗浮潮头而戏弄。”我喜欢文中的“无赖”——他就是“弄潮儿”，绝对一等一的好手，有点像如今的冲浪选手，玩潮于股掌之间，不过游戏罢了。另外“小旗”这个物件，是古代将士出场的标配，象征着技术不凡、武功盖世。这气魄，何等英勇。

宋人观潮的场面，先是皇帝父子出行，类似阅兵式：淳熙十年（1183）八月十八，孝宗皇帝到德寿宫接高宗去浙江亭观潮。因此“吴儿”们的表演十分卖力。“吴儿善泅者数百，皆披发文身，手持十幅大彩旗，争先鼓勇，溯迎而上，出没于鲸波万仞中，腾身百变，而旗尾略不沾湿，以此夸能”，牛皮不是吹的，战士们真的很给力了。你看他们变化万般，有个细节“旗尾略不沾湿”，我觉得此处虽为虚写,但妙不可言。一个字——高!

那宋代官府是否支持老百姓“弄潮”?

很明显官府不支持,你可以看,因为人家是“高手”,不是随便可以模仿的。弄潮有风险,请勿模仿。治平年间,郡守蔡端明见经常有人因弄潮而丢了性命,所以明令禁止。但仍然有人不听劝告,偷偷去玩潮,结果就变成伍子胥含冤而死了!令人唏嘘!

我们还是选个农历十八日去看潮吧!你可以像宋人一样,带着家人,隔岸观潮,记得带点好吃的。另外就是,潮水来的时候,听见宋代喊潮人(像今天的保安大叔),你要像兔子一样跑远点。

对了,如果是宋代,你就坐牛车去吧,类似于私家车了,谨记把牛绳系树上,系牢一点。另外,也不要停在大马路上,注意安全。

家门口的南宋

南宋遗址博物馆位于严官巷，就在我家小区外300米处，今天冒着小雨，我决定参观一下。

这个遗址是寂寞的。发现它是在2003年12月，当年进行抢救性发掘，次年被列入“全国考古十大发现”。

馆内的空间大致分为4个区块，呈现出道路、房屋、窨井、水井、堰坝、水渠等宋元时期典型景观。透过馆内实物，我们可以想见当时的建筑规划与格局，更可感受时代变迁。

首先说南宋的建筑特点，用一个字概括——精。精，精绝也。严官巷遗址上的三省六部墙，用的是香糕砖，这30厘米长、8厘米宽、4厘米厚的砖块，敲击声清脆，掂量厚沉，体现质材的讲究。出土的陶莲花纹瓦当可以说体现出宋建筑的优越之处，瓦当是檐头的保护部分，有效解决了建筑的防水问题。遗址上的水堰、窨井、水渠、污水处理系统完整，足见当时在建筑细节上的考究。

严官巷也是南宋大内与三省六部的分界处。这里房屋推断为玉牒所，就是皇帝的私家档案室。还有一个墙角是三省六部的北墙。现在的利星名品商场一带，应该就是南宋的六部所在地，也就是南宋政府的中央枢纽。

我们家住候潮门，也就是毗邻宋皇城门口，和皇城一墙之隔。臆想800年前，我们和皇帝算是邻居了。

其次，南宋的文化可以说是繁荣的。有一个磁州窑的龙凤纹罐，看得出来精美无比。磁州窑在今河北邯郸磁县，在南宋时是北方规模巨大的民窑体系。

南宋的民俗文化也是空前繁荣的。大街小巷，勾栏瓦舍林立，著名的瓦舍有清冷桥西的南瓦子，市南坊北三元楼前的中瓦子，市西坊内三桥巷的大瓦子，众安桥南羊棚楼前的下瓦子，盐桥下蒲桥东的蒲桥瓦子等。表演的技艺名目繁多，举不胜举。主要有杂技、傀儡戏、影戏、杂剧、摔跤等。还有说书、讲史、水上百戏、禽虫戏等。可见其繁华程度，老百姓该有多满足。

南宋的商业活动堪称繁忙。大街小巷、大小铺面，比比皆是。白天黑夜昼夜不息，茶楼酒肆、歌馆妓楼，每每要营业到后半夜四更天，到五更又开始开早市，春夏秋冬天天如此。临安的夜市全国闻名，无论是雨雪纷飞的冬季，还是赤热炎炎的夏天，都叫卖不绝，热火朝天。

南宋的教育也是发达的。临安设有最高学府太学，太学学生人数开始定为700人，后来增加到1700余人。开设的课程是四书五经及其他典籍、诗赋、时务等。学制最短的一般为五年，考试分春秋两季进行，毕业考试成绩上等的由皇帝接见后，直接任命官职。

其他各地市设有宗学、武学、府学、县学等，加上小巷内私塾的琅琅书声，学校众多，百姓把读书受教育当作要务。值得一提的是，所有官方学府的伙食费都是全免的。

南宋时，临安一带是著名的产粮区，富庶程度可见一斑。据《武林旧事》等书记载，南宋时杭州的商业有440行，各种交易甚盛，万物所聚，应有尽有。南宋的对外贸易相当发达，日本、高丽、波斯、大食等50多个国家和地区与之有使节往来和贸易关系，朝廷专设“市舶司”以主其事。

到南宋中后期，临安所辖境内，人口总数达124万之多。马可·波罗曾赞临安城为世界上最华丽之天城。

如果穿越到南宋，我想我应当去御街吃早点，千层酥、定胜糕、麦芽糖……

我还会去“花团”里买一束花，再去“青果团”“柑子团”买水果，再去“行”里溜达，鱼行、蟹行、姜行、猪行、布行、鸡鹅行，最终买条江鲜回来佐酒。当然要买官府的正宗酒。路过中和楼，如果公务不忙的话，我就去喝碗茶，或许以碟和哪位仁兄“斗茶”。当我飘飘然下楼时说不定可以碰上稼轩兄，那时，我就与他走到御街上，听他大声笑谈、吟哦：

蛾儿雪柳黄金缕。

笑语盈盈暗香去。

众里寻他千百度。

蓦然回首，那人却在，灯火阑珊处。

假如苏东坡去宁波

苏东坡在徐州任知州时,曾对好友,也是儿女亲家范子丰说:“小事拜闻,欲乞东南一郡。闻四明明年四月成资,尚未除人,托为问看,回书一报。前所托殊不蒙留意,恐非久,东南遂请,逾难望矣。无乃求备之过乎?然亦慎不可泛爱轻取也。人还,且略示谕。”(《苏轼集》卷七十九)这封信札里包含着一个信息,就是苏东坡打探到朝廷有一个知州空缺,地点是宁波(当时称为四明),信中流露出去宁波任职的强烈兴趣。

那么,苏东坡为什么会如此迫切地想去宁波?他为什么要委托范子丰打探消息?

范子丰是谁?范子丰名百嘉,是蜀郡公范镇第三子,东坡的儿女亲家。范镇为神宗时大臣,与司马光齐名,反对新法。东坡下狱时,范镇已致仕,朝廷追索其与东坡往来书札文字甚急,仍上疏力救。须知承受讥讽文字不上缴,在当时就是一项大罪。也就是说范子丰的父亲范镇当时以礼部侍郎、翰林学士兼侍读的身份替苏轼说话,即便要退休也不避讳。可见两家交情之深。

如果范镇能帮忙提醒宋神宗的话,也许就没曾巩什么事了。但是苏东坡没有如愿,他被朝廷委派去了湖州。

湖州相对宁波来说也不错,可为什么苏东坡偏爱宁波呢?

苏东坡平生喜欢两个地方:庐山——“不识庐山真面目,只缘身在此山中”;杭州——“欲把西湖比西子,淡妆浓抹总相宜”。

但是,他在爬庐山时,写过两首诗,均有“雪窦山”的典故。其一,“此生初饮庐山水,他日徒参雪窦禅”;其二,“高怀却有云门兴,好句真传雪窦风”。雪窦山在哪里?宁波呀,900多年前,这位大家即发出“不到雪窦为平生大恨”的惋叹。

由此可见,苏东坡有多么渴望去宁波考察了。话说回来,如果苏东坡赴任宁波,我觉得首访之地必然是雪窦山。为什么呢?当时雪窦山上的寺庙非常有名,曾经有一个叫重显的名僧,是禅宗五家之一云门宗四世法孙,今重庆潼南区人。他出身富豪之家,世代儒业相传。年少时他与北宋名臣曾会同室苦读,最终曾会金榜题名,考了个“榜眼”,而重显却转而矢志佛理。1023年,受少年同学、明州知州曾会再三邀请,重显开始住持雪窦寺。三十年间,他在雪窦山大弘云门宗,风靡天下,声名大噪,被尊崇为“云门中兴之祖”,又得“佛门李白”之誉,所著《雪窦颂古》,不仅是禅法著作,也属于文学作品,在当时堪称“畅销书”!

苏轼本人年少时曾有听闻,他的父亲认识重显的好友宝月禅师,而东坡又与重显的弟子佛印和尚交好。苏东坡呢?恰是北宋士大夫中参禅开悟最有成就的代表人物之一。他仕途坎坷,多次遭贬,最初在参禅中寻找解脱,后期从佛理中认识人生,以至超然物外。苏东坡的众多研究者都称:云门宗是苏东坡参禅过程中接受的主要宗风,重显的《雪窦颂古》,对苏东坡晓悟佛理,产生了“直指心思”的积极影响。

除了去风景不错的雪窦山参禅,苏东坡还可以去阿育王寺、千年古刹保国寺、天童寺等禅宗福地。宋神宗即位后,曾召寺僧惟白入禁问道,三登高座,并于元丰八年(1085)赐惟白金紫衣一袭。因此,苏东坡更有理由一探宝地了!

除了探寺，宁波也曾是当朝宰相王安石的福地，他曾当鄞县知县，因治水治政闻名于世。如果东坡在，我想更可以大展宏图，说不定那东钱湖上也会筑一条叫苏堤的坝子。

如果东坡在，宁波书画界可以迎来一股清流。苏氏行书、楷书恐怕为地方开先河，兴起书画潮流。书画社开起来，老百姓乐在其中。

如果东坡在，"海上丝绸之路"上的宁波应该会帆船林立，渔获满埠，与海外交往也许会更频繁便利。

苏东坡是个"吃货"，估计会搞一个海鲜美食节，以苏东坡对美食的偏好和钻研程度，如果他真来宁波，会不会有"苏氏烤菜""东坡蟹糊""东坡米酒"问世呢？

苏东坡的性格中，儒释道三家是融合在一起的，能来宁波，当然好，不能来，那也是他个人的遗憾，宁波的遗憾。因为他已完满演绎"身如不系之舟，问汝平生功业，黄州惠州儋州"的绝唱，万事随缘，人生已参透，又何必一定要去宁波，何苦"长恨此身非我有，何时忘却营营"！

因为生命，既然有饱满绽放，也必然有飘摇零落！

孔庙谒《南宋太学石经》记

早就听说杭州孔庙有一个价值非凡的宝贝——《南宋太学石经》。这次我和女儿利用休息时间前去一睹风采。

为什么说《南宋太学石经》是“宝物”呢？因为他的作者是南宋高宗皇帝赵构，另外还有一小部分是赵构夫人吴皇后所书。因为是“御书”，所以创下第一的“美誉”。

我对女儿一说，她也有些惊讶，将目光从孔庙边上那些写着“求考试第一”“逢考必过”的红牌子转向碑帖了。

说实话，我对石经的内容兴趣不大，不就是“四书五经”吗？

接着问题来了，赵构为什么要刻这么多经书？是他主动要刻的，还是别人的主意？

有今天的这些“宝贝”，还得谢谢秦桧这个奸相。绍兴十二年(1142)九月，左仆射秦桧请求镌石以颁四方。内容计有《周易》《尚书》《诗经》《中庸》《左传》《论语》《孟子》共7种。秦桧这个建议真好，赵构本来就喜欢抄经书，又会写字！该经刻就后，立于临安太学首善阁及大成殿后三礼堂之廊庑。屡经变易，残石现存杭州碑林(原杭州孔庙)，原有131块，现存85块，其中保存较为完整的有27块。

我们知道，虽然宋高宗赵构治国不咋的，但他是个书法大家，平时没事喜欢抄抄经书散散心。他对大臣们说：“学写字不如遍抄经书，不唯可以习字，又得经书不忘。”所以他写的目的在练字习经，没想到让他练成了“绝世高手”。南宋叶绍翁《四朝闻见录》载：“高宗御书六经，尝以赐国子监及石本于诸州庠。上亲御翰墨，稍倦，即命宪圣（吴皇后）续书，至今皆莫能辨。”赵构不仅自己成了方家，顺便把老婆也培养成了书法家。仔细端详一下，其书法以楷书、行书为主。但作为大家，他的书法随性自如，饮墨如水，虽黄庭坚而不及，后人评价有米芾遗风。我们都知道赵佶的“瘦金体”已经是独创一家的。

女儿表示赞同，她说喜欢碑帖上的楷体字，“看得懂”。我哈哈哈笑着说：“好的吧，你真棒！”

这里有诸多疑问，宋代为什么重视学校教育？南宋太学是怎么建立的？

宋皇祐、嘉祐年间太学中推行胡瑗的“分斋教学法”（又称“苏湖教学法”），其特点是经义与实学并重，因材施教与学友互相切磋相结合。宋熙宁、元丰年间，推行王安石创立的“三舍法”，即在太学中分置外舍、内舍与上舍，建立了一套品德与学业兼顾、平时考查与升舍考试并重的升舍及铨选制度，试图将国家选拔人才与培养人才统一于学校。

这里传递出两个信息，即宋代重视学法和激励机制，重视人才分层次培养。

赵构的侄儿宋孝宗即位，他干了件大好事，就是建这个石经阁，用来珍藏太皇帝的手抄石经。时间是南宋淳熙四年（1177）。本来他是为了表表孝心，没想到为自己的江湖影响“加分”了。

在今天看来，南宋石经所刻诸经，虽多数系当时太学石经之列，但《礼记》之“学记”“经解”“中庸”“儒行”“大学”等篇，原来并不属太学石经之列，而是在淳熙四年（1177）建“光尧石经阁”安放石经时，从临安知府赵蟠老之请，搜访摹勒以补诸经之阙而列入的。显示出经“二程”提倡后的经学走向和一位统治者的崇尚，以及对朱熹倾力完成《四书集注》的影响。也就是说，这个"经阁"的建设，对于后世确定经学的方向和发展是有导向意义的，也是富有教育价值的。

那么，如何评价宋高宗和宋孝宗这两个人呢？女儿在一旁问我。

我个人觉得，对于学生学习的重要性，赵构无疑是重视的。宋孝宗赵昚积极推进，堪称好事。同时，对于民间书院的发展，客观上也起到了积极的作用。要知道当时程朱理学已然影响甚大，对官学形成了冲击，从而把宋代教育改良到了一种新境界。

女儿点头说："还是今天的学校教育好，不要死记硬背。"我付之一笑，说："学校教育一直在变革的。"

宁可抱香枝头老

记得《水浒传》中有个帅哥燕青，风流倜傥。为了向宋徽宗汇报高俅兵败真相，找李师师帮忙。燕青当时头上插着一朵黄花。这个帅哥插花其实并不奇怪，奇怪的是他还“鬓边长插四季花”。

女人爱插花，那是爱美。男人一年四季插花，那就有问题了，那不是爱美，那应该叫“臭美”才对呢。

话又说回来，宋代男人簪花，不仅不丢人，在当时，俨然成为一种时尚。

施耐庵先生这样描写宋代男人爱插花：大名府著名的刽子手蔡庆，他之所以绰号叫“一枝花”，是因为他喜欢头上常插一枝大红花。

渔民出身的阮小五，跟“风雅”二字肯定没有半毛钱关系，但他也是常常“斜戴着一顶破头巾，鬓边插朵石榴花”。

苏东坡在《吉祥寺赏牡丹》中这样说：“人老簪花不自羞，花应羞上老人头。”苏东坡自嘲，像他这样的老头子也要头上戴花，还不觉得羞愧。那么问题来了，宋代人“簪花”显然是一种习俗，更是一种时尚。就像20世纪80年代满大街流行喇叭裤，90年代后流行牛仔裤一样，是一种潮流。这也是笃定的了！

既然是潮流，在宋代，男人簪花还是有渊源可循的。宋代，国家照例把农历九月九日定为法定节假日。这一天，人们插花在头，向老人祝寿，祭祖，举行宴饮，喝菊花酒，登高赏秋。加上重阳节又称“重九”，古人觉得“九九”

数字吉利，所以用来庆贺。这个节日最早在汉代就有记载。汉代时，重阳有求寿的习俗。《西京杂记》记载："九月九日，佩茱萸，食蓬饵，饮菊花酒，云令人长寿。"因此，重阳戴茱萸，也插菊花，其实早就有之，但宋代人为什么男女都喜欢，而且逐渐发展为平时也爱插花打扮臭美一番呢？

须知，宋代皇帝也独爱这个节日，更有簪花的"套路"。每逢重阳节，皇宫都要举行盛大的庆祝活动，《武林旧事》记载："禁中例于八日作重九排当，于庆瑞殿分列万菊，灿然眩眼，且点菊灯，略如元夕。"重阳节前一天，皇宫内就摆满了菊花，还要点上菊灯，灿烂夺目，如同正月十五元宵节一样热闹。

作为这个活动中重要的一个环节，皇帝给文武百官"簪花"："酒五行，预宴官并兴就次，赐花有差。少顷，戴花毕，与宴官诣望阙位立，谢花再拜讫，复升就坐。"（《宋史·礼志》）既然皇帝都搞这个活动，都给官员戴花，那么老百姓争相效仿，以此为习俗，就不觉得奇怪了。

当然，从深层次上看。宋代统治者奉行"强干弱枝""守内虚外"的国策，宁可和辽、西夏赔钱换和平，怀柔求安，故宋代社会安逸，经济发达，没有太大内乱，百姓可以安享太平。这客观上也成为根本原因。

皇规有了，民间习俗也有了，更有许多士大夫争相仿效。苏东坡在《定风波·重阳》中写道："尘世难逢开口笑，菊花须插满头归。"范成大在《朝中措》中写道："看了十分秋月，重阳更插黄花。"

于是乎，宋人爱插花，男女都时兴，这个民俗渐渐成为习惯。

菊花不仅有装饰美颜功能，更有疗效和特殊意义：一方面，菊花有着药用价值：可以散风清热、清肝明目、消炎解毒；另一方面，菊花又叫神仙花，它还是祈福求寿的标志。戴朵菊花在头上，其审美意义和象征意义俱佳，人们何乐而不为呢？

如此，就让我们穿越到宋代，像浪子燕青和阮小五一样，簪花在首，衣袂飘飘，再配把扇子，潇洒于临安都市中，去做一回市井小民。在集市上赏景，在茶铺里喝茶，在桥上吟诵叶梦得的《满江红》：

一朵黄花，先催报、秋归消息。

满芳枝凝露，为谁装饰。

宋人的玩花与嗨花

宋人爱花吗?

答案是肯定的,宋人不仅爱花,还要在“爱”字的前面加一个“很”字。记得笔者去年曾经写了一篇男人簪花的文章发表在报纸上。有吴自牧《梦粱录》为证:“仲春十五日为花朝节,浙间风俗,以为春序正中,百花争放之时,最堪游赏。”

其实花朝节倒不是始于宋代,有人认为,花朝节的由来与发展同佛教有密切关系。明田汝成的《熙朝乐事》载:“二月十五日为花朝节,盖花朝日事,世俗恒言……寺院启涅盘(涅槃)会,谈孔雀经,拈香者麇至,犹其遗俗也。”有学者则认为,花朝是初民自然崇拜中植物崇拜的遗俗,因古时有“花王掌管人间生育”之说,“花朝”寓意“开枝散叶”,故花朝节是生殖崇拜的节日。

花朝节具体在哪一天,说法也不统一。宋代官方版本定在农历二月十五。晋人周处在《风土记》一书中说:“浙间风俗,言春序正中,百花竞放,乃游赏之时,花朝月夕,世所常言。”既要有花朝,又要有月夕,那就是二月十五了。所谓正月十五元宵,二月十五花朝,八月十五中秋,正好对应起来。

花朝节时宋都临安城里的人们会选择去哪里嗨玩呢?《梦粱录》记载:“都人皆往钱塘门外玉壶、古柳林、杨府、云洞,钱湖门外庆乐、小湖等园,嘉会门外包家山王保生、张太尉等园”都是赏花的好去处。其中,“包家山”的桃花最为灼灼嫣然,“浑如锦障,极为可爱”。

玉壶园，位于钱塘门外的菩提院后，“莫问南漪与玉壶，杜鹃还更试花无”中书写的正是此处的杜鹃，这本是“中兴四将”之一刘光世（注：另外三位是张俊、韩世忠、岳飞）的园林。景定年间（1260—1264），玉壶园被理宗收归为皇家花园。

别的地方，“云洞园”，依古地图看，应位于宝石山附近。这曾是抗金名将杨存中的园林。

玉津园，位于嘉会门外，是临安城南郊最大的御园。此处，春日的“打卡景观”也是皇帝与大臣的燕射之处，“春郊柔绿遍桑麻，小驻芳园览物华……不似华清当日事，五家车骑烂如花”。另有一处德寿宫。原是秦桧旧宅，大门约在今望仙桥直街以北的地方。1162年，宋高宗退居于此。在宋人周必大的《玉堂杂记》中记载，园林中以人工开凿的小西湖为中心，分东、西、南、北四地。东区以赏名花为主，香远堂赏梅花，清妍堂赏荼蘼，清新堂赏桂花及木香，芙蓉阁赏芙蓉。

也就是说宋人赏花之地，大约有皇家园林、私苑以及郊外诸风景名胜之地。主要赏梅、桃、李、玉兰、芙蓉、月季、木香、荼蘼、海棠、山樱、杜鹃花等花卉。荼蘼是什么花？它是蔷薇科的一种很美丽的花，但它的花语却有些伤感——末日之美。荼蘼花总是在春天其他的花朵都已经凋零的时候，才会缓缓开放，等到荼蘼开尽了，整个花季也即将过去了，表示春天花季的结束。

除了打卡赏花咏春，宋人也有专门的花卉市场提供给市民们采买花木。在临安城北、城西门外赵郭园，钱塘门外溜水桥、东西马塍等地花圃市场，皆种植怪松异桧、四时奇花，其中，以马塍之花最为有名。《癸辛杂识》中称其“马塍艺花如艺粟，橐驰之技名天下”。杭州西北郊有个地方叫马塍，有河流水塘，土地肥沃，水草丰美。现在杭州还有马塍路，常使人对昔日的“一塍花草碧芊芊”“十里马塍花似海”充满诗意的想象。马塍可以说是当时最有名的花圃。

另外，宋时花卉的种植与销售也盛况空前，在洛阳、开封，许多人以卖花为业。《西湖繁胜录》中甚至说到有花农，“钱塘有百万人家，一家买一百钱花，一早卖一万贯花钱”。不过论收入水平，估计是夸张的说法。

人们欣赏自种花卉之余，还喜欢举行一些或盛大或有趣的活动。宋人都爱在家中摆放一瓶鲜花，用以点缀生活。对于花的喜爱，催生出了高超的插花技巧。李嵩的《花篮图》，是中国传统绘画中，少有的偏向写实风的绘画。有了这幅图，我们大概可以窥探到，千年前的宋人家中，插花都是怎样的。在《夏花篮图》中，插花师用夏天盛放的大朵蜀葵作为主花，辅以栀子花、石榴花、含笑、萱草，以明媚的色调表现了夏日应有的活泼。

宋代民间还有重要的“扑蝶会”。在花朝节诸多的风俗中，数“扑蝶会”最为盛行，更一度把花朝节改为“扑蝶节”。扑蝶是一种春季游戏。南北朝时期的《荆楚岁时记》记载说：“长安二月间，士女相聚，扑蝶为戏，名曰‘扑蝶会’。”在家憋了一个冬天的闺中女孩，在这一天踏青扑蝶，开展游戏活动，放松身心，场面十分热闹。这里虽未提及花朝，但与花朝节的时间基本吻合。

除此之外，庙宇里的活动也很隆重，“天庆观递年设老君诞会，燃万盏华灯，供圣修斋，为民祈福。士庶拈香瞻仰”。庙里有老君会，善男信女们庆祝祝寿，而长明寺举办的书画会、赏花会，更是让人们络绎不绝：“崇新门外长明寺及诸教院僧尼，建佛涅盘胜会，罗列幡幢，种种香花异果供养，挂名贤书画，设珍异玩具，庄严道场，观者纷集，竟日不绝。”

由此来看，宋代人不仅爱玩花，会玩花，并且玩得很嗨。从宋徽宗赵佶的一张簪花图可知，宋代男人爱花也是到了“花痴”程度。史载，宋徽宗每次出游回宫，都是“御裹小帽，簪花，乘马”，从驾的臣僚仪卫，也都赐花佩戴。天子都“神经兮兮”了，百姓自然紧随其后。上行下效，戴花一时间成了宋代时尚，不由得你不惊掉下巴。“朕今天要萌萌哒”，皇帝如是！大臣表示“臣也要萌萌哒”，老百姓就更要戴朵“小花花”来玩自嗨了！

熏香一缕为宋韵

南宋画家刘松年有一幅《十八学士图轴》，其中一《品香》立轴，上面有这样的场景：四名文士围坐于长方形的案几，他们的目光在案几中央相汇，那里摆放着一盏青铜色的香炉，一缕青烟缓缓升起，消散在空中。此外，案上别无他物。

以今而论，这就有点尴尬了，按说，一缕香有什么好闻的。现在吧，烧香拜佛，那是寺院里的法事。为什么宋代人竟乐于"品香"呢？

这里要说道说道。烧香不仅仅在宋代有之，隋唐时期早已有之，隋炀帝就曾经在祭祀日烧过几天几夜的熏香，用以袪除秽气。宋以前，焚香主要用于静气，另外就是寺庙里用于感应鬼神。

到了宋代，烧香渐渐变成了一种有韵味的"雅趣"，并在民间得以发扬光大。

有一幅宋徽宗《听琴图》：皇帝本人身着玄色道袍，坐在松树下，似乎在抚琴，又似乎神游物外，兀自思忖。两位臣子一左一右，端在两旁，侧耳聆听。黑色的案几上摆放着香炉，袅袅青烟正从中浮出，仿佛随着悠扬的琴音，如同身后的凌霄花一般，直向松树的顶端升起。

《听琴图》中的香炉，是宋人根据古器"博山炉"改良而来的新式香炉。上方有盖，下方有盘。这样，习习香风能下沉式萦绕，久久挥之不去，可谓闻香心悦，令人羡慕令人沉迷。

宋代士大夫阶层颇流行"制香"。如黄庭坚就是一个高手。另外李清照、苏东坡、陆游等人也喜欢烧香制香。李清照词《醉花阴》有“瑞脑销金兽”之句。瑞脑，即龙脑香，今指冰片；金兽，香炉名。

宋人也习惯将沉香、檀香、龙涎香等香料捣成粉末，加入蜂蜜、果汁，调成一颗一颗如同今日药片的小香丸，风干备用。这种调制出来的香品，宋代人干脆特称之为“合香”。

苏东坡擅长调制合香，他调制的一款合香，炙烤时能散发出一股清新的梅花之香，配方得自宋代名臣韩琦，因而取名“韩魏公浓梅香”。

苏轼的门人黄庭坚，更是制香的高手。黄庭坚曾说：“天资喜文事，如我有香癖。”黄庭坚在中国香文化的发展史上，做出了不可磨灭的贡献。宋代有四款很有名的文人合香，即意和香、意可香、深静香、小宗香，合称“黄太史四香”，就是黄庭坚调制出来的。

陆游调制的一款“四和香”，所用香料便是荔枝壳、兰花、菊花、柏树果实，四种原料捣碎，以炼蜜调成小丸。

宋人不仅爱“合香”，还喜欢“斗香”。古文《香乘》的第十一卷中就专门记录了这种斗香的具体活动方式：“韦武间为雅会，各携名香，比试优劣，曰香会。”例如黄庭坚就曾和他的朋友惠洪一起赏墨梅，品熏香。

黄庭坚：“惠洪兄，这真是好画啊！好画！可惜闻不到梅花之香。”

惠洪：“要嗅梅香，又有何难？”

惠洪从囊中取出一粒香丸，投入香炉内，不消多时，便有梅花的暗香浮动。

黄庭坚：“惠洪兄，这是何香？这么神奇。”

惠洪：“这是传说中的韩魏公浓梅香，苏轼苏大学士的独门秘香。”

黄庭坚：“原来这就是韩魏公浓梅香？”

这段对话很好地复原了宋代文士的雅集品香活动。在宋代民间，香的种类和制作已经十分流行。老百姓用荔枝壳、松子膜、苦楝花等制作香料，后来渐渐影响到宫廷。连宋仁宗宠妃张贵妃也喜欢上了！

宋代还成立了专门的香药局，来掌管香料和用香事宜。民间更是售卖竹香、线香、圈香，品类众多。

前面说过，宋人喜欢烧香。为什么独独这个时期最盛行呢？要知道宋人的几大雅好焚香、品茗、挂画、插花等，焚香就放在第一位！

我的观点，一方面是宋代以文治国，政治体制决定了文人成为一个主流阶层。皇帝和士大夫如此，老百姓当然争相效仿了。

另一方面，宋代的航运十分发达。这就使各种香料的运送变得十分便捷，交易也变得越来越频繁，经济更繁华。在《东京梦华录》这本书中，则更能够看出宋人对香的推崇。书中多次提到“香药居”，还专门提到了“香婆”，这足以看出在宋代香料已经是平民阶层的一个生活必需品，而非只是贵族阶层才会用的玩意儿。

崇尚德操，上行下效，加上经济推动，久而久之“尚香”便成为宋人的重要习俗了。

值得一提的是，彼时的“韵”字已成为宋代流行词，并不是今人臆想出来的习惯。南宋时期寓居于临安清波门西湖边的文士周辉在《清波杂志》卷六中记载：“宣和间，衣着曰‘韵缬’，果实曰‘韵梅’，词曲曰‘韵令’。”由此可见，宋代时“韵”字确实为流行热词。如今，“宋韵”一词可理解为具有中国气派和浙江辨识度的境界。

让我们承袭宋人焚香的好习惯，“更挼残蕊，更捻余香，更得些时”。闻香，也会带给人气质和心境上的变化。因为有些沉香历经百年风霜磨难，熏之吸之而香气依旧。这和人生之道不谋而合，耐得住寂寞、经得起风雨，方能沉淀出气质，芳香悠远而不消散。

一阕宋词里的年味

宋人过年都有哪些习俗呢？恰好有一首词可作佐证。这位仁兄叫孙惟信，他在《水龙吟·除夕》中写道："小童教写桃符，道人还了常年例。神前灶下，祓除清净，献花酌水。祷告些儿，也都不是，求名求利。但吟诗写字，分数上面，略精进、尽足矣。饮量添教不醉。好时节，逢场作戏。驱傩爆竹，软饧酥豆，通宵不睡。四海皆兄弟，阿鹊也、同添一岁。愿家家户户，和和顺顺，乐升平世。"这首词绝妙之处在于它包含了宋人过年的过程和习俗。大致有挂桃符，清洁神龛、厨灶，祭拜祖先，爆竹驱傩，食消夜果，守岁等几个方面。

挂桃符的习俗自古有之。就是在两块木板上画两个辟邪的神仙，然后挂在大门口，用来镇住邪秽之物。每年除夕，每家每户都要在门口更换上新的"桃符"。但是让孩子来催就不同了，因为要过年了，"总把新桃换旧符"这个功课可以让给孩子做。门上挂桃枝有避邪驱鬼的意思。后来慢慢地变成贴钟馗或者秦琼、尉迟恭的像了！

清洁神龛、厨灶这个习俗今天也有，宋人则格外讲究。用抹布一遍遍抹干净，将香灰倒掉，将牌位摆好。有条件的还要换换跪垫，便于烧香祭拜。庙里头请诸神，家里头祭祖先。"列祖在上，保佑家人来年顺利兴旺。考生中举夺魁，种地丰收在望！"橱柜平时要清洁，过年了更要仔细打扫。另外，还要拜拜灶王爷，点盏锅灯。

宋代的爆竹，应该叫炮仗。之前，人们将火药放在竹筒里点燃。到了经济发达的宋代，人们已经把火药装在厚纸中燃放了。过年放炮仗，就是讨彩头，在惊天动地的爆竹声中一岁除，新的一年又将来了。放炮仗也非常喜庆，同时驱邪除秽。宋代的除夕夜，爆竹之声通宵不绝。宋代孟元老著的《东京梦华录》说："是夜，禁中爆竹山呼，声闻于外。"宫廷高院深墙内燃放爆竹的声音，传到了宫外。宫外大街小巷都有人竞相燃放爆竹。据载，宋代的爆竹品种不下百种，有单响、双响、连响的。其中，飞上天空才爆响的二踢脚爆竹，包含了现代火箭技术的基本原理，令人惊叹！

驱傩，是一种驱除疫鬼的仪式，最早来源于东周，"驱傩击鼓吹长笛，瘦鬼染面惟齿白"，参与仪式的人需要用夸张的妆容和吓人的装扮来驱走疫鬼。比如扮成无常鬼、孟婆、母夜叉、阎王爷四处吓人。

祭拜祖先是晚餐前必须做的。宋人一样很重视。放几个酒杯，倒酒于地，放一个碗，架双筷子，让祖先们先吃。

宋人的除夕菜单上有道菜值得一提，叫春盘。春盘最初叫"五辛盘"，将韭菜、芸薹（油菜）、芫荽洗净，撕开，不切断，在盘子里摆出好看的造型，然后再拌以腊八当天腌渍的大蒜和荠头，最后在这堆蔬菜的中间插一根线香，线香顶端贴一朵纸花即可。春盘象征着祛病消灾，来年平安顺利。

宋人吃饭的场面煞是热闹。《东京梦华录》记载了开封府百姓吃年夜饭的情景："居室华灯皆燃，举家围坐，长者上首，男女分左右，频举杯觞。"可见，宋人非常讲究礼节，次序分明。

宋人爱喝的一种酒叫屠苏酒。其为大黄、白术、桂枝、花椒等中药入酒中浸制而成。饮酒，平日总是从年长者饮起，过年饮屠苏酒正好相反，是从最年少的饮起，宋人就是这么有"个性"。

"百事吉"是宋人过年时在餐桌上摆放的一种利市：将柿子、橘子和柏枝放到同一个盘子里，先将柏枝折断，再依次掰开柿子和橘子，是为“柏柿橘”，寓意“百事吉”，新年必须大吉大利。

宋人消夜的果子、糕点不一而足。普通百姓家有橘子、梨、苹果、甘蔗等，也有各种糕点可供选择。

守岁是必须的。红包可以发一下，还可以包包饺子。宋代风俗：除夕当晚，小孩守岁，院子正中或者厅堂门口要放一个火盆，盆中贮炭，从吃年夜饭时开始燃，要一直烧到天亮。早在中古时期，除夕盛行“庭燎”，即在院子里的空地上燃起一堆明火，让小孩子往火堆里扔竹竿，在火苗的炙烤下，竹竿不停地爆开，发出噼噼啪啪的声音。大家欢笑打趣，说着快乐的事情，一起迎来新春。然后是“爆竹声中一岁除，春风送暖入屠苏”。新的一年如约而至，打开大门迎接财神到来！

智者乐水

南宋著名宫廷画家马远的《水图》系列堪称完美。这幅画是由十二幅画拼贴成的。除了第一幅没有标题,其余都有。

这十二幅画都画了什么?

第一幅画:画幅缺一半,画面上密密铺就尖小细浪,线条勾勒层层叠叠,远处水天浩渺。秋水微澜之后,湖面平静安宁。

第二幅《洞庭风细》。起伏的线条组成细密柔婉的波浪,渐渐向远方淡化,最后虚幻成水天一色。湖面轻风习习,波浪如鳞,万顷碧波,浩渺无际。这是春明景和的洞庭湖。

第三幅《层波叠浪》。用粗重的颤笔画出大幅度起伏的波浪,浪谷间卷起浪花。

第四幅《寒塘清浅》。稀疏的线条回旋起伏,水边三两块石头,水面流动感很强,显然这是溪流,而非清浅的池塘。

第五幅《长江万顷》。流利的线条勾出的浪尖,都指向同一方向,远处的浪尖渐渐虚化。显然这是长江下游开阔浩瀚的江面。

第六幅《黄河逆流》。粗重线条勾出的巨幅波浪,浪间卷起的浪花,都向前作奔涌抬升运动,又呈现向后逆涌之势。

第七幅《秋水回波》。柔婉的双勾线波纹,贴水飞翔的白鹭,浩渺无边的湖面,袅袅兮秋风,湖水清兮波浪细。

第八幅《云生苍海》。浪峰向前倾斜，后浪紧推前浪，云遮雾锁，涛声如潮。这是涨潮时的海浪。

第九幅《湖光潋滟》。轻快的线条，画出无规则跳动的水波。春风柔柔，湖水盈盈。阳光下的山色，明镜里的波光，都在游人的欢声笑语里微微荡漾。

第十幅《云舒浪卷》。云雾弥漫下的海面，前后都是涌动的波浪，中间用粗重凝涩的颤笔，画出一个抬起的浪头，浪头正在发威咆哮——这是沧海中的洪波。

第十一幅《晓日烘山》。红日、远山、晨雾——朝晖下的湖面浮光跃金，一片清新宁静的气氛。

第十二幅《细浪漂漂》。鱼纹状的线条组成细密波纹，向远处渐渐虚化，几只海鸥在海面上飞翔，海面风平浪静、安静祥和。

马远的画作为什么可以作为宋画的代表?

笔者以为宋画注重写实这一风格。若非马远足迹踏遍黄沙海洋，哪里会画出如此吻合不同季节不同情态的水态。

同时，马远的画反映宋画重意境的倾向。《晓日烘山》中日出江上，江水无边，淡云晓雾，勾画出红日映江的美感。大片留白的画法烘托出苍茫、迷离、寥廓无垠的景物特点。

还有就是画作反映了画家崇尚自然、追求高远的情趣。格物致知，懂得画趣，先学做人。如何做人，需有情怀，需要追求。而大气之作，常常表现出智者见智的睿思！我觉得，马远作为专业画家，其工巧与意趣的出发点在于他有一颗锦绣心和一种傲岸率真的性灵。

子曰：智者乐水，仁者乐山。问者曰："夫智者何以乐于水也?"曰："夫水者，缘理而行，不遗小间，似有智者；动而下之，似有礼者；蹈深不疑，似有勇者；障防而清，似知命者；历险致远，卒成不毁，似有德者。天地以成，群物以生，国家以宁，万事以平，品物以正，此智者所以乐于水也。”（《韩诗外传》）

水讲究顺遂、机变，水包容、睿智、空灵、不羁……水性即智慧之性。

以上可以用来佐证我的观点。宋画之所以成为古代绘画的高峰，缘于曾经有过一个倡导艺术、支持艺术的生态环境。在今天，和谐社会，共同繁荣也应当和环境息息相关。希望我的祖国繁荣昌盛，人民平和安康。

如此，方有艺术的美好期冀！

众安桥的遐思

这是一座在杭州版图上已觅不见影踪的桥。它有一个美妙又和谐的名字——众安桥。它的位置在哪里？地图上只余一个公交站了。大致可以这样描述：庆春路、中山中路、中山北路相交处地域名称。以桥名作地名——宋众安桥跨清湖河(后世称浣纱河)，如今浣纱河也不在了，倒是有一条浣纱路。你肯定会说，那就只剩下鸟的踪迹了。

说起来，这个众安桥是很有"宋韵"的一个地标。从古地图上看，它的东面是小河，在今天应该是中河。他的西边是众乐桥和岳庙。我先来说说众安桥的名字来历。

"众安桥"桥名的来历，据说与苏东坡有关。北宋元祐四年(1089)，苏东坡来杭任知州，这已是他第二次来杭任职了。

苏东坡抵杭任职的次年，由于人口稠密，加上连年灾害，杭州瘟疫流行。这一瘟疫的症状是手脚冰凉、腹痛腹泻、发热恶寒、肢节疼肿，不少人因此死亡。苏东坡捐出俸银五十两，倡导民间集资，并力推官府提供资金，设立安乐坊，相当于免费的民办医院，为公众提供医疗服务，还专门为穷人提供"圣散子"等药物。据传，苏东坡在杭任职的近三年时间里，安乐坊共治好了一千多名病人，大多为瘟疫患者。众人感念苏东坡为大家开办安乐坊的功德，把安乐坊附近的这座桥称为"众安桥"，意即"众生安乐"。

这个说法比较符合百姓意愿。到了南宋初年，名将杨存中为建造官邸，对清湖河的部分河道进行了拓直修整，新筑桥梁，“众安桥”和“众乐桥”为其中的两座（众乐桥在众安桥之西侧，与众安桥成八字形）。据传，对这座桥梁的命名采用了民间的建议，“众”为百姓，嵌入“安”“乐”两字，即为纪念当年平民医院安乐坊，亦即怀念安乐坊的倡办者苏东坡。

众安桥在宋代是繁华之地，它横跨清湖河（浣纱河），是御街必经道。各代皇帝都会在“四孟”（每季的第一个月）来到景灵宫行孟飨礼，也就是祈福求平安的祭祀活动。景灵宫在今凤起路与环城西路交叉口之东。

当时的众安桥是平坦的，也不设石礅、石栏什么的，主要是考虑便于车马通行。南宋比较缺高头大马，皇帝出行也是用牛车代替，或者驴、骡子什么的。因此众安桥也就显得比较“另类”了。

众安桥一带是有名的“北瓦”所在地，这里有13座“瓦子”。瓦子，就是戏院。瓦子里玩闹的项目很多，都有杂货零卖及酒食之处，还有相扑、影戏、杂剧、傀儡、唱赚、踢弄、背商谜、学乡谈等表演，人们进去了，会有不少娱乐活动，当然也得花钱。因此瓦子的规模和档次也不一样。这就好像量贩式KTV与娱乐精英会所，层次差距大。

宋代，临安（杭州）的瓦子共有24座，其中众安桥一带最多。当年汴京（开封）有50座，可惜到南宋没了。

人们到众安桥北瓦看戏赏乐，就像进了世界上最美妙的福地。马可·波罗曾感叹杭州是世界上最美丽华贵之天城。当然，要是有一场蹴鞠比赛，那“洋大人”可就真“长知识”了！

傀儡戏有看头，杨亿《咏傀儡》：“鲍老当筵笑郭郎，笑他舞袖太郎当。若教鲍老当筵舞，转更郎当舞袖长。”试想，几个木偶在一起厮杀，举的人和看的人有着良好的互动。这让我想起小时候外公会唱的《薛仁贵征东》段子：丁山与杨藩正面交锋，杨藩称自己与梨花将要结婚，丁山出言祝福却遭到了杨藩的鄙视。樊父逼女儿嫁给杨藩，梨花坚决不依被父亲软禁。外公要是在宋代，一定是薛丁山的“超粉”！

宋代老百姓是快乐的，这份快乐延续了三百多年，因为宋代没有大的兵祸。在赵氏王朝“文治”为先的大背景下，百姓取得平安，偃旗息鼓是现象级的，文化经济也取得了长足发展。所以透过众安桥，可以联想到当时百姓的和美，他们的平实与知足常乐。

浣纱河在众安桥下，常有来来往往的各种船经过。有的载粮，有的装宋瓷外运出钱塘，有的把沙子和木排运进城。

熙熙攘攘，店铺林立，人流如织。临安的繁华可以说是当之无愧的。

宋代耐得翁在《都城纪胜》中赞道：“坊巷市井，买卖关扑，酒楼歌馆，直至四鼓后方静，而五鼓朝马将动，其有趁卖早市者，复起开张。无论四时皆然。”能够想见当时临安城的“不夜之侯”。陆游《杂赋》可以佐证当时的都城百姓姿态：

梦里曾作南柯守，少时元是东陵侯。

今朝半醉归草市，指点青帘上酒楼。

这，便是烟火人家，繁华大道——众安桥的韵律！

第二辑

山水人生

透过这些整齐或历史久远的树，除了感慨天荒地老、人间仙境，我们还应当意识到，人与天地万物相比，毕竟还是渺小的、无知的，我们敬畏自然，尊奉一棵银杏，就在彰显人们的诉求与胸怀。

——《杏黄一边秋》

落叶赋

走过凤山公园，几棵银杏树下，黄澄澄的叶子落满一地。在我看来，就是时光的诗，是天空写给大地的赞美诗。

我的耳边响起歌曲《天使的翅膀》："落叶随风将要去何方，只留给天空美丽一场。曾飞舞的身影，像天使的翅膀……"

是的，在恋人眼中，落叶是诗，是爱的诗篇，是付出与奉献的歌行。

这不禁使我想起曾经看到过的一个故事。

逝世前的一段日子，他的大脑陷入了一种迷乱的状态。一天，医护人员给他喂食，他推开她的手，喃喃但很清晰地说了一句："我不饿，健雄饿着。"身边的医护人员听了，都愣住了，但随即都默默地含泪走了出去，他说的这个叫"健雄"的人是他的妻子，已于6年前离开了人世。

男人眼中的"健雄"是他弥留之际的记忆。这记忆里有关切，有思念，有萦怀，有青春记忆。弥留之际还要牵挂着对方，这也许就是落叶情、黄昏恋。

徐志摩散文《落叶》中有一段话："一次，我放学来到这里，踩着已经没有水分的落叶，发出簌簌的响声，好像叶子碎了。但细心一点就会发现，这里的落叶竟一片也没有碎裂。"

你不妨学着徐志摩，也去踩一下落叶。也许你也会发现，即便是落在地上，它也还是一片美丽的神话，叶脉到叶面，叶柄后面系着的空落……它属于哪一个故事，带你进入哪一棵大树的年轮，这年轮里，又藏着怎么样的一圈圈涟漪，仿若一个人曾经的辉煌与沧桑。

记得浙江宁波的冯和兰烈士在被捕前曾写下几封著名的家书，其中有一封写给姐姐的："能够入地狱的人还是幸运的，因为佛云：'我不入地狱谁入地狱'，为了千百万苦难众生，挺身而步入地狱，佛是何等伟大的行动！好多难友对监狱生活是满腹牢骚，这是只有暴露了自己的天真与幼稚。地狱本来是黑暗的，整日怨天尤人，苛刻些讲，只是阿Q精神的复活。"

冯和兰觉得，死亡固然可怕，然而，人是需要信仰的。为着信仰而捐躯，这是值得的、义无反顾的。

在冯和兰家书中，我仿佛看到落叶的灿烂辉煌。1947年11月5日，冯和兰被押解到故乡宁波，与另外两位烈士一起牺牲。年仅30岁！生得伟大，死得光荣。她在信中割舍不下的是家人，是她的事业——革命尚未成功，同志仍需努力。她的一生虽然短暂，似流星划过夜空，然而留下了最亮的瞬间。

人生在世，草木一秋。去则去矣，须知"无边落木萧萧下，不尽长江滚滚来"。生亦何欢，死亦何惧！冯和兰如此，欧阳海如此，雷锋如此，还有长眠在大地上的无数革命先烈们亦如此。是他们，用最美的奉献开出英雄之花！他们，才是世界上最可爱的人。

谁不羡慕春叶的美丽，谁不留恋青春的容颜。雨果曾经说过："花的事业是尊贵的，果实的事业是甜美的，让我们做叶的事业吧！因为叶的事业是平凡而谦逊的。"

泰戈尔在《飞鸟集》中也写道："果实的事业是尊贵的，花的事业是甜美的，但是让我做叶的事业吧，叶是谦逊地、专心地垂着绿荫的。"

那么，让我们以叶的事业和标准来衡量和要求自己，此生虽平凡，纵然无法享受完满，自己也能够保持冷静与执守，做一个有理想有情怀的人，有爱，有情，知冷暖，乐奉献！

南太湖的璀璨之乡

我已然沉醉在你蔚蓝色的召唤里。

眼前的太湖，是一只鸟，凌驾于心胸上的图腾。关于太湖的形成，简直就是一个传说，一个未解之谜。说起来有大江淤积、火山爆发、陨石撞击、气象说、风暴流、地面沉降等多个成因。也许，它就是上天赐予我们的礼物，是人类祥和的福因，是众生普度的法相。

沿太湖有多少景点呢？苏州市的木渎、石湖、光福、东山、西山、甪直、同里景区，无锡市的梅梁湖、蠡湖、锡惠、马山景区，常熟市的虞山景区，宜兴市的阳羡景区等13个景区和无锡市的泰伯庙、泰伯墓2个独立景点。

如此多的风景区汇成如今的太湖，它就理所当然地称得上名珠，称得上冠绝古今。

正巧，国庆放假。应二十年前教过的学生之邀，我们来到太湖边，来到这祥和之地。

我们吃饭的地方在湖边某个酒店二楼。楼上有观景台，距离太湖实在太近了。夕阳正红，湖风清爽。在饭局之前，刚好可以揽一湖水入眼，尽欣赏之欢。

岁月静好。以前的几个学生，如今都功成名就，前一天在安吉就念念不忘请我们去玩。想某年，曾相邀于湖州。那时，我们正年轻；那时，你们，也正年轻。我们相遇在安吉递铺，相遇在烂漫的时光里。

雪峰的女儿像个精灵一般喋喋不休，一会儿逗一下李班长的女儿："小妹妹你好可爱哦，小妹妹我好喜欢你。"小胖子的儿子憨厚，直爽；雪芬的儿子简直是标准的明星，腼腆，听话。我们聊天，从毕业时候聊到如今。如今的雪峰都有两个孩子了，我的学生们，"80后"，大都拥有二胎了，老师真的是羡慕嫉妒。学生们说老师你也抓紧，还来得及。

饭局上，大家热情劝酒。你来我往，仿佛要把20多年异地相处的空白填满；仿佛想饮尽颠沛流离的辛苦，人生艰涩的困境，以及柳暗花明的终局。

太湖的风，透过窗帘，拂动着生生不息的清凉。雪峰说他们老板将这个地方买下时还算便宜，如今这里一地难求，地价噌噌噌往上涨。沈汉强说自己天天跟着老板干，也没有找到赚钱机会。李班长说，如今你的老板如此器重你，你一家都在老板公司，成为老板的心腹，难道不幸福不成功吗？陈雪芬说，只要能独立能赚钱，打工也好啊。

此时杯中茅台已然喝干，再倒一杯。太湖的蟹好吃，大家蘸着醋吃蟹肉，新鲜、过瘾！

入夜。太湖之眼像梦幻般闪亮。我们收拾行李前往龙之梦观景。

一路上，秋风也疾，光影太美。太湖开始静下来了，而龙之梦，此时华灯初上，处处金碧辉煌。

太湖龙之梦乐园，是一个集星级酒店群、养老公寓、太湖古镇、国际马戏城、动物世界、海洋世界、欢乐世界、嬉水世界、购物中心、快乐农场、盆景园、湿地公园、太湖药师文化园、婚纱摄影基地、大型酒吧街于一体的大型旅游目的地。

我们沿着太湖古镇往里走。因为是夜晚，所以赏烟花才是最重要的。李班长拿出代步车推着小女儿走，雪峰女儿偏巧喜欢婴儿代步车。于是，李班长抱起女儿，雪峰推着车，来了个角色互换游戏。这样有趣的情节将夜色加浓了，将欢乐延长了！

因为时近八点半左右，烟火表演马上开始了。我们又返身逛到广场上。只见一群老外摇着小红旗，广场北面大屏上亮出《我和我的祖国》歌词——

我和我的祖国，一刻也不能分割。

无论我走到哪里，都流出一首赞歌。

我歌唱每一座高山，我歌唱每一条河。

袅袅炊烟，小小村落，路上一道辙。

我最亲爱的祖国，我永远紧贴着你的心窝。

…………

广场上所有的人汇成河流，所有人同声高唱着，激情澎湃。家长哄着婴儿也举起小手，打着节拍。雪峰的女儿唱得最投入，最走心。你，我，我们，一起为祖国加油，一起为祖国祝福，也祝福我们的下一代，幸福吉祥。我们看见，那演艺圈的外国人，有50—60人的团体，也与我们齐唱着，很走心！

烟花炸开来，它幽灵般穿梭在夜空中炸响起来——轰鸣声和惊叹声，一起响。高空中的烟花，创造出一个色彩斑斓的世界。它一会儿似菊开万点，一会儿似蝶舞恋花，一会儿又似开屏孔雀，如鼠般灵巧，如梭般迅疾。天空中，星河闪亮，却又是和音飞扬。

地上，人群发出哦哦的赞美声，仿佛一首咏叹调。

在送我们回酒店的路上，雪峰不断地说，龙之梦非常好，适合老少游玩。

我和雪峰的女儿唱着歌《我和我的祖国》《东方之珠》《伦敦大桥垮下来》《数鸭子》……小姑娘就是一个小歌手，我们俩，来了个二重唱，欢唱一直进行下去！

夜已阑珊，而快乐将成为永夜不寐的传奇。

太湖之光，于心里久久挥之不去！

愿记忆珍藏着这一幕情景，成为永远的神话。

盆栽园赏景记

杭州植物园里的盆栽园令人难忘。盆栽园位于植物园西大门入口处，靠近灵溪隧道、灵隐寺，总占地面积达4.05公顷，前身是科研圃地和原生态的杂木林，最早可追溯到700多年前，很早以前这里曾多次遭遇雷电，又名“雷电山”。

盆栽园于2014年5月1日正式对外开放。盆栽园有4大游览区。其一，盆栽盆景展示区，是盆栽园的主体和核心区域，展示各种大中型精品盆景和组合盆景200余盆，同时在地面种植一些大型的地栽造型植物，在水岸种植水湿生植物，形成水陆一体的景观效果。

其二，珍稀濒危植物盆景展示区，凸显植物园收集保育物种的特色，集中展示30余盆国家一、二级珍稀濒危植物，八角莲、延龄草、南方红豆杉、珙桐、苏铁、夏蜡梅、天目木兰等。

其三，家庭园艺展示区，打造“模拟阳台”。通过不同的造园手法，运用平台、植物、装饰小品等元素，塑造出一个个精致的庭院意境。

其四，互动交流区，供市民游客参与和体验制作、展示各类盆景活动场所。

介绍完各区，我们说说盆栽的流派与欣赏。目前国内盆栽有八大流派，其特点为：扬派严整壮观，苏派清秀古雅，川派虬曲多姿，岭南派飘逸豪放，海派明快流畅，浙派刚劲自然，徽派奇特古朴，通派（南通）端庄雄伟。

盆栽园里的盆景,有的取法自然,有的精巧典雅。见过其中一盆盆景,刀削似的假山面前植以红槭,其下点缀一丛绿草,给人以色彩斑驳、软硬相对的美感。比之于假山,无疑是丰赡的。另外一个是带陶缸的,缸是侧卧的,配以古梅,梅下常春藤缠绕,给人以古意雅赏的联想。另一盆黄杨木搭蜡梅,黄杨木衰朽枯干,蜡梅虬枝盘曲中有绿叶点缀,显出苍翠古朴之美,典型的浙派手法。还有门口的罗汉松盆景,松苍翠,其下细叶做烘托,加上有弧形白墙相衬,景物层次错落,意境磅礴大气,又典雅秀美,这是岭南派的风格了。

盆栽既讲究摆设,又讲究搭配,它是生活的艺术,也是艺术化的生活。个人很喜欢雕琢化的盆景。要知道它用材多样,造型多样。

木质类如紫檀、红豆杉、樟木、楠木、花梨木、银杏、水杉等珍稀品种,松柏类的五针松、马尾松,花果类的南天竹、蜡梅,藤本类的岩豆、紫藤、金银花等,竹草类的凤尾竹、橄榄竹、半枝莲等,品类繁多,不一而足。

试想,这么多的品类搭以山石,构成意境丰富的景观,给人以美妙绝伦的享受。

盆景其实是中国的一种传统艺术造型,主要分为山水盆景和树桩盆景,有着自己独特的艺术魅力与意境。植物园的盆栽,只是众多园林艺术的范本。据笔者所知,苏州园林中有多处盆栽景观,上海植物园中亦有盆景园。当我们沉浸于这种艺术创造的审美鉴赏之中,我们获得的美感,必然是艺术家们精心设计所结出的硕果。

对这种盆景的维护也需要数年坚持,如此,才能打磨出珍品、孤品,这确实很不简单！在此向盆景制作者们致敬！

群山之上

说实话,爬贵人峰挺吃力的。那个周日,我一个人去爬的时候犹豫了一下。平时上班,办公室坐久了,便不想动。但是内心对自己说,你早已不是那个你了,你需要改变一下自己。于是,我差不多是歇一口气就爬了上去的。

站在贵人阁上,擦擦汗,又累又困,但是兴奋感呼之即来。孔子登泰山而小鲁,所以当我看到钱塘东流,西湖如翡翠般偃卧,看到南面群峰逶迤,看到满觉陇茶园层叠在峰峦之侧,我的心里已经漾满征服感和优越感。

读书的时候,我是班里的学霸,学习上喜欢追赶比自己优秀的同学,因为觉得不断征服是美丽的。登山,能帮自己找到征服感,因此要有所突破,必然要蓄力——蓄积什么,我个人的感觉,自信第一。爬上山顶这一行动,本身就是克服困难,聚集气力,然后一举实现跨越的过程。另外,实现跨越要的是突破自我缺陷的过程。我们本来就有惰性,贪图安逸,不思进取有时会占据内心。我们当务之急是要战胜它,以实现梦想。

有了征服的优越感,是不是就可以坐下来宣布胜利了呢?未必如此,我们对极限的思考还停留在浅层次的征服上。

极限是什么?极限是数学中的分支——微积分的基础概念,广义的极限是指“无限靠近而永远不能到达”的意思。数学中的“极限”指某一个函数中的某一个变量,无法达到的极限值,此变量在或变大或变小的永远变化的过程中，逐渐向某一个确定的数值A不断地逼近而“永远不能够重合到A”。这个A是一个极限值。

当然了，我们人类是无法达到极限值的，也不用强求一定要如此。正是出于这个原因，我比较欣赏王守仁（号阳明）的“心本体论”。

这里有一个故事。一次，王守仁和友人一起游南镇。此时正是百花盛开的春天，一路上，只见一丛丛艳丽的花树在山间时隐时现，飘来阵阵芳香。朋友不禁指着岩中花树问：“你说天下没有心外之物，可是这些花树在深山中总是自开自落，和我的心又有什么关系呢？”王守仁回答：“当你没有看到此般花树时，花树与你的心一样处于沉寂之中，无所谓花，也无所谓心；现在你来看此花，此花的颜色才在你心中一时明白起来，可见，这花并不在你的心外。”

世界上哪有认知能穷尽的对象呢？你问爱因斯坦，你问杨振宁教授，宇宙是谁的。杨振宁说，宇宙的存在绝对是巧妙无比的，它精致异常，所以大科学家们也相信，宇宙必然是由一种力量所操控的。爱因斯坦晚年信奉“上帝”，不是他封建迷信了，而是他相信，有一种精神力量在左右宇宙的存在。这和中国神话故事里的盘古开天地、女娲造人其实是一致的。宇宙无极限，但一定有“边界”，谁来决定它，杨振宁说，他也不清楚。霍金也不清楚，霍金相信有操纵一切的“外星人”存在。

什么是你真实的世界？你能够把握的世界，才是你真实的世界。必不是越大越好，也不是越多越好，而是你把握的确定性越高越好，越高越真实。

我佩服王守仁，他说得很好。内心强大，你可以掌控一切。文学是心学，文学反映哲学、史学。李泽厚认为，作家应该认识和了解史、哲，因为三者密不可分。

回到极限上来说，我们提的超越、征服，实际上只是一个人类不断走向极限的过程，不要寄希望于你能超越极限。在群山之上，你不过是一个登山者。王富洲、贡布、屈银华在1960年登顶珠峰，算是中国人首次破纪录了。他们算是突破极限的人了吧！但你能说他们就是极限吗？理论上讲，只能算是一个更接近于极限值A的变量。在国外，丹增、艾德蒙也算是超越极限的人，他们俩1953年就登顶了！

站在海拔240米的贵人峰之上，我想到《沧海一声笑》中的一句歌词，我笑自己的卑微，我同时也有王阳明的平静。因为我觉得，相对于海拔313米的北高峰来说，我不过是征服了一座山而已，我的心里是可以征服北高峰、清凉峰，甚至黄山、泰山、武当山，甚至珠峰的。虽然我嘴上说可以突破自己的极限，但我无法突破人类的极限。那要贡布、屈银华这些专业运动员去实现。

我所要做的，就是不断地超越自己的内心极限，“会当凌绝顶，一览众山小”！

赏秋樱记

金秋时节，乘兴来到太子湾公园赏樱。“十月樱”的说法有点笼统。实际上我在太子湾看到的樱花应该是染井吉野。这种樱花每枝3到5朵，成伞状花序，花瓣先端缺刻，花色多为白色。

这里有个疑问，樱花原产于日本还是中国？

樱花原产北半球温带环喜马拉雅山地区，在世界各地都有生长。两千多年前的秦汉时期，樱花已在中国宫苑内栽培，唐朝时樱花已普遍出现在私家庭院里。

当时万国来朝，日本朝拜者将樱花带回了东瀛，其在日本已有1000多年的历史。

既然樱花原产于中国，那么为什么日本樱花更有名更好看？

目下30多种知名樱花，大多为日本品种。不难理解，日本人以樱花为国花，尤其致力于其品种的研发。从山樱到染井吉野、菊樱、蝴蝶樱、松月樱等，品种多样，色彩斑斓。日本人有着工匠精神，他们的花卉研究培植技术也是一流的。

这种羡慕嫉妒恨的态度多少让人感叹！

让人想到李商隐的樱花诗：“何处哀筝随急管，樱花永巷垂杨岸。东家老女嫁不售，白日当天三月半。溧阳公主年十四，清明暖后同墙看。归来展转到五更，梁间燕子闻长叹。”这首诗写东家老女婚嫁时自伤迟暮又听到贵家女子的美满生活而增添烦恼的痛苦之情。

李商隐实际上是在自伤。生活中这种顾影自怜的事与孤植的樱花树恰恰是同源的。

此时太子湾的游人渐渐多了起来。阳光明媚,清风袭来。合家而行的,拍婚纱艺术照的,搭帐篷的,凉亭歇坐的,追逐嬉闹的,冥想遐思的……这个凉爽的上午,享受这难得的美妙时光,惬意而又幸福。

从隧道出来时,我拍下几张关山樱的照片。疑惑为什么这时也开花。查资料才知道,估计和2021年7—8月份的雨水多有关。况且,有的品种一年可以开两季。“十月樱”因为开得不多,在树寒山瘦的秋天,也是难得了!

白居易有诗道:“小园新种红樱树,闲绕花行便当游。”我来太子湾,图的是闲游,怡情养性,无论花多花少,人来人往,都不会影响我赏景的心情。

花下,小孩子们追逐玩耍,红蜻蜓在一池清水上翩飞。岁月静好,我心亦安。

人生在世,快乐每一天才是最重要的!难道不是吗?

日本人赏樱有些习俗。买坐布是赏樱的重要一环。虽然只是区区一块布,日本的小伙伴却很注重坐布礼节:坐在他人的坐布上需要脱鞋;饮食时需注意保持坐布清洁;不要移动闲置坐布;赏樱结束后,整理坐布不要将布上的土或脏东西抖落到他人身上。

从这点上来说,日本人很绅士,很有贵族风范——这是可羡慕的。但我想,既然出门,除了必要的规矩,放松心情才是最重要的。我们在游玩之外,美食之余,何不来个诗会,朗诵比赛:“一字新声一颗珠,转喉疑是击珊瑚。听时坐部音中有,唱后樱花叶里无。”

真的,我喜欢以这种方式赏樱。

台州醉

这里，美酒飘香惹人迷醉；这里，人文蕴藉让人沉醉；这里，橘园果熟令人陶醉。

美酒醉

我是在周六晚上来到台州的，因为有课。一下火车，来接我的司机小陈就打电话过来。“周总，你在出站口那儿等，我好找您”，当了一辈子老师，被人叫老总，对我来说还是第一次。小陈人热情，也很健谈。一路上我们聊起台州市区。这个地方是盆地，气候特殊。他告诉我台州有3个区、6个县（市），总人口600万，浙江排名第4位。“人多地方穷”，小陈说。他是酒厂员工，他们的酒厂坐落于黄岩区头陀镇。一路上，窗外掠过黑黢黢的城市楼群和田野，我想象着这个酒厂大约在某个荒郊野外吧。

酒宴上见到宁溪糟烧的老总符汉君，货真价实的“老总”。符总穿着一身黑西装，精明，同时也儒雅随和，帅气开朗。他向我们介绍起宁溪美酒的来历。“古法酿造，品质保证”，糟烧工艺区别于酱香酒等传统酿造，具有其独特性。我参观酒文化博物馆时对耳杯颇有兴趣，陪同的小陈说这个酒器就是王羲之“兰亭雅集”里的曲觞杯。另一件连体酒杯用于新郎新娘喝交杯酒，也是非常珍贵的酒器。博物馆展示的酿酒器具件件都有来历，焕发着悠远的光泽。

宁溪糟烧，不光有好材质，还有精美的工艺包装，每一瓶酒的饮用观赏乃至珍藏价值都非常之高。

公园醉

为什么一个普通公园能让人迷醉？因为这里有始建于五代的瑞隆感应塔。此塔塔身为砖木结构，高七层。千年来，由于风雨侵蚀，塔顶崩颓开裂、险象环生。最近一次大修在1991年，增其旧制。朝阳下，苍松翠柏环绕四周，青森中古意盎然。

这个公园里有文笔书院、九峰书院、黄岩书画院、巨木根雕馆、罗启松翻黄竹雕工作室，我们刚好遇上85岁的罗启松大师，大家畅谈甚欢。印象深的还有一口古井，水清如玉，打水泡茶饮用者至今仍络绎不绝。

作诗曰：九峰山下九峰园，文脉绵远意趣深。借得名师汇聚处，引来越剧短长声。

橘园醉

我们来到永宁江边的黄岩柑橘原产地。这块地方独特的筑墩栽培技术使本地产柑橘糖分高，味醇厚。在柑橘博物馆，我看到林昉名篇《柑子记》。林昉，号晓庵，半岭人，今隶属温岭。他善属文(章)，有识见，荐授国史检阅，时人谓其“可以羽翼经传”。在《柑子记》中，林昉用极为精练的文字，讴歌了黄岩柑橘之美。他在叙述了宋代理宗端平初年(1234)“台之乳柑遂为天下果实第一”等沿革情况以后，写道：“虽练紫之香，含消之爽，亦在下陈，况洞庭千头之绿与永嘉数寸之黄者乎！”将黄岩乳柑列为珍果之首，置于洞庭绿橘与温州黄柑之上，其热烈之情溢于言表。

在柑橘园中，我们吃着蜜橘，陶醉在枝头累累硕果的喜悦中。试想，千百年来,这片片橘园,由当初几棵几亩,到如今千百棵千百亩,当年贡橘,如今誉满天下。我们,不仅见证了永宁江边的静默,更体验了一代代当地橘农的辛苦与甘甜。

愿古老橘乡明天更美,愿淳朴橘人收获更丰!

温情的秋天

国庆节有幸到安吉农村游览,老同学一家人陪着我去乡下探秋。

要说秋天的乡村,可以用两个字来概括:安详。尚书圩是一个安静得能听见水流淙淙之声的地方。与其说这是个休闲佳处,不如说是一片乐土。你可以穿梭在一丘丘梯田间,看看农业文明的点滴,也可以沿着河岸道路往里走,去梦幻田园闲游,去荡秋千、过软桥、骑搞怪的自行车。你还可以从晒簟上抓一把豆子摆一个姿势拍照。谷地里,向日葵开得寂静,玉米吐着穗子,像一个调皮的孩子朝你扮鬼脸。站在谷地里看青山,两侧的山上是一望无际的翠竹——山,寂寥无声,秋阳,垂照在身上,温暖环抱着你,而云朵似油画般散布在青山之背——眼前的田园就像诗一般明丽!

这里很有怀旧感。抓起一把花生,我想起乡下的童年。当时生产队晒花生,我和小伙伴们趴在仓房底下,我三爷在照看花生。他装作没有看到我们,走向另一边,我们三个人一人抓一把花生就逃,逃跑中慌乱,没有察觉到口袋破了。于是,摸一下才发觉花生丢了,就一路往回捡,那场面就像哥伦布发现新大陆,走几步,发现一颗,就发出一声惊叹。但毕竟口袋小手也小,抓一把也没几颗。比之于在仓库里趴半天,实在是不划算。

这个时候三爷下了工,从口袋里掏一把花生给我,说一句:“口袋都不知道检查一下,还敢偷花生!”我嘴里说着“谢谢”,脸也红了!

晒簟上的红辣椒实在是好看。秋天的时候,把辣椒摘了,让它一点点变干，可以存放很久。然后用口袋装上，能卖好价钱。干辣椒炒菜，菜味有点辣，提味。辣椒还可以磨成粉，捣成酱，剁成片做酸辣椒罐头。我母亲喜欢做剁椒。其法，用刀将辣椒切成碎片，拌盐、香料、姜片，再泡在冷开水中密封。7天左右，辣椒就酸了，食之开胃生津，可用来拌菜、下饭。当然，如果用朝天椒做，味道太辣，喜欢的人自是高兴，我们则无缘消受了。

在山窝里行走，感觉这里还有沉浸式体验味道。土锅土灶，劈柴生火。你可以自己煮一餐午饭，体验柴米油盐酱醋茶的农家味。像我，挑一担柴火，试一下童年打柴回家的感觉。老实说，小时候最怕担柴，一担柴50—100斤，我父亲歇几口气挑回家没问题，而我就只能意思一下，挑50斤还要换肩好几次，休息数次，才能回到家。过后几天肩酸腰疼是必定的！

你还可以在晒簟上用耙理一下稻子。所谓稼穑艰难，翻晒也是不易的，将稻子翻几遍，才装筐放进仓库里。仓库要密封，防止老鼠打洞偷粮食。学习晒谷子，一天翻5—8遍，才是正常的。稻谷入筐，回家还要用风车吹一下，把瘪壳扬起吹掉，脱去壳，就是白亮亮的米！鼓风车哐当响着，农家烟火味，实足！

尚书圩的谷地里，你可以体验，可以遐想，可以消闲，可以吟诗，可以献唱，可以娱乐。我问了当地人，他们说安吉农村很多都是以村镇筹钱的方式来建设的。由于资源比较匮乏，本地除了竹笋竹制品，也没有更多的生产资料。如何建设发展新农村呢？大家以合作出资形式来完成，或许是一种尝试。比起请一个投资商来搞开发，当地人更知道保护家园的重要性。

还有一个特点，安吉农村的开发，除了给客人安排体验农村生活，还可以安排更多的活动，钓鱼、摸虾、摘果、挖笋。纯探险性娱乐可以少一点，要不然就是雷同化了！

余村的人居和民宿，鲁村的小火车及党建纪念馆，还有天荒坪的滑雪与电站景观，还有利用“开竹节”引资开发竹制品，都是非常有创意的设计，足见安吉农村人的智慧。

在回来的车上，我们一路谈论着安吉农民的美好时光。老同学夫人告诉我，他们家房子马上要造好了，下次去孝丰乡下，可以住农村，呼吸一下新鲜空气，自己摘橘子，摘柿子，挖竹笋，挖番薯，摘菜，摘玉米，到小河里抓螃蟹……放眼望去，安吉水稻田已经呈现出耀眼的黄色了，路边农家，远处青山，在车窗外掠过。“退休后来农村养老吧，这边住几个月，便宜的。”我问了一下老同学高铁站离这儿远不远，他说，最好还是大巴过来，到客运中心转一下车，15分钟到他家了！

遥想几年后，我真想找个地方安顿下来，种菜，劈柴，面向青山，心上漾起点点碧波！

我的地铁人生

如果说地铁站代表我的人生历程，有几个站必须说给大家听听。

候潮门站是出发点，就像我来杭州时的样子。几个保安几根隔离杆，而那个摇头晃脑的保安小伙多像我当年青涩可爱的样子。他分不清轻重，乘客进站前一律过安检。有一个老头便和他较劲了，老头说他没有健康码，他用的是老年机，什么也查不到，小伙子就是按规矩办事，因此老头不高兴了——两个人闹到了咨询中心找站长。

我想到我刚刚到杭州时，人生地不熟的。在转塘一所学校教书，我教的一个班有几个调皮捣蛋鬼，上课不听讲，小动作不断。有次上课，竟然把前排女生的头发绑在椅子靠背上。女同学站起来读课文，痛得向后倒。我向学校政教处老师反映，政教处陈老师说："你别急，我找过来训一顿。"后来陈老师告诉我，这事就算了，那个学生家长是老板，赞助了学校10台立式空调。校领导说到此为止吧，我一听，也只好这样了。

又有一次，晚自修，这个学生晚上和同学打闹，我让他站到后排去，他站着还在与人窃窃私语。我气得一把抓住他衣领，顶到墙上，他大叫："老师打人了！"话说罢，他的几个小跟班围着我又推又捶，我渐渐处于劣势，招架不住了。正巧，教导处杨老师巡视看到，一把拉开，厉声呵斥："你们反了不是?!"过几天，他的家长也来学校了，据说和校长见面聊了。后来，给学生一个处理结果——留校察看。

候潮门事件和我的教育纠葛有着相似点——年轻时的我们，为人处世，只看到公理不平，尚缺乏处理事情的方法，也不懂变通，所以自己吃亏是肯定的。

吃一堑，长一智，再往后的路我基本上就走顺了。

建国北路站是一个中转站，我乘5号线，到这里转2号线去公司上班，经常看到和我一样的人匆匆忙忙。走转乘楼梯近，可是对膝盖影响大。我喜欢这样的便捷，往往很少去计较代价。

我妻子开了一家建筑劳务公司，正当发展壮大时。2020年过后，受到新冠肺炎疫情影响，为了帮她一把，我选择离开教育行业。本想搞一个自己的培训机构，看前景黯淡，我决定将主要精力投在建筑劳务公司上。我的人生，在50岁时，也便转了一个弯。

开始有点不习惯，想自己一个教书匠，能做什么呢。妻子让我拟合同、开发票、出差。渐渐地，我发现自己也能处理一些事情了。

但日子也没有顺风顺水——有时候，合同出了错，少几个关键词；有时候，发票少一个数字，20多张发票要作废重开——我不断吸取教训。2021年上半年，工作之余，我在妻子鼓励下一连考取了4个管理证书：质量员、安全员、劳务员以及建筑质量管理A证。妻子的公司，也由2020年的2亿元营业目标，向2021年底的4亿营业目标迈进。如今，一年快过半，我们谈了1.4亿元新合同。

努力才有方向。人生到了中年，我断掉一条老路，走上另一条新路。这样的转变有如建国北路转地铁线路一样。生活，因为转弯，让我进了一条快车道。也许别人会想，一个杭州名师，一个作家，怎么变成企业管理者了？其实，当人生走入彷徨，最好的办法就是背水一战！

杭州东站，人流云集。人们从这里出发，前往各地。它就是一个实现梦想的大本营。经常看到探亲的,旅游的,出差的,奔丧的,找活路的,读书的,演出走穴的,寻找机会的……人生如戏,戏如人生。我从杭州东站出发,前往全国各地,2020年下半年至2021年春天,先后辗转于临汾、太原、石家庄、合肥、邹城、曲阜、西安、南京、昆山、苏州、湖州……我觉得自己走过的地方会越来越多,不比苏东坡的少。我吃过最便宜的晚餐——9元炒饭,睡过最便宜的旅馆——60元一晚。当然,也吃过羊肉泡馍,烤过羊排,蹭过不要钱的富平柿饼,看过兵马俑,也喝过汾酒,和好兄弟一起相聚一起唱歌。回到我的故乡凤凰,看望日渐消瘦的母亲和弟弟,还有侄女,看着故乡的云落泪!

我庆幸这样的时候,我的人生因此丰富、精彩、厚朴,并且如密码一样玄妙!我不知道下一个站点在哪里,路指向何方。

杏黄一边秋

秋光下，你亮着一把把小伞，那黄灿灿的温柔目光，别有一种情意。有人说，那是蝴蝶般翩翩起舞的姿态；也有人说，那就是一场纷纷纭纭的美梦，它演绎着光和色。这个时候假如走入一片杏林，你会有一种错觉——自己走进了童话世界。

你若是诗人，便会吟哦"杏园初宴曲江头"。杏园在哪里？在西安大雁塔附近。早在唐中宗神龙年间，凡新科进士及第，先要一起在曲江、杏园游宴，然后登临大雁塔，并题名塔壁留念。时人称进士为"杏园客"。唐宣宗时刘沧在《及第后宴曲江》中说："及第新春选胜游，杏园初宴曲江头。""杏园"在唐代指的便是新科进士游宴之地，"杏园游宴"是唐代文人的雅趣活动之一。于是，杏园和读书入仕有关了。

你若是一个孔门子弟，你会神往孔夫子杏坛讲经。孔子周游列国，未能得到重用，回到鲁国后，仍没有受到重视。于是他干脆不再想做官的事，每天在杏坛谈琴论道，向弟子们讲述"诗、礼、乐、易"。时人为了激励后辈努力学习儒家文化、感悟儒家思想，在杏园的槐荫树下建筑了杏坛，所以杏坛便被尊为孔子授学立教的第一圣地。

北宋时，孔子后代又在曲阜祖庙筑坛，环植杏树，遂以"杏坛"名之。杏坛就成为人们追求知识和理想的代称，泛指教育工作者讲学之场所。

你若是医疗人士，便会施巧手，望闻问切将病人救治。据传东汉时期福建籍医生董奉，与张仲景、华佗齐名，号称“建安三神医”。董奉医术高明，视钱财如粪土，为人治病，从不取人钱物，他唯一的要求就是，在被治愈之后，如果愿意，重症患者在董奉的诊所附近栽种五棵杏树，轻者就栽种一棵杏树。十年过去，董奉的诊所附近就有了十万余株杏树，郁郁葱葱，蔚然成林，成为当地一景。杏果成熟后，董奉又将杏果卖出，换来粮食周济庐山附近贫苦百姓和南来北往的饥民。一年之中，被救助的百姓就多达两万余人。我们现在所说的“杏林春暖”，实际上是指医疗行业品德高尚的人。

这么美丽的银杏怎能没有故事？很久很久以前，传说泰兴市的一个村庄里，村民们过着男耕女织的生活。后来由于蝙蝠精作祟，村民们的生活蒙上了一层阴影，大人小孩经常生病，家禽家畜不断失踪。此时，观世音菩萨驾临泰兴上空，知有妖孽作祟，便派银杏仙子下凡，为老百姓祛病消灾。银杏仙子化作一棵银杏树，长在孤身青年金泰的家门前，受到金泰的精心护理，迅速成长。

一次偶然的机会，蝙蝠精的行踪被孩童小豆子发现了，蝙蝠精便吃掉了小豆子。金泰率领村民四处寻找，终于发现了蝙蝠精的藏身之地，放火逼出妖魔，并一箭射中妖精的后腿。妖精继续在水中放毒，全村老少十有八九染上瘟疫。金泰受乡民重托，准备前往佛山寻找仙果救治乡亲，不料自己也染病卧床不起。银杏仙子用银杏救活了金泰。金泰苏醒后，只见门前的银杏树上果实满枝头，随即用银杏救活了全村乡邻。

银杏果由于能治多种疾病，自古就是一剂良药，可以帮助调理高血压、心血管病，止咳喘。银杏叶用于治耳疾。可以说，它的效用显而易见。以至于千百年来它被奉为“神树”“圣树”，这大约与古人的自然崇拜有关系。

山东有一棵4000年的古银杏树，它位于山东莒县定林寺中。整树高达26.7米，八个成年人伸出双手相互连接才能将它围住，树枝粗大，树干上沟壑纵横,满满岁月侵蚀的痕迹,每年春天,依然有无数绿叶长出。它被联合国教科文组织认定为世界上最古老的银杏树,入选吉尼斯世界纪录。春秋时期最为经典的史学著作《左传》中记载:“鲁隐公八年,公与莒子盟于树下。”而文中的树,就是这棵银杏树。由此可以看出,早在春秋时期,这棵树就是一个了不得的东西,因为古人的结盟之礼是十分考究的。

因此,银杏树堪称“第一活化石”。它曾大批繁衍在2亿年前的欧亚大陆上。直到200万年前的第四冰川期,大部分银杏树冻死了。而少部分存活下来的,应当就是奇迹了!

透过这些整齐而历史久远的树,除了感慨天荒地老、人间仙境,我们还应当意识到,人与天地万物相比,毕竟还是渺小的、无知的,我们敬畏自然,尊奉一棵银杏树,就在彰显人们的诉求与胸怀。是的,物我交融,和谐共生。生命,因谦逊而崇伟!

野性的秋天

童年的回忆总是悠长。芦苇花飞白，我站在坡地上，天长水远，被苇叶割到手裂的痛这会儿还在持续。一起来砍柴的仁军对我说："你看你头上，都是芦絮。"我就嘻嘻笑。这块坡地上就数芦苇多。所以钻进芦苇丛就等于戴雪而立。

想起白居易"风飘细雪落如米，索索萧萧芦苇间"之句，就觉得此刻太美。念书时，美术老师教我们画芦苇，他说苇花头重脚轻，画的时候重点在花枝上。那时我不懂，如今似有所悟，做人千万别浮，像墙上芦苇。

沿着芦苇坡，就想起那个保护丹顶鹤的女孩徐秀娟，想起芦苇荡里种种故事。孙犁是写芦苇荡的高手："他狠狠地敲打，向着苇塘望了一眼。在那里，鲜嫩的芦花，一片展开的紫色的丝绒，正在迎风飘撒。"那是胜利的象征，是抗日的赞歌。

当然秋天不只有蓬蓬芦苇，支支荷箭。还有一夜秋风吹落的黄叶，还有那些行将落幕的樱叶，它们渐渐泛黄，渐渐在枝头做最后的文章，这文章的一字一句都不会多余。所谓秋天就是一首诗——短小、精练。

秋天也是收获的日子。除了凋落，应该还有培育。母亲常叫我们摘一朵野菊花回家，乡村人喜欢挽留它。我们和秋天从此礼尚往来，大家都怀想起芦花似雪的场景，又都有在场感！卸下芦苇柴捆子，我们往深巷里钻，玩躲猫猫儿——弯弯上弦月，秋凉似水，只听见犬吠和鸡窝里一阵动静，去抓那个人，一抓一个准。有一次躲在田边大草垛里，躲到半夜——我睡着了，后来被几只老鼠磨牙惊醒，吓得一溜烟跑回家。开自家门时又被门槛刮了一下，脚疼不已，胳膊肘也蹭伤了，痛了半个月。

秋天，风在山间嘶吼，黄鼠狼的叫声格外凄凉。一夜北风寒。当看到草垛上白霜铺盖，田里结着一层薄冰，我们意识到，接下来，大地也要开始休眠。松鼠在搬运栗子，蚂蚁忙着筑窝，兔子开始长膘，野猪毛色更绵密更硬扎——动物们，也开始考虑如何过冬。三爷的猎枪和兽夹，便可以派上用场了。

母亲带着我去地里挖番薯，她说要不然，野猪会把沙地里的东西全拱光。

秋，更深了，秋天的故事，更加悠远久长。

一路上的风景

走在路上，夏日喧阗，蝉鸣声长，甚至有些聒噪。

我读初中时，每天都要上学，于是和父亲一起追赶星光和清晨。那是一段怎样的时光啊，我父亲曾经和我说，他选择回家，是因为可以看看一路上的风景。其实父亲的风景不在路上，他有时顺手拿一把刀，走着走着就在山边砍柴，并把柴火带回了家，一家人的温暖就在路上找到了。父亲教给我的并不是看风景的办法，他不是诗人，也不是散文家，但是父亲走路是为了随心，他的社会阅历里没有那么多的经验与学问，有的只是一样的感觉——随心。

当我经历了人生的风雨，我渐渐明白，走路的动机其实不仅仅在于要留意什么。刻意地去做一件事，往往会适得其反。你不经意去看看，路上你会碰上许多人，有着不一样的山石、树木、小溪、流云，那又有什么要紧呢。风景在你的心里罢了。

还有一种人，他特别在意路上的景致，他准备一只相机，沿途任何可以留下的风景，他都收录其中了。而后他回去精挑细选，把其中最美的风景冲洗成照片，做在相框里展出，你一定在想，说不定他就是一个摄影家。这一类人，是有心的，他们往往抓住了风景的核心，没有过多在乎别的庸常事物。

这是两种人生态度。你赞成哪一种，欣赏哪一种？不必现在就告诉我答案。这是一道开放题。答一或者二，言之成理就行。

也或者，你是两种情况都有的一类。有的人，也愿意自己做一个自由人，看风景是为了什么，走路就是为了看风景吗？不，也许什么都不是，他只是随便走走，为什么非要做出选择呢？有些人，干脆会说，那这样还有什么意义呢？

陶渊明不是为了种豆才去南山的。想起那些至今在终南山隐居的人，我佩服他们的胆识，却不欣赏这样一种生活方式。所以，人是随心的，他必然也就随大流。大隐隐于市，在饭不能食、衣穿不好的终南山有什么好？看飞雪，赏田园吗，还是为了平息一下市井喧嚣的心灵？作为一个长期生活在闹市里的人来说，我并不认为陶渊明的选择是对的。

我的观点是，不要错过一路上的风景，因为风景很美，碰上了不去欣赏，未免太可惜。也不要过于欣赏风景，因为你的内心是随意的，所以任随心灵游走。人在哪儿，风景就在哪里，每一个在假期里的同学，其实就是去赴一场旅行。你需要驻足，你要刻意去完成你的摄影照，那是必须的。因为这些"照片"就是老师要求你做的作业。同样，你又是自由的，你可以不看风景，只在意随心的事物，你可以做自己认为对的事，当务之急的事，比如看书、观影、弹琴、品茗……

一岁露从今夜白

白露为二十四节气之一，为什么叫白露？因为古人一般以四时配五行，秋属金，金色白，所以用白形容秋露。白露一到，意味着暑热天气结束，孟秋时节已经过去了，接下来就是仲秋时节。

读点诗歌的人只知道"蒹葭苍苍，白露为霜"的典故出于《诗经》，我想，白露时节，到底为什么让古人此时此境诗兴萌动，而又念恋于心？

此意存疑，先来说说白露三候。什么是"三候"？

一候雁飞来，秋气爽。白露时节的降雨量进一步减少，一般为10—15毫米，多数年份为10毫米以下，甚至无雨。因此气温也会降下来，大雁飞往相对温暖的南方。

二候元鸟。元鸟即玄鸟，就是燕子。玄鸟南飞带来勃勃生机，正如唐代诗人李频诗中所云："玄鸟空巢语，飞花入户香。"而今北飞而归，正是"红花半落燕归去"，到了落水飞坠、融风萧瑟之时。

三候群鸟养羞。什么意思呢？《礼记》注曰："羞者，所之食。养羞者，藏之以备冬月之养也。"也就是鸟儿会把一些食物藏起来。当然更多时候它们会将身上堆积的脂肪一点点耗去。鸟儿不像蛇类会冬眠，有时冬天也会冒险找吃的。

白露时节，古代农人在干吗？《四民月令》云："可断瓠作蓄。干地黄。作末都。刈萑苇及刍茭。收韭菁作捣齑。可干葵。收豆藿。种大、小蒜。凡种大、小麦,得白露节,可种薄田;秋分,种中田;后十日种美田。唯穬,早晚无常。”也就是说,这个时候收豆类——大豆小豆,种大蒜小蒜。萑苇,《诗经》所谓蒹葭,芦苇也。穬,有芒之作物,麦也。农民干好储蓄之事,农活靠勤勉。时令一变,他们也收好该收的,做好秋收秋种之事。一个农民,从容应对秋时,他的经验告诉他,什么时候栽种什么最好,什么时令最迫切。

除了农俗,这个时节,各地在这一天也有很多时令活动。如福州人白露“吃龙眼”,太湖人“祭水路菩萨”大禹,南京人“喝白露茶”,还有很多地方有酿制“白露米酒”等习俗。

说到古人咏白露的诗话,杜甫《白露》诗写道:“白露团甘子,清晨散马蹄。圃开连石树,船渡入江溪。”是说早上的白露成了一团团的,马蹄踏过后都看不清蹄印。园子里面的石头和树看上去好像是连在一起的,小船渡入江溪。如此美妙的细节恰恰告诉我们,秋高气爽,可以乘兴游赏。

诗由境开,不同意境下的季候,和诗人心绪是一致的。他的另一首名诗《月夜忆舍弟》写道:“戍鼓断人行,边秋一雁声。露从今夜白,月是故乡明。有弟皆分散,无家问死生。寄书长不达,况乃未休兵。”诗所折射的现实情境和《白露》刚好形成对比。诗人念及亲人分离,寄信未达。思念远方的家人,那种失落与哀伤犹如切肤之痛。

宋丘葵在《白露日独立》中写道:“西风吹我鬓髯髻,独立庭中影随形。一岁露从今夜白,百年眼对老天青。经秋不脱无多树,近月能明有几星。惆怅前修人去尽,后生谁可嘱遗经。”白露时节,诗人独立院中,看到寥寥无几的院中树,念及修学之人不在,自己学问无从传授。丘葵是一名饱读之士,宋亡后隐居不仕。丘葵对于白露之日的感慨既是个人怅寥苍茫的追问,亦是对民族命运颠簸的哀叹与悲悯。

雁也是白露时节的典型物候。雁引愁心,而人依旧。在生活中历经跌宕起伏的古人与现实中的骚客，何尝不是一样的心境呢！

愿每一个人打开这扇窗，把不快与不虞之誉遗忘。古人说“天衔晓月”，秋光寥廓，人生多艰，只要我们秉持一颗宏博之心，无惧任何风浪，在命运的渊薮中，我们往往能脱出苦难，走向从容豁达！

一岁露从今夜白，百年眼对老天青！

在伦敦

在多雨的8月，我们来到伦敦。12个小时的旅程是漫长的。大概在下午5点多，飞机降落在伦敦希思罗机场。清楚地记得通关时被用英语问询来此的目的，原谅我英语不好，只会摇头以示和大不列颠民族的格格不入。很快被放行，我们和前来接送的导游会合，被送往英吉利海边的西斯廷小镇。

某一天突然接到消息，说可以去伦敦看看了，我们高兴极了。于是结队去坐公共巴士，大约11点到了白金汉宫。白金汉宫在威斯敏斯特区内，位于伦敦詹姆士公园西侧。我和李凌、王智民、黄伊菲还有导游一起在广场边等待卫队到来。广场上有几座雕塑，其一为胜利女神雕像。胜利女神金像站在高高的大理石台上，金光闪闪，像是从天而降。白金汉宫是进不去了，围栏很高，有人在朝里望。卫队换班仪式马上要开始了，不一会儿，穿戴整齐的卫队出来了，迎面一匹高头大马，戴着头盔的卫兵骑在马上，迎来大家围观。骑马卫士的后面是军乐队，此时奏着乐曲出来，竖领红袍给人以威严感，头上的穗丝流苏帽显得特别威武。

这种军帽和军盔又有所区别。军盔，穗丝比较少，讲究干练威猛。军乐队的穿戴就比较在乎式样，设计讲究。军乐队走着步子，整齐划一，其中举枪、举刀致意的礼节很有仪式感，令人想起英国电影里决斗时那种庄重的场面。

白金汉宫有着一段“不爱江山更爱美人”的故事。故事的主角是爱德华八世与沃利斯·辛普森。1931年，沃利斯·辛普森与还是亲王的爱德华相识。

1936年元月，威尔士亲王爱德华继位，成为爱德华八世。然而国家大事的重任丝毫没有减少他对沃利斯的爱，他向王室宣布要和沃利斯结婚。这时沃利斯与丈夫欧内斯特的离婚案也摆上了日程。爱德华八世的决定遭到朝野的强烈反对，他们无论如何也接受不了一个结过两次婚的女人成为王后。多次交涉未果后，爱德华八世决定逊位来完成这桩亘古未有的婚姻。1936年12月，即位不足一年的英国国王爱德华八世为了和离异两次的美国平民女子辛普森夫人结婚，毅然宣布退位。爱德华八世的弟弟乔治六世继位后，授予他温莎公爵的头衔。这就是有名的“温莎公爵”的故事。

我们跟着卫队向前行进，怀着虔诚的心情，也有看热闹的心态。看完以后，大家合影，便沿着詹姆士公园去看大本钟。英国建筑最值得欣赏的是“哥特式”建筑，高耸入云的尖顶便是一大特色。“钟塔”俗称“大本钟”，坐落在泰晤士河畔，建成于1859年，高96米，是英国议会建筑的一部分。这座钟塔从塔底到塔顶共有393级台阶，高塔楼四面装有四个镀金的大钟，塔楼的名称来自安置在里面的巨钟——大本钟——仅钟摆就有305千克，整个铜钟重约13吨。巨钟的建造者为本杰明·霍尔爵士。站在钟塔下面，阳光有些刺眼，而我们的导游已在催促我们去大英博物馆了。伦敦塔桥是在旅游车上见过，给我的印象是古旧沧桑，设计精湛。它一共建了8年。塔桥两端由4座石塔连接，两座主塔高43.455米。河中的两座桥基高7.6米，相距76米。1894年，伦敦塔桥建成通车，当时的英国王储，后来的爱德华七世与他的王妃参加了通车典礼。

伦敦塔桥的设计颇为合理，在世界桥梁建筑业中有口皆碑。两岸两座用花岗石和钢铁建成的高塔，高约60米，分上下两层。上层支撑着两岸的塔，下层桥面可让行人通过，也可供车辆穿行。如果巨轮鸣笛而来，下层桥面能够自动往两边翘起，此时行人可改道从上层通过。

游览大英博物馆大概花了一个半小时，导游只给我们这点时间。很多人都诟病里面的珍贵物品是掠夺者的荣耀。其实，里面的展品比如大维德厅的中国瓷器也并不是强取豪夺的。从未在其他地方见到过这么多中国陶瓷，我第一次看到真正的宋代汝瓷，文化浅薄缺乏鉴赏，只能说非常美丽，是一种很难形容的、浅淡的天青色，带有漂亮的龟裂纹。它们越美丽，我越激动，也越失落。

这里的绝大多数藏品像斐西瓦乐·大维德的藏品一样，大多是收购的。大维德是个金融家和学者，痴迷中国陶瓷，他收藏的很多陶瓷来自清宫，一些据传来自慈禧出逃时抵押给北京一家银行的内务府藏品，还有很多是他在协助国民政府清点清宫和组织展览期间，通过各种渠道购买的民间陶瓷。

我是怀着复杂的心情离开大英博物馆的。它的两万件藏品极其珍贵。据说《女史箴图》要等几个月才拿出来展览，当然无法看到了。唯有以后或许会有缘得见。

伦敦多云转晴，阳光正好。泰晤士河在缓缓流淌。这个古老的城市是有故事的。透过它哥特式的塔尖，我能体会到英国人雄奇的艺术和敏锐的识见。他们敢于冒险，而又保持一种固执的初衷，那就是敢想敢干，永不满足。这种自命不凡的绅士风度，也成为他们的某些致命短板。

顺便说一句，英国的牛奶比矿泉水都便宜，还有就是他们的超市里没有假货。所以奶粉尽量多带点回国，肯定赚了！我在超市购物时差点赶不上大部队，被美丽的导游小姐姐狠狠批评了一顿，丢人了！

于谦祠祈梦

三台山新开放的于谦祠有一个景点——祈梦殿。

我刚走到祈梦殿前,见一老奶奶对小孙子说:“你看这是黑黄旗,这一面是锣,还有把大伞。”我对老人的这个解释是不满意的,一则不准确,二则是忽悠了。这四种殿前物应是黄麾、绛麾、团扇、玄武幢。最后一个应该是幡,而不是玄武幢。按神仙庙宇供奉礼制,黑旗应为七星旗,象征为仙界;黄旗象征神权法力。不过因为是和孩子讲,老人这样说说也罢了!

祈梦殿是干什么的?祈梦,就是把自己的想法通过梦境去实现。那么,于谦祠为什么会成为明清时期民间祈梦的场所,也就是今天流行的网红打卡之地呢?

首先是于谦作为一代忠臣,铁肩担道义,含冤而死,值得同情。就连明朝后期天子宪孝二帝也为其平反,旌嘉其忠义。

还有两个故事使于谦祠成为百姓所祈奉之地。第一个故事发生在万历十七年(1589),浙江巡抚孟春夜宿于谦祠,梦于谦与其交谈,于是请求朝廷,以“太业盖世,忠诚炳曰,‘肃’之一原未足以概其生平”为由,上奏改“肃愍”为“忠肃”,后祈梦者络绎不绝。

第二个故事是有一位姓杨的书生,曾夜宿西湖于谦墓下,梦见于谦和自己交谈甚欢,临别时,于谦说:“与子盐台再会。”后杨某任浙江巡抚盐台方悟梦兆之灵,于是捐资修拓祠宇,修于谦像祭祀,打造了供夜宿祈梦者休息的床榻，如此一来，祈梦宿卧的人更多，殆无虚夕。

两则故事亦真亦幻，倒也合乎情理。因为事关仕途，也迎合百姓心理，这三台山于谦祠便也火了，从明后期一直火到民国时期。

祈梦活动反映了什么？梦可信不？

梦，是人类睡眠时的一种心理活动。《说文解字》将“梦”字写作“夢”，从夕，解释为“寐而有觉”，意思是说，人在睡眠时的所思所想就是梦。可见中国古人较早就对梦进行了科学的解释。但同时，由于梦本身所具有的神秘性，古人也对梦兆和预言有浓厚的兴趣——周礼中就提出“以日月星辰占六梦之吉凶”。

杭州城在历史上有着祈梦的风俗，而在明代，随着英雄于谦的归葬，杭州立祠设祭，祈梦的风俗逐渐移于三台山麓于谦祠，体现了杭州老百姓对于谦的朴素情感。来杭参加乡试的科举士子群体成为这一习俗的发起者和重要参与者，并且渐渐将习俗和于谦神化的过程相结合，推广于民间，使得于谦成为杭城闻名的“梦神”。

今天，于谦祠祈梦的风俗已经消失在历史尘埃中，但我们从文献中追溯复原这一风俗，依然可以感受到杭州百姓对于谦的眷眷之情。

人们将自己的诉求祈梦于于谦，本着忠信的初心。又为什么不去文昌帝祠堂去祭祀呢？我觉得，老百姓更愿意相信历史人物演化而成的“神仙”，因为他们更有人间烟火味。人们宁愿相信身边的“忠义”之神，于谦作为文武双全的“男神”（进士，兵部尚书，指挥历史上有名的北京保卫战），自然当仁不让了。

关于祈梦活动，重修于谦祠为什么要突出这点。我想是在于反映百姓诉求。封建时代，读书报国，如于谦、岳飞、文天祥等楷模。于谦也是十分敬重文天祥的，据后人创作的小说《于少保萃忠全传》记载，于谦十分仰慕文天祥的孤忠大节，将祖父珍藏的文天祥挂像挂于书房，并特地写下赞词，以表达自己的志愿抱负。

另外，民间传说于谦青年时曾在吴山三茅观读书，他醉心于先秦、两汉的书籍，探究古今治乱兴亡之理，特地选录唐代陆贽的奏疏，手抄成册，朝夕阅读，“慨然有天下己任之志”。于谦的少年立志，勤勉耕读历历在目，成为佳话。这与杭城百姓求取功名，立志立德的愿望也是一脉相承的。

于谦祠祈梦习俗以于谦信仰为精神纽带，与人生智慧、岁时节令礼俗相伴随，以民间心理为内涵，形成独特丰富的祈梦文化。祈梦习俗作为一种影响广泛的民俗文化形态，融入道教文化，成为一种独特的心理疏导和社会教化形式，其影响力十分深远，成为族群之间的文化纽带。

若有空，也请去于谦祠祭拜一下，祈梦祝福吧！

与菊为伍

11月6日,冒雨参观了长三角地区精品菊展。目睹诸多精品异品,深深折服于园林设计者们的匠心独运。由此,也对菊花这种大众所爱的花卉产生了兴趣。

带着几个问题,我试图解开几个关于菊花的谜底。

菊花的历史有多悠久?答案是3000年左右。有文字记载的是《礼记》一书,书载"季秋之月,鞠有黄华"。这个"鞠"就是"菊"的通假字。"黄华"是说花的颜色是黄色的,而现在有那么多种颜色的菊花是因为变异了,人们种了几千年,通过嫁接等方法掌握了改变其色彩的技术。

菊花最早是用来观赏的吗?

答案为否。菊花是从野生状态下的野菊发展到今天的家庭种植的。开始并不是用来"看"的,而是用来"吃"的,战国时屈原在《离骚》中写道:"朝饮木兰之堕露兮,夕餐秋菊之落英。"可见,菊花最初是用来"吃"的。后来在秦汉时期,菊花的饮食药用价值才显露出来。汉代《神农本草经》中记有"蜀人多种菊,以苗可入菜,花可入药,园圃悉植之"。

菊花是传统中药材之一,主要以头状花序供药用,味甘苦,性微寒,清肝明目,祛毒散火。中医多用以主治目赤、咽肿疼、耳鸣、风热感冒、头疼、高血压等病症。若长期食用,还有利血气、轻身、延年的功效。《神农本草经》记载:"菊花主诸风头眩、肿痛,目欲脱,泪出,皮肤死肌,恶风湿痹,利血气。"

生活中，人们将饮食与药用结合起来开发菊花的食疗价值。如菊花粥，舒目去燥；菊花糕，清爽降火；黄菊花羹，治头晕眼花。人们还将菊花瓣置于枕中，治疗失眠、头晕、高血压等疾病。

人们还开发出菊花酒。《西京杂记》载："菊花舒时，并采茎叶，杂黍为酿之，至来年九月九日始熟，就饮焉，故谓之菊花酒。"因此，菊花的饮食、药疗作用得以扩大，大家对它也逐步重视起来。

自从陶渊明爱菊种菊后，人们发现菊花可以解忧舒心，可供欣赏作诗。于是它的名气就更大了。

经历了宋明清几代，人们开始区分、栽培菊花并对其进行艺术培植，于是形成了民间斗菊的习俗。从宋代起民间就有一年一度的菊花大会，会上不仅"万菊竞艳，菊龙欲飞"，而且还有民歌演唱、诗歌吟咏等节目。

名著《红楼梦》第三十八回中曾有一场"赛菊"诗会，十二首"菊花"诗从《忆菊》开始，到《残菊》结束，写的是由初始到极盛再到衰败的整个过程。以花喻人，表达的是金陵十二钗"万艳同悲""千红一窟"的悲惨命运。堪称"斗菊"之绝品孤本，千古绝唱。

那么一株菊花能结出多少朵花？为什么颜色不一样呢？

在2015年开封举办的中国开封菊花文化节上，有一株菊花竟然开出400个品种近1000朵颜色各异的花朵，真是蔚为壮观！当然这用的是嫁接之法。2013年底，日本的菊展上，出现硕大花冠及盆景类的菊花，其在欣赏价值上更是令人惊叹！如今"斗菊"已然成为世界各国人民美化生活、提高生活质量的不二之选。

雨中观菊展

11月6日下午，大雨中参观了第二届长三角菊花精品展，颇有收获，给我的感觉是主题突出，精彩纷呈。

先说主题突出。印象深的有“绿水青山就是金山银山”理论主题区。设计方的理念是想通过营造一个美丽的大花园来展现“绿水青山就是金山银山”的理念。一湾绿水，水的一边是架风车，风车上缀以紫橙粉金各种花球，四周以绿植和菊花做成山状景观，给人以精致、绚烂的美感。山水本源，心境似花，人们安居的特点十分突出。

生态双面展区。设计者利用废弃物搭建了球形罩，垂以诸多松树小果，下面是松鼠和白鹭——双西萌宠。以呼吁保持生态多样，使人与自然、社会和谐发展，共建生态文明的双西。

海上菊韵展区。注意到各种菊花的搭配，球菊、盆景菊、树菊、欧美小菊等200个品种融合，用竹艺结构、老照片等元素，再现旧时代老上海，波浪与框景元素象征窗口，突出上海改革开放的新变化。但见精美菊品与巧妙框景结合，充满回忆，令人感慨。

乡愁主题展区。设计者以水稻田影、农家院子、江南水乡来突出主题。乌篷船、打谷机、鼓风机、糍粑石臼、自行车、石磨等元素的运用，为我们展示了江南记忆，让人浮想联翩，沉浸在满满的回忆中，忆苦思甜，珍惜当下幸福生活，给人以美好的印象，令人留恋。

城乡一体化主题展区。从寻记忆、悟变迁、迎发展三个场景解读从写信到微信时代，表达城乡的传递、变迁及融合，表现了共建美好生活、共享幸福的基本愿望。

美丽乡村主题展区。设计者营造庭院晒秋、田园飘香等场景。通过景观手法模拟生产、劳作、秋收等场景。展示生命、自然的魅力。如农家场景，让人回味田园，菊花在这里表示原始野趣之美。

我沉醉在主题展的精彩演绎之中，深感主创方的考量与讲究，不禁为他们的精心设计所感动。

当然，除了主题展，各城市代表单位包括合肥、常州、宁波、衢州、苏州、上海等的精品展也十分精彩。我看到"五彩芙蓉""禾城金针""国华雨晴""天授"等精品，沉浸在它们所带来的视觉盛宴中久久不忍离开。丽水市菊花精品展区有一株"紫峰正翠"，高高擎起的菊花如紫冠顶起，像孤峰独立于众山之上，可以说品格峻峭，卓绝不二。合肥参展的"秀姿染霜"，花冠如盆，粉白花蕊或聚攒，或张开，如纤纤佛指，端的是秀丽而又娇气。

菊展上的精品太多了，不胜枚举，欢迎有识之士前往观瞻。毕竟现实的才是最好的！

纸上的春天

纸上的春天，是一朵朵落梅，是拔地而起的春笋，是江汉吹起的春风，是随风潜入夜的绵绵细雨……

绿波春浪满前陂，极目连云䆉稏肥。

更被鹭鹚千点雪，破烟来入画屏飞。

当韦庄来到这江南之地，他震惊于眼前春水里的稻田之美：清风吹拂，水田里涌起一阵阵绿波，鼓起一轮轮稻浪，无数鹭鸶或远或近散布在稻田中。忽然有一只鹭鸶冲破那薄纱似的烟雾，款款飞起，那么优美，那么安详，紧接着，一大群鹭鸶呼啦啦飞起，整个世界充满了生命的律动。韦庄生活在唐朝末年，藩镇割据使黄河和淮河流域的农业生产受到极大破坏，而长江流域却较少遭战乱浩劫。韦庄六十六岁仕西蜀，为蜀主王建所倚重，七十二岁助王建称帝，晚年生活富足安定。因此，他眼里的春天是明丽水彩画，那画里有肥壮的禾苗，有雪白的鸥鹭。生命，是律动的诗篇，是大自然毫不掩饰的出镜。

“向来冰雪凝严地，力斡春回竟是谁”，陆游所处的年代，正是南宋前期，民族矛盾异常尖锐，山河破碎，百姓流离失所。在严酷的现实面前，他为统一祖国，收复河山，始终坚持抗战，虽屡次受到统治集团投降派的排挤、打击，但他百折不挠，坚贞不渝，为实现自己的理想，奋斗不止。南宋淳熙十五年(1188),陆游最后一次入朝做官,次年即因指陈时弊被贬斥,退居故里山阴。三年后(1192)的冬末,写下《落梅二首》,此为其一:

雪虐风饕愈凛然,花中气节最高坚。

过时自合飘零去,耻向东君更乞怜。

醉折残梅一两枝,不妨桃李自逢时。

向来冰雪凝严地,力斡春回竟是谁?

“金谷园中柳,春来似舞腰。那堪好风景,独上洛阳桥。”在《上洛桥》诗中,诗人李益为我们讲述了上洛桥风景。上洛桥在哪里?即天津桥,在唐代河南府河南县(今河南洛阳市)。大唐盛世,阳春时节,这里是贵达士女云集游春的繁华胜地。但在安史之乱后,已无往日盛况。河南县还有一处名园遗址,即西晋门阀豪富石崇的别庐金谷园,在洛桥上北望,约略可见。

眺望金谷园遗址,只见柳条在春风中摆动,婀娜多姿,仿佛一群苗条的伎女在翩翩起舞,一派春色繁荣的景象。而面对这一派好景,此时只有诗人孤零零地站在往昔繁华的洛阳桥上,觉得分外冷落,不胜感慨。历史沧桑,这首诗虽无宏大的主题,但是意境浪漫而真实,情调遐远而深峻,充分展示了由盛入衰的中唐时代的面貌。

李益,字君虞,祖籍凉州姑臧(今甘肃武威市凉州区),后迁河南郑州。大历四年(769)进士,初任郑县尉,久不得升迁,建中四年(783)登书判拔萃科。因仕途失意,后弃官在燕赵一带漫游。所谓境由心生,这个孤独者的春怨庶可解读。

于谦是一个勤奋的阅读者,年轻时曾于吴山三茅观苦读。他写下《观书》一诗:

书卷多情似故人,晨昏忧乐每相亲。

眼前直下三千字,胸次全无一点尘。

活水源流随处满，东风花柳逐时新。

金鞍玉勒寻芳客，未信我庐别有春。

书本好似感情真挚的老友，每日从早到晚和自己形影相随、愁苦与共。眼前的书，一读即是无数字，读书之多之快，表现诗人读书如饥似渴的心情，胸中顿觉爽快，全无一点杂念。坚持读书，就像池塘不断有活水注入，不断得到新的营养，永远清澈。故而，金鞍玉勒富家浪子，这些人每日以寻花问柳为能事，他们和作者是两个不同世界之人，自然不会相信书斋之中别有一个烂漫的春天！

于谦(1398—1457)，字廷益，号节庵，官至少保，世称于少保，浙江杭州人。于谦幼时曾饱读诗书，勤勉有加。有一年中秋，家人都在院子里吃月饼，赏月亮，唯独于谦还在书房里读书。父亲心疼儿子，怕他累坏了身子，就劝他休息一下。但要是直说，于谦肯定听不进去，于是顺口念出一副对联的上联“半夜二更半”，意思是说，夜已经很深了，你该休息了。屋里的于谦立刻明白了父亲的心意，马上对出下联“中秋八月中”，他婉转地回答了父亲：现在明月当空，正是读书上进的好时候。勤奋出真才，永乐十九年(1421)，于谦24岁，登进士第，任山西道监察御史。

纸上春光，既有唯美的自然山水，更有诗人的魁伟人格、傲岸精神。那些饱读书卷的人，他们眼里的春光啊，比一池碧水更默默东流。他们，从来是纯粹的，深沉的。他们把春光拟成了诗行，走在通往理想的路途中，随手一挥，整个心便充盈了、通透了、圆融了，于是云烟过处，纷纷记下了他们对行进中的春天的歌颂，这个写着崭新世纪的22年来的美好春天，终于“寒随一夜去，春还五更来”！

状元楼前说“状元”

走近湖州勤劳街，我依稀听到童稚之声：人之初，性本善，性相近，习相远……我知道，我要拜访的湖州历史上第18位状元钮福保的家就在眼前。

钮宅其实是典型的江南建筑，迎面6扇门，其上以玻璃和木质镂空雕饰，门上匾额题：湖州钮氏状元厅。

进得门去，迎面一块金匾，上书“文魁”，魁者首也，意指文章第一。钮福保于公元1838年，也就是清道光十八年中状元。对于34岁的他来说，正是十年寒窗苦读，今朝春风得意之际。钮福保参加完谢恩、祭孔、谢师等仪式后走水路返回家乡。一路上敲锣打鼓，十分热闹！家乡人民喜迎状元归来！

2018年，湖州师院学生用情景体验复原这一红船归来省亲的场景。

湖州市新风小学的12名一年级新生在此参加状元礼，完成“正衣冠—行礼—朱砂启智—击鼓明志—开笔破蒙—诵读《三字经》”仪式，场面十分壮观。

钮氏旧宅理德堂如今变成了钮氏状元厅。这也是把状元文化当民俗文化发扬的一种尝试。钮福保一生官运一般，主要做乡试考官、广西学政和皇子教授一类的学官，为朝廷培养和选拔人才，在这方面还是比较突出的。其宅并非其祖居，其老家在妙西镇钮氏村。如今，村人也正在着力打造状元文化。

湖州是“状元之乡”。据统计，唐代至清末，湖州进士及第的共1530人。

其间祖孙、父子、弟兄同举进士第的就有154户366人。而湖州历代的本籍状元有13人(其中1人为特恩科状元),加上原籍湖州而生长于外的状元4人、外籍而寄籍定居于湖州的状元1人,这样,湖州历代的状元就有18人。其中宋代7人,明代2人,清代9人。另有榜眼8人,其中宋代2人,清代6人;探花6人,其中明代2人,清代4人。

湖州为什么会出这么多状元?因为湖州历史上社会安定、经济富裕、教育发达、藏书丰富、家族影响好。

作为太湖地区唯一以湖命名的城市,湖州的命运与太湖息息相关。

“一湖滨城,两溪交汇,三省通衢,四水环绕”,被绿水环绕的湖州,那悠远的历史文化底蕴便随着水雾氤氲袅袅,融进城市的骨子里。

湖州有山,名为莫干山。莫干山,因干将、莫邪而得名。春秋末年,吴王阖闾派干将、莫邪在此铸剑,那对举世无双的雌雄剑就是在莫干山完成的。

湖州为鱼米之乡,有着“南太湖明珠”之誉。“苏湖熟,天下足”中的“湖”,便是湖州。

湖州除了山水,还有一座古镇。

南浔古镇,自古就以盛产优质生丝而闻名天下,在明清时期,它更是成为江南地区的蚕丝名镇,为湖州赢得了“丝绸之府”的声誉。

南浔古镇更有“诗书之乡”之名,出现过许多著名人物,如民国元老张静江、散文家徐迟等人。

湖州的山水孕育了天地的钟灵毓秀;优越的地理位置,又造就了湖州历史上的社会安定、经济富裕;南迁的历史促进了文化交流、教育发展。

湖州是湖笔之乡,书画故里。今天,我们大力宣传状元文化,这与国家层面复兴传统文化,砥砺人心是分不开的。

钮福保作为清朝状元,多年勤学,一生致力于科举取士相关事务,可谓敬其业，行其真，堪为楷模。另外，他的老家妙西镇龙山村钮氏的祖先，也成就了王一品毛笔。他本人在书画方面也卓有成就，是一位地道的文化人！

同样，清末状元、宣统皇帝溥仪的老师陆润庠，其墓葬在现妙西白鹭谷里，现定名为“状元坞”，总库容105万立方米的陆家庄水库被赋予新名——“状元湖”，其下的溪流则称为“状元溪”。因此凭借源远流长的状元文化，妙西成为知名的状元故里。妙西镇因地制宜，以点带面，利用其独特的旅游资源，重新定位再塑状元故里。

个人觉得，当地政府所做的“状元文章”确实挖掘了湖州文脉优厚的特点。这种用心与“状元”这个点的优势与内涵是对称的。我们期待更多体现湖州底蕴的文化现象被审视和定义，以便于传承和扩大其在外的影响力！

游亭林园

如果要我说对亭林园的总体印象，可以说它是昆山市的魂魄。园林专家陈从周曾夸道："江南园林甲天下，二分春色在玉峰。"可见玉峰山所在的亭林公园非同一般。

我是从西门进去的，里面有小西湖、皆可园，因为常在真西湖边走，我也没有留意西边美景，只朝"两馆一山"目标跋涉——两馆，昆曲博物馆，顾炎武纪念馆；一山，玉峰山。

昆曲博物馆门口精致的石雕堪称绝品，牌匾上的几个字显得富贵而又清爽。昆曲为什么成为"天下曲宗"，比如魏良辅，这个走方郎中由于喜爱昆曲，十年不下楼，独自在古娄江畔勤习音律，后又得梁辰鱼支持，为昆曲发展做了很大贡献。

"昆腔"作为南戏的代表声腔，加上黄幡绰、顾坚、顾阿瑛等艺术家的努力，文人填词，曲家谱曲，唱者高歌，一时间影响深远。站在戏楼上赏《长生殿》《桃花扇》《风云会》《白蛇传》的片段，我有一种穿越时空的梦幻感，仿佛置身于久远的过往之中。昆曲的唱腔旋律优美，一韵三叹，唱念做打，永留心田。

明末清初的著名学者、思想家顾炎武一生用思想行动警策后人，"天下兴亡，匹夫有责"，这个可以用来作为读书人的座右铭。顾先生一生勤学，堪称典范，他的读书笔记，洋洋大观，后来汇总成为巨著《日知录》。

站在玉峰山，鸟瞰昆山城，这里可以说是全城制高点。玉峰山据说有七十二景，其峰秀，其石怪，其人文蕴藉。站在抱玉洞前，观其形妙，此处相传为梁慧向禅师石室。后寺僧感其开山之功，镂禅师石像置于其中。明万历初邑丞麻阳刘谐改称抱玉洞，邑人俞允文题。“文化大革命”中石像被毁，后建园办聘匠工，重刻头像，扶正位置，恢复原貌。如今在黝黑的玉石上，仿佛有一个弓腰的人在打坐唱偈。

半山上还有一座亭，名唤林迹亭。清道光十四年（1834），两江总督陶澍建。檐高2.7米，宽4米，长4米，为四落水歇山式四角方亭。登亭，可左顾右盼，俯视整个昆山城区街景。因此，用《诗经》雅句，取名“粤如旷如之亭”。同年，江苏巡抚林则徐奉旨疏浚娄江和白茆河，农历六月二十六日来昆山，应昆山知县孙琬之邀请，游马鞍山（今玉峰山），登亭，欣然命笔，手书亭联：“有情碧嶂团栾绕，得意孤亭缥缈间。”如今林迹亭，古意仍存，只是在初冬阴郁的天空下，有些落寞，仿如一个陈年的印花，贴在半山上，显得空茫深幽。

路过诗人刘过之墓、民国教育家方还之墓。

至于遂园，我以为那是小的拙政园。它采得园林之妙，曲廊环绕，曲尽其妙，可谓曲中有意，折中低徊。如今有喝茶老人聚在一起，打牌聊天，尽享人生欢愉。可以说物遂人遂，天地也顺遂。

出来时碰到300多年的琼花树。昆山三宝——昆石、琼花、并蒂莲，今见过一宝，心满意足矣。

回望亭林园，远远地，见亭林先生平视着我，他手持书卷，长髯飘飘。在其右侧赫然书曰：“天下兴亡匹夫有责。”我辈岂是蓬蒿人，当谨遵顾氏师训。做个学识渊博而又关心家国的文士名流，这不仅是我年少时的理想，也是左右我人生走向的励志铭文。

再走出东门，迎面看到牌坊上的对联——“亭亭秀秀此间洞幽桃源阁胜翠微,林林总总是处莲开并蒂华结琼瑶”,横批“一峰独秀”。想亭林公园美,美在浓缩了昆山文化,有山有水有名胜古迹,而且做到了极致,的确妙不可言,我应庆幸自己不虚此行。

顾炎武何以成万世楷模

“萧然物外，自得天机，吾不如傅青主。”顾炎武此言是明智的。傅青主是谁？即傅山先生，明清之际著名道学家、书法家、医学家。傅山自称为老庄之徒，他自己也在很多场合与作品中反复强调、自陈——“老夫学老庄者也”“我本徒蒙庄”。同时，傅山又深研经史子集，是梁启超尊重的清初六大师之一。

顾炎武盛赞傅山的“萧然物外，自得天机”，是一种超越世俗的人生享乐和富贵利禄之追求，是将对真理和正义之追求看得高于一切。“萧然物外”的“物”，就是指世俗的人生享乐和富贵利禄。傅山既吸取了庄禅蔑视富贵利禄和人生享乐、甘于寂寞、甘为世俗所冷落的精神，又摈弃了庄禅消极遁世的人生态度，主张以超越个人利害的态度去关注民族的前途，国家之命运。

顾炎武生活的时代是变革的时代，加之他本人又是一个有个性、有节操的文人，他既然反对庄禅之学，为什么又羡慕傅山的人品？我们从傅山的为人处世中其实容易得出结论。傅山曾替恩师袁继咸鸣冤，打了七八个月官司，清初多次辞谢皇帝御封，可见其重情重义，傲岸有气节。

另外傅山是一个杂家，书法、绘画、医学、老庄禅学，无所不通。顾炎武的《日知录》更是洋洋大观的“百科全书”。

回顾顾炎武的人生经历，他反清复明，明亡后一直著书，40多岁游历10个省，足迹遍天下。这期间有近10年他干了什么，后世学者无从知晓。后来两次入狱，晚年定居陕西华阴。康熙十七年(1678)，康熙帝开博学鸿儒科，招揽明朝遗民，顾炎武三度致书叶方蔼，表示“耿耿此心，终始不变”，以死坚拒。

顾炎武用“经世致用”来释解人生，看待后来。他的思想，他的为人，是我辈学习的楷模。

观其一生，为学经世致用，为道探索“国家治乱之源，生民根本之计”。为人高格，讲究气节。梁启超曾盛赞其品行，顾炎武主张“天下兴亡，匹夫有责”，以“天下为己任”，始终践行着“拯斯人于涂炭，为万世开太平”的经世理想，一直为后来者所仰慕推崇！

南京记游

天灰蒙蒙的，经历诸多折腾，我对南京的印象有点儿不好了。先是上午手机断网，好在热心的志愿者阿姨为我找到修手机的地方。我来到明辉超市，一番折腾后总算把手机修好，于是决定打车前往鼓楼区税务局。路上认识了一个出租车司机，他和我说起司机与顾客种种纠缠的事，其实谁是谁非总有自己的道理。后来，这个师傅又送我去中山北路281号，他说我们算是有缘分的了。鼓楼区办税员特别热情，值班长和柜台人员都非常友好。

办好税已经中午12点了，我在超市门口小吃店买了黄焖鸡米饭。才开始计划看看中山陵园，谁知道陵园关门了呀！刚出地铁口就认识了李国玉师傅。

李国玉师傅彻底刷新了我对南京出租车司机的印象。他兼导游，也要揽客。他陪我游了南京城墙，从城墙的每一块方砖说开去，这里每一块砖都是有名有姓的，上面写着某某人监制某某人烧窖，出了事情一查到底。

在1356年，朱元璋进攻集庆，集庆也就是元朝时的南京，当时十天将其攻下，改名为应天，待他正式称帝后便又改为南京。南京的明城墙就是朱元璋按照谋士给出的建议而建造的，由朱元璋亲自监督，耗时21年完成。

正因是朱元璋亲自督造的，所以明城墙每一环节的检验都十分严格，要求在制作的过程中添上自己的名字以及监制人的名字，哪块砖出了问题，则问罪相关的人。且城墙砖瓦烧制好之后，由两位身体健硕的士兵，抱着砖头相互撞，撞不破的则为合格产品。

合格了还好说，如果不合格工匠就有麻烦了，甚至要杀头治罪。

汽车在紫金山上爬行，李师傅说这山有400多米高。不同时期的领导人都来过，毛泽东、邓小平、江泽民、胡锦涛等。我在山上参观了紫金山天文台。天文台起伏于远远近近的山包上，有点像蒙古包。还参观了圭表、浑天仪、简仪等天文器材。简仪为明代郭子敬设计制造。

紫金山天文台是中国人自己建立的第一个现代天文台，前身是中华民国中央研究院天文研究所紫金山天文台。当时的天文仪器之先进，建筑环境之优美，使这里有着“东亚第一天文台”的美誉。现有的天文台旧址建筑被评选为中国20世纪建筑遗产，也是中国重点文物保护单位。

天文台的60厘米反光大型天文望远镜，现在已经只有供观赏的作用了。其他瞭望台还在供中科院使用。由此南京大学天文系也是炙手可热的专业学科，培养出很多卓越的天文人才，如南大2005级天文系学长李辉。2019年李辉获选了美国NASA2019年度Hubble Fellow（哈勃研究员），这是目前美国天文学领域的顶级荣誉，李辉成为继该院王青德博士、朱光暾博士之后获得该项荣誉的第三位院友。

站在天文台上俯瞰南京城，不禁感慨南京这个历史名城的沧桑巨变，也许，这天文台、这明城墙见证了不同时期的辉煌与曲折。江山易改，而故园仍在。皇帝成了历史书上一段故事，天文台成了遐思台，我们对于遥远未知世界的探索却一直在路上。

历史像一盘棋，朱元璋怎么也不会想到他的国都会发生靖难之役，他的欺诈心、狡猾心都成了儿孙效仿的现行教材，他这是自己打了自己的老脸儿。

江山易改，本性难移，这话用在历朝历代皇帝身上，真是太有意思了！

尤其感谢李国玉师傅，一路随行，还帮我照了好几张帅照！

第三辑

我本凡人

身体可以衰老，岁月改变了我们的容颜。岁月改变不了的，是母亲和子女这份默默地关注。它无声而又有声，是汩汩流淌的爱意，是林林总总的诉说。

——《你是我的孩子》

江东子弟多才俊

阳光明媚，我站在奉胜门下，目睹项王手提长枪，策马奔腾扬鞭的雄姿，不由得感慨万千。

关于项羽起兵于何处，时下有点众说纷纭。为什么会有争论？其一，他是杀掉当时的会稽郡守殷通来宣布起事的。“秦二世元年七月，陈涉等起大泽中。其九月，会稽守通谓梁曰：‘江西皆反，此亦天亡秦之时也。吾闻先即制人，后则为人所制。吾欲发兵，使公及桓楚将。’是时桓楚亡在泽中。梁曰：‘桓楚亡，人莫知其处，独籍知之耳。’梁乃出，诫籍持剑居外待。梁复入，与守坐，曰：‘请召籍，使受命召桓楚。’守曰：‘诺。’梁召籍入。须臾，梁眴籍曰：‘可行矣！’于是籍遂拔剑斩守头。项梁持守头，佩其印绶。”这段文字清晰地证明，项羽和叔父杀了会稽郡守殷通宣布起义，确实蓄谋已久势在必行。殷通看错项梁叔侄的为人，犯了致命的错误。

其二，湖州城历史上就是一座王城，有帝王之相。

夏朝防风氏在今德清县武康境内建国。

公元前248年，战国时楚国春申君黄歇徙封于吴，筑城置县名菰城，位置就在地处湖州市南郊12.5公里的云巢乡窑头村。那里现在设立了下菰城遗址的石碑。

秦末，西楚霸王项羽在起兵反秦前，慧眼相中湖州，一手草创“项王城”，地址就在太湖南岸、东西苕溪汇合处的江渚北面的水中高地，即现在的项王公园处。

其三,湖州今存诸多名胜古迹可以佐证,项羽起兵前后的许多活动都是在湖州进行的。《史记》记载,项羽与叔叔项梁"避仇于吴中",唐代颜真卿在《项王庙碑阴述》中说得很清楚:"吴中,盖今之湖州也。"避仇期间,恰逢秦始皇东巡经过湖州,项羽就是在湖州城边东北8公里处的掩浦偷看秦皇舆并放言"彼可取而代之"的。公元前209年9月,项羽便就地起兵反秦。所举之兵都是他在乌程的宾客及弟子和附近各县收得的,即所谓八千"江东子弟"。部队号"乌程兵",乌程就是湖州,这个名字据说是由乌氏程氏酿酒有名而来的。起兵后在下菰城北建城,即项王城,兵屯于今湖州弁山。方志记载,湖州出西北之门又叫霸王门,弁山则有项王走马埒、饮马池、系马木、磨剑石等古迹。过去,在湖州城内和弁山等处都有项王庙,后被毁。湖州的主山是弁山,项羽被江东父老封为弁山之神。

以上因素,充分说明当年项羽选择在此起事经过了周密考量。那么,项羽起事所赖的八千子弟究竟如何?历史又赋予他怎样的机会?

项羽起义有赖于项梁。项梁是楚国名将项燕后人,在湖州这块楚中之地,一呼百应,于乱世中确立霸主之位,这也客观上助推了项羽继位的可能。陈吴起义后,六国纷纷独立,项梁杀会稽郡守从而成为理想中的一方领主。加之有谋士范增、刘邦、韩信等名士参与,项梁迅速壮大,成就反秦大军。秦苦于无暇顾及,很快便分崩离析。

另外就是项羽本人神勇无敌。项梁阵亡后他率军渡河救赵王歇,于巨鹿之战击破章邯、王离领导的秦军主力。秦亡后,项羽称西楚霸王,实行分封制,封灭秦功臣及六国贵族为王。

那么4年后他又如何兵败乌江?项羽始终没有固定的后方补给,粮草殆尽,又猜疑亚父范增,最后反被刘邦所灭。公元前202年,项羽兵败垓下(今安徽灵璧南),突围至乌江(今安徽和县乌江镇)边自刎而死。

项羽的人生悲剧的发生主要有以下几个原因。首先是用人失当导致人心背离,其次是骄纵傲慢,最后就是英雄气短——虽败不荣,难逃死劫。

今天我们回顾这段历史,不是为了求证项羽兵败如何成就刘邦的汉朝,也不为项羽起兵澄清什么,毕竟当年他不畏强权,“彼可取而代之”的理想抱负仍在,反抗压迫的精神还在——这些,才是最重要的!

阳光穿过奉胜门,洒向江边河流。英雄犹在,长存千古。我们纪念一个英雄,往往是看重他改变历史、改变自我的精神力量。历史的车轮滚滚向前,“数风流人物,还看今朝”,今天的湖州儿女气壮山河,这才是改天换地的力量源泉!让我们为湖州的英雄人民点赞!

金庸去世三周年祭

三年前金庸去世之日，我曾写过纪念文章，如今找出来读，发觉还是读不懂先生，哪怕用此生所有特定的日子！缘由容我一一道来。

《神雕侠侣》中程英说的那句："你看这白云，聚了又散，散了又聚，人生亦是如此！"人生聚散无常，这个世界若是在伤感中泡着，那么人就别活着了。

金庸告诉我们，人是率性的，所以诸事莫当真。金庸小说中那些痴傻的高手，大抵非疯即傻，走火入魔，如岳不群、欧阳锋等。因此不如潇洒来又去，乐得自在，如洪七公、周伯通、张三丰……

金庸告诉我们，欲望太多，到头来不如退而求其次。

金庸告诉我们，习武先正人品。张无忌重情重义，令狐冲豪爽侠义，还有郭靖、乔峰。大侠的境界在于，豪气干云，举重若轻。

阿朱去世前说："我求你一件事，大哥，你肯答允吗？"萧峰道："别说一件，百件千件也答允你。"

阿朱道："我只有一个亲妹子，咱俩自幼儿不得在一起，求你照看于她，我担心她走入了歧途。"萧峰强笑道："等你身子大好了，咱们找了她来跟你团聚。"

阿朱轻声道："等我大好了……"

金庸写乔峰面对阿朱托孤时的柔情，既侠义又动情，正所谓男儿有泪不轻弹，只是未到伤心处。由此，我们不免感慨，他是如此光明磊落又宅心仁厚。

小说如此，现实亦然。这种对待感情的率真曾经影响了一代人的世界观、价值观。情义难断，江湖就是大家。武林的事情与家庭短长如出一辙——遇到别人帮你助你为你付出，你当然也会倾其所有帮人一把。

金庸也告诉我们，人在面对生活中的欲望时，要做到“君子爱财，取之有道”。韦小宝曲意逢迎，一生努力攀附巴结。但他也讲义气，比如参加红花会拜陈家洛为师，又与康熙情同手足。他可谓是左右逢源，纵是美女如云、富可敌国，韦小宝始终是个钻营投机取巧的“滑稽哥”。金庸告诉人们，生活亦如此。你可以投机，但若是没有原则，恐怕江湖大道只会越走越偏，到头来机关算尽，聪明反被聪明误了！阴谋派也一样，地上的、地下的，终究还是要秋后算账的。到该还的时候什么都是空的，也就是“沧海一声笑，滔滔两岸潮”！

金庸把自己对于世情、人心的种种认识一样样展示给人看，凭借他对宋元明清历史的文学的理解，将两者结合创作出的情节细致入微，信手拈来，亦悲亦喜，亦庄亦谐。我们这些红尘男女不妨对号入座。金庸像是开了一间中药铺，为笔下的种种人种种迹象对症下药，让他们去疗伤，给他们以建议、要求——他不仅有侠义，而且有情义仁义。他用传统道德作为出发点，书写梦想，也批判现实。

他是睿智的，也是广博的。一个手无缚鸡之力的书生编织的武侠世界，引领风骚，左右人寰。他本人就是乔峰，就是张无忌，就是老顽童周伯通。

如果问我喜欢谁，我想我会选杨过，所谓侠者荣耀，须得红颜知己，笑傲江湖间。

却听得杨过朗声说道：“今番良晤，豪兴不浅，他日江湖相逢，再当把酒言欢。咱们就此别过。”说着袍袖一拂，携着小龙女之手，与神雕并肩下山。

人世相逢即是缘！

愿大侠天堂里亦有红颜相随相伴！

敬礼，最可爱的人

“你不知道在西藏当兵有多苦。”许雪峰告诉我，“西藏不是野牦牛遍地，牛羊肉随便烤。凡是在那里当过兵，回来就变成另外一个人了！”

“变成什么人了？”我问。

“世界上所有的苦都吃过的人。”许雪峰说，他的目光掠过太湖上粼粼微波。此刻，湖面上正有人开着快艇疾驰而过，就像他起伏的思绪难以平息。

许雪峰是高三那年离开学校的，当时我是他们班的语文老师。平时，他是喜欢在寝室里搞点小名堂的学生，用现在的话说就是有点调皮捣蛋。为了争得班上的“领导权”，有时候还争强好胜。但他那时是瘦弱的，所以得找个“社会大哥”撑门面，他说有个大哥毕业时候关照过，从此就不大会有人和他对着干。他们都听他的，为了显示自己的能耐，许雪峰还学会了抽烟！

他的这些话让我觉得惊讶。我说：“难怪你小子学习成绩不好。”他笑了笑，“让你和班主任陈老师操心了。”

现在的他是一个中年大叔了，小肚腩开始显出来。如今他在一个电力企业做中层干部，有股权，老总也十分信任他。

“那你为什么去当兵？”我问。

许雪峰告诉我，当兵是因为家里出了点事——父亲欠了债——不得不出此下策。当时参军，国家承诺过，给复员费，安排工作，分房子，户口农转非，等等。“说了2年就复员，结果干了5年。”他喝着酒，说着当兵的往事。

在高原上当兵，日照时间长，除了高原病，还有就是非常冷。那里年平均气温零摄氏度，含氧量仅为平原的47%，紫外线辐射是平原的5倍。意味着即使在平地上行走也像在平原上负重20千克，即使躺着不动心脏负荷也像在平原上刚爬上7层楼。生活在海拔4300米的地方，不是一般人能忍受的。

有个国外专家说，4300米以上的地方，不适合生存！有个连长就因为得了高原病，牺牲在雪域上。

许雪峰被分到医护班，当了卫生兵。他说他们领导撂过一句话，“你这个小白脸，如果三个月还晒不黑，我就倒着走20米”。许雪峰答应打赌。为了晒黑，他光着膀子，在夏天晒了近一个月。皮肤黑了，可也蜕皮、晒烂了。后来还是白回来了！领导赌输了，可领导不甘心，就下了个命令：“小子你要不会喝酒，你就别在我手下混，赶紧要求到前线放哨去！”

从此，卫生所里多了一个能喝60度烈酒的“小白脸”战士！他说领导让喝，就得喝！肠子烧起来，就烧掉好了！

在荒无人烟的西藏高原上当兵，要面对孤独凄寒，面对亲人的生离死别。雪峰说了个故事：一个老家四川的班长，他的父亲病故，可是由于大雪封山，直到第二年，他才收到家里的通知。请假被批准后，在翻越了多雄拉山口时，他竟意外遇到千里迢迢赶来的弟弟，一问才知道——他的母亲也死了！兄弟俩在多雄拉山口的雪坡上抱头痛哭。当他赶回阔别已久的家，望着双亲的灵位时，他双膝一软狠狠地跪倒在地上，这样一个七尺男儿，一条在墨脱这种非人环境下坚持过来的汉子，喉咙上下抽动，哽咽了半天，才猛然发出一声哭号：“爹、娘，我对不起你们啊……”就是这样一个人，在安顿了弟弟之后，迎着晨风，又回到了那个留下他太多记忆的墨脱，挺直了身躯，像一杆标枪迎风而立……

战友的故事告诉许雪峰，为了国家利益，应牺牲小我。每一个人都要面对生死，舍弃小我，才能成就大我！

5年的边防兵经历让一个生活在鱼米之乡的文弱小伙最终变成一块“好钢”，许雪峰说自己“脱胎换骨”，不再惧怕困难！复员之后，他把近7万块复员费给了父亲，要求单位领导给他安排最辛苦的工作。他说自己跑新疆、甘肃、陕西、山西等几个省份，把工厂的电力塔卖到那边去，几年下来，他就出色地拓展了市场！用他的话说，这不算苦。而他，也由一个兵，变成一个工厂业务员，练出胆识，也练得一张巧嘴，变成这个今天能说会道的人了！

“在西藏当兵，是值得的。”许雪峰深有感触地说。

是的，这儿有一批最可爱的人，镇守着边防。他们用铁打的营盘，坚实的臂膀，挑起重担，用牺牲换来了个人成长意义上的蜕变。

感谢你，最可爱的人！许雪峰做出一个敬礼的姿势，仿佛回到军演的战场！他说他曾在跑操时碰到一个别的班的同学，真巧！在高中时不怎么打交道，在部队，他们成了无话不谈的兄弟。

让我们把目光转向西方——祖国的边陲，转向那些曾经和正在放哨站岗、在风雪中巡防的战士——立正，右手迅速抬起，五指并拢自然伸直，向他们敬一个军礼！

宽　恕

母亲在电话里告诉我，仁昌姑父去世了！

仁昌是我先凤姑姑的老公。2016年父亲去世时，曾经来我家守灵一个晚上。母亲说她准备去乡下看看，也不知道仁昌姑父遗体放在哪里。他家在乡下的房子都卖掉了！

这些年我感觉母亲越来越能体谅别人了。

先凤姑姑与我母亲之间原本有些误会。先凤的父亲，是我的二爷爷。也就是爷爷的二弟。早些年因为二爷喜欢帮自家女儿，对我家不够关心，而父亲又是在外工作，身单力薄的母亲一个人拉扯我们兄妹4个。耕田种地，打谷挑柴，全都是力气活，有时候，春水连天正当耕田，需要人手，我母亲矮小的身子哪里扛得起犁耙？这个时候二爷基本上都帮衬她自己的女儿，有时候，即便过来帮忙，态度也很不好。母亲是个要强的人，既然你不肯帮，我就不用你帮了。

这样，虽然有时候二爷也会帮忙做一点活，可我母亲也没好脸色，二爷也懒得帮忙了。再后来，大家也就慢慢冷漠疏远起来。

包括我们堂哥一家，用母亲的话说，堂哥三兄弟，平时老在我们家蹭吃蹭喝，关键时候，又与二爷他们一起对付我们。母亲说："老大和群在我家混饭吃，老二平团坐骨神经痛还叫我妈给治疗打银针，老三守宝基本上就在我家住着呢，有点事情就不愿意帮我们。生产队期间，不肯帮；包产到户，更不愿意出点力气。”

到后来与我们家越来越疏远。母亲干脆就叫娘家两个舅舅，还有我二姨父来帮忙做活，理水，耙田，种地，打谷……

那时候，最亲近的要数先凤姑姑了。我们两家走得近。母亲在杀年猪打粑粑时，也会叫一下先凤姑姑家人来吃饭，我们和姑姑的孩子们走得近，比如红群、红友等。我们上学在一起玩，后来我三爷的女儿来认亲，先凤一家也一起聚会。三爷因为家里穷，去漾水沱别个家上门成亲了。我打小也没有见过。

这时候，大家的关系似乎进了一层。二爷也会来，堂哥一家几兄弟也会来。周家人一下子又团结了一些。

我在电话里问我母亲，为什么和姑姑关系不太好。母亲说：“你姑姑一张嘴到处乱讲，风言风语的，有时候会坏人事情。”母亲叹口气告诉我，说：“算了，你父亲去世时她肯来，我们结的仇早就抛开了！她老公走了，我一定去祭奠一下！你放心吧！”我听了赶紧说：“老妈你现在是如来佛祖，关心天下，包容大家了！”

实际上，母亲与姑姑一家也打过官司。二爷当过志愿军，1998年去世时，和群哥和他的弟弟们怂恿我父亲挑头承担我二爷的丧事，花了四五百块钱，这事并没有和我母亲商量。事后母亲得知，迁怒于先凤姑姑仁昌姑父一家，到法院去告状。结果这笔钱当然是退回来了。因为二爷自己有亲生女儿，为什么要一个侄儿来全权负责承担呢！我父亲事后告诉我，爷爷奶奶死得早，他12岁时就在二爷家过日子，二爷养他直到17岁招工去长沙。他扛点事，出点力气是应该的。但在母亲看来，我父亲又傻又老实，吃亏还充大方，所以也生父亲的气。两个人好长一段时间不说话。

母亲如今不顾75岁高寿，提出愿意去乡下为仁昌姑父守夜，在我看来就已经非常开心了。母亲是善良的、大度的，尽管还有些疙瘩，但已然能放下了。

母亲告诉我，今年上半年，弟弟去农村自留地上烧荒，不小心把和群哥家的树苗烧掉了20多棵，和群老婆要求赔5000元，我母亲答应给她5000元。母亲说："她家造房子占了我家2分水稻田，我们没让他们赔，就已经是念亲戚关系宽怀仁义了。他们家不念情义，如今来敲我们的竹杠，这就是做人没有良心！"

母亲又叹了口气说："算了算了，不提这事了。"

我附和着说："妈，您老现在的风度真是让我刮目相看。"母亲说做人还是讲点气量。以前仁昌姑父帮我们看房子看地，有些事情也会告诉我们。虽然他们夫妻后来出点感情纠葛，不知道是姑父外面有了人还是怎么回事，如今都过去了。"你先凤姑姑也原谅他了。"

记得诗人林逋说过："和以处众，宽以接下，恕以待人，君子人也。"我想，母亲有一颗宽恕之心。这也是她几十年经历悟到的真知灼见吧！人活一辈子，什么样的苦和累须得经历过，他们也才会知道，心里头的坎，过得去的，才算是不枉此生了！生活里难免会有磕碰的！

仁昌姑父在地下有知，也会为此而欣慰吧！

历史怎能忘记

“我是去年暑假去嘉善的。正是禾苗分蘖的时候，望过去绿油油一片。那田间偶尔可见的碉堡可以让人想见当年的悲壮场面。”凤凰皇仓中学龙跃兴老师这样回忆着说。他留了一包土，取了一小瓶水，这瓶水来自当地一条河流。“为那些牺牲的凤凰亲人做一个祭奠。”

龙跃兴去嘉善的目的是想看看当年128师阻击战现场，也就是嘉善国民党军队抗日所在地。

记忆拉回到1931年9月18日傍晚。关东军虎石台独立守备队第2营第3连离开原驻地虎石台兵营，沿南满铁路向南行进。夜里10时20分左右，日本关东军铁路守备队以柳条湖分遣队队长河本末守为首的一个小分队以巡视铁路为名，在奉天（现沈阳）北面约7.5公里，离东北军驻地北大营800米处的柳条湖南满铁路段上引爆小型炸药，炸毁了小段铁路。他们嫁祸给中国军队，借此发动侵略战争。而在沈阳北大营驻房的东北军，在张学良不预抵抗的授意下，8000名守军被只有300名左右的日军击溃。国民军最高指挥蒋介石更是奉行“攘外必先安内”的政策。日军占领了东三省，然后长驱直入，国民军节节败退。没多久，日军占领了平津，又挥师南下，直指上海。

1937年11月，日本人在嘉兴平湖登陆，意在从背后给中国军队捅上一刀！

奉命开拔至嘉善的中国国民军128师，在师长顾家齐指挥下，在这里的公路沿线驻防，阻击敌军，破解敌人阴谋。11月5日，这是一个大雾天，凌晨的海塘，潮水还没涨起，嘉兴平湖的村民们像往常一样去海里收网捕鱼，可是趁着微亮的天色，赶早的渔民发现，滩涂上黑压压的一片，那不是撒网之后的丰收，而是日本大军登陆。

经历过这场战争的平湖老人夏梅生回忆说："那晚我睡得正香，我娘就喊我赶紧起来，屋外有人喊，日本人上滩了，快跑啊！"

夏梅生当时只有15岁。如今，他家中还保存着当时从海滩上捡来的木桶，据说这是日军用来装酱油的。日本侵略军抱着速战速决的信心开始了侵略，在平湖登陆之后，加速向上海的侧翼沪杭铁路上的嘉善进军，企图从背后包抄淞沪会战的我军并进击南京。

老兵夏天佑已经90岁了，他是唯一健在的阻击战主角128师战士。战争前几年，他还是一个放牛娃。直到11月8日，"我们修筑了很多碉堡，用来保护自己。这些水泥和钢筋用的是德国生产的。"老人回忆说。

当年，在嘉兴境内一共建造了1076座碉堡，大大小小，形状不一。70多年过去了，这些分布在农田中的碉堡仍很坚固，堪称"中国的兴登堡防线"。

"危急关头，湘西128师开拔过来，我们一起参加了阻击战，"老人抽一根香烟沉重地说，"这是一场惨烈的战斗。"128师不是正规军，手上的装备只有汉阳造、凤自造土铳，还有就是大刀！

这些湘西健儿，喊着"竿军出征，中国不亡"的口号，在此上演一场急战，也是一场鏖战！

128师的师长叫顾家齐，旅长是谭文烈、刘文华。当时下达给128师和嘉善阻击部队的命令是坚守嘉善四天，可谁都没想到这一守便是七天七夜。他们以低劣的装备硬是和拥有飞机大炮现代化装备的日本18师团战斗了七天七夜。

战士们大都是从山区出去的，他们从来没有见过日本人，也没有见过这么厉害的机械化军事装备：日本人拥有重炮，飞机都有几十架，而128师战士们只有枪和一身武功，战斗每天都在拼刺刀。

著名作家沈从文曾在书中描述这段历史："日本人每天出动30—40架飞机，每天投的炸弹差不多有一千枚。"一天战斗下来，士兵们往往没有饭吃。每一个战士，包括军官，都在脖子上挂一串大饼，随时充饥，准备战斗。

白天有敌机轰炸，他们就选择晚上摸黑偷袭。

刘壮韬回忆说，128师有一个营就是叫"黑旗大队"，穿的都是黑衣服，他们最善用的就是大刀，所以近战、夜战的话，黑旗大队就占强。

战士们摸黑袭击敌人，为了分清敌我，他们干脆脱了军服，袒露上身，看到穿军衣的就砍。一时间，田间地头，躺满了尸体。血刃战中，战士胸膛上被插了刺刀，还要扑上去咬下敌人的耳朵，口衔耳朵倒于地。

在拼命厮杀中768团伤亡严重，团长刘耀卿负重伤，少校团附大昌（凤凰县人）阵亡。陷于绝境的382旅部分官兵，凭借堡、民房、河浜的掩护作殊死抵抗，不少官兵被日军用燃烧弹烧死在堡里。血战中，764团中校团附杨飞腾（贵州人）阵亡，营长姜钰（泸溪县人）、陈绍武阵亡。382旅旅长谭文烈、764团团长沈荃（沈从文弟弟）负伤。筸军的壮烈牺牲，是真正地"把我们的血肉筑成我们新的长城"！

事后，谭文烈女儿谭世兆回忆说："父亲带领的队伍大都牺牲了，杀到最后还是一步都不能让敌人冲进来……父亲在战斗的第七天的时候受伤了，脚上中了一枪，肚子上也中了一枪，肠子都流出来了，他睡在大树下面，他骑的那匹战马围在他身边转来转去，就是不肯离去……"

128师3000人，在战斗中阵亡2000人。原定阻击4天4夜，结果坚守了7天7夜。

部队回家乡的时候,凤凰满城家家户户挂满白幡,向战场上捐躯的勇士致哀。

128师义薄云天,风云为之变色,山河为之长悲。

史料显示,在嘉善7天7夜的阻击战中,包括128师,中日双方投入兵力都在万人以上,我军歼敌数千,自己伤亡、失踪人员达7300多人。

浙江省政协文史编辑部副总编辑姚立军说,发生在淞沪会战后期的嘉善阻击战是淞沪会战的一部分。它有效地牵制了日军进攻的兵力,掩护了淞沪战场上我军的后撤,延缓了日军沿着太湖西岸进军南京的速度,为全民抗战的胜利做出了重要的贡献。

让我们在嘉善抗日战结束了近64周年的特殊日子,记住先烈——有名字的,没有名字的。祖国,不会忘记这些抗日主战场上的英雄!向你们致敬!

莫斯科请相信眼泪

你有没有看过一部电影《莫斯科不相信眼泪》？该片主要讲述了十七岁的女工卡捷琳娜因天真幼稚和充满幻想而冒充教授的女儿，并爱上了电视台摄影师鲁道夫，在被鲁道夫抛弃后找到了自己真正幸福的故事。作为一部剧情片，它讲述了小人物的悲欢。他们勇敢、坚强、真诚地追求幸福生活，令人感动落泪。

那么莫斯科为什么不相信眼泪呢？如果“莫斯科”指的是对个人幸福和理想的追求，我们当然相信人是会“流泪”的，而且必须“流泪”！

人到中年之后，渐渐发现自己少有“泪点”，因为能打动自己的，大多经历过、感受过，情感的河流里很少会再泛起浪花。即便有些事情触动心弦，也愿意选择忍耐，纵有眼泪也只会拼命往肚里咽，你看到的只是饱经风霜的坚强外表！

有一件事曾让我泪奔过，那就是父亲去世。在收拾父亲遗物时，母亲翻到一个铁盒子，里面放着身份证和存折，还有一沓现金，母亲把其中一张百元钞票给我，她说你父亲留给你的，你们三兄妹一人就一百，还剩一元，一元就不分了，我一听忍不住潸然泪下。想到父亲平日里不藏私房钱，父亲这三百零一元又是从哪里来的？母亲说，是烟钱。父亲发工资，往往自己去取，再交给母亲，母亲往往会给他两百块钱买烟。

父亲在2015年10月中旬查出肺癌晚期，医生便不让他抽烟了。估计前面父亲身体不适，抽烟减少，于是这笔钱便攒下来了！这笔攒下的钱，大概什么时候放那儿的父亲自己也不清楚。母亲为什么要分给我们呢，所谓“人去财散”，不留后憾。我联想到平日父亲的善良，他对我的种种帮衬，以及上学那年他买给我的春兰牌手表，他在院子里捆烟索准备晒上墙的情景都浮现在眼前……我的眼泪就掉下来了。其实每个人都会有他的“眼泪”。

文艺作品中人物也有“泪点”，也常常让人情难自控。《西游记》里唐僧逼走孙悟空，在回花果山途中，悟空想及师父人妖不分，黑白颠倒，情难自控，流下悲愤、委屈的泪。《红楼梦》中林黛玉葬花，“花谢花飞花满天，红消香断有谁怜”。花自飘零水自流，林黛玉触景生情想到自己父病母逝寄住于外婆家的悲惨身世，泪洒衣袖楚楚可怜——这一幕情景也让人感动落泪。

人之悲悯发自内心，心痛了会流泪，心上愉悦，仿佛经过一条发光的河流，同样也会流泪。女儿在国庆期间让我陪着去红旗下拍照，为此她穿上校服，我们经过丽园，到文化宫，直到经过金都华府的绿道，那儿有很多面红旗，女儿选择了一面鲜艳的五星红旗，女儿庄重地举起左手行队礼，反复数次，我说可以了，她才放下手，这情景让人泪目！还有就是10月5日晚，我们在太湖龙之梦，迎面大电子屏上播放着《我的祖国》歌曲，歌词：好山好水好地方，条条大路都宽敞。朋友来了有好酒，若是那豺狼来了，迎接它的有猎枪……这个时候广场上几千人同时唱起了这首歌，我是边唱边流泪应和着节奏的！

作家马尔克斯回忆自己写《百年孤独》时，写到布恩迪亚上校死了，马尔克斯说自己流泪了！同样，我在写长篇小说《血脉》时写到祖母去世、惠表妹去世、外公颜九方去世，我也忍不住流泪。小说是作家的“孩子”，“怜子如何不丈夫”，其梦牵系，其情伴随，自然，就能驱动泪腺，心上伤，则泪奔矣！

有一回，母亲在看一档电视节目。边看边流泪，我问她为何，她说节目中男子被拐骗22年终于和母亲还有姐姐们重逢！母亲说她太激动了，我一看屏幕，也被主持人倪萍煽情的话所触动，情不自禁为那一家子重逢感动，很快就泪水盈眶。

每每看到经典剧目中的煽情场面，我会落泪！刘关张桃园结义，霸王别姬，长征火箭升空，航天英雄顺利回家，《长津湖》中战士冻成了冰雕，碰一下就碎了……这种种情景，令人感动，让人流泪。眼泪，催开了情怀，在无数人心灵上种下善良、热爱和崇敬的芽苞！

中年人和孩子不一样，男人和女人不一样。相对来说，女人脆弱，男人更坚强。但眼泪不分性别，不分肤色，不分国家，不分年龄，为什么我们会“泪流满面”，因为人是感性的，有七情六欲，而文艺作品的力量在于，它们常常充当浇灌的花壶，催人泪下，唤起心上千千阙歌！自然，生活中亦充满让人感怀、令人嗟叹的事情，见花坠泪，观月伤心都是正常不过的，老泪纵横，也是必须的。读诸葛亮《出师表》不流泪不忠，读李密《陈情表》不流泪不孝，读朱自清《背影》不流泪不亲！人间情谊，红尘悲歌，泪落处，感人心处，引共鸣也！

莫斯科，请相信眼泪！

你拼搏的姿势，很美

你拼搏的姿势，很美！六点钟的时候，妈妈让我喊你起床，平时贪睡的你竟然马上醒了。“几点了？”你问。

我说六点半一定要起来。你说今天一定要早到，吴教练说比赛要提前的。就在昨天，当你妈妈把比赛名次告诉我时，我心里是有着小小遗憾的。知道你300米有冲劲，但没想到只拿到第5名。

然后我安慰你妈妈说毕竟练得少，所以这个成绩也是必然的。中午时，你吃了饭就要去绘画班学画画了。我打了电话给你妈妈，电话里问你们在哪里吃，我没有提比赛成绩，怕伤了你的自尊心。

孩子，下午你回家了。我们边聊天，又说起明天比赛。我说我们报500米也是规避风险，因为嘉兴队太强了。今天看刘佳欣、陈静蕾、王赫、吴胥文滟的表现，同龄人中，这些都是佼佼者，加上同队的高宇涵，算起来你第5—6名也就差不多了。但说心里话我们还是不甘心。比赛比的是孩子，也在比父母的智慧和识见，更比他们的心胸气度。我们做了几个田忌赛马的方案，赛场上让谁，谁不能承让，这个对策是要有的。我们提出，女儿你今天的500米保6争4，你比不过王同学、吴同学、高同学，那么周同学第4名起码是可以拿的。你要加油！

当我拿着牛奶着急赶到横河赛场时你已经在适应训练了。150多米的赛道上，你矫健的身姿使我有一种今天会出成绩的预感。就像黄一菲父母作为孩子强大的依靠一样，我们对你练轮滑出点成绩始终怀着信心，同时也积极支持，坚持陪伴。虽然你说已经可以独自来练，用不着我们陪着了。

检录号吹响，今天的赛场上出现一群社会组运动员的身影，他们有的看上去六七十岁了，要知道轮滑很容易伤筋动骨，他们的精神让我感动！我对你说，要向爷爷奶奶选手们学习，他们真的很了不起！

你的起跑姿势并不快，只是随后你的大长腿迈出，冲劲上来了，你居第一的位置，在第一圈转弯处，很快被王赫追上，你们决赛是与吴胥文滟、高宇涵编入A组的，事后你说怎么跑都是前4名，其实你并不慌。你与高宇涵相互鼓励，准备一起对付吴胥文滟。果然，吴胥文滟紧跟上来，第二圈已经要超越你了，你咬紧牙关，两眼向前瞪，迈动双脚，操纵风火轮，你驾驭的轮子飞转，将吴胥文滟追上，并以0.28秒的优势反超，你迈着快步，舞动你的青春，超越自己，夺下了小组第2也就是女子乙组500米争先赛的第2名！

我们朝你竖起了大拇指，操场上，蝉声似雨，你的汗水也似雨，滴落在水泥道上，倏然地，让我们浮想一个个练轮滑的夏夜，以及刘岩教练的吼声，周文心——压下去，注意外韧！压，压，压低！

是的，你长得高，1米65的个头，已经比你妈妈高了，而你妈妈经常说在两个人嬉闹的时候，都拖不过女儿了。

我们从轮滑赛中看到你的拼搏精神，这很重要。同时我们更看到，你在关键时刻除了敢想还敢干。当然你还收获了浓浓的友情，与高宇涵、黄一菲成了队友，你们彼此关照，友爱支持。并且，你们在赛场上还一个劲为对方加油，甚至在陈静蕾、刘佳欣参与的5000米淘汰赛上，你们一起观摩陈同学、刘同学比赛，并相互打赌——高宇涵挺陈同学，女儿支持刘同学，两个人各自为偶像加油，结果陈同学超越了刘同学一圈多！

经过比赛，我们更重新认识了你。喜好躺平，不愿报培训班的你除了有点松散，其他功课都是不错的。五年级下学期除了英语考了80分，其他都是班里前七甚至前三。这次比赛让我们调整心态，对女儿给予支持，让她朝自己感兴趣的方向去发展。同时，也要在时间安排上及时督促提醒，怕她有时会懈怠，从而使学习出现滑坡。

孩子，我们相信你会努力，因为你有责任心，会分清形势，及时调整。我们也祝愿“金峰”杯浙江省速滑积分联赛杭州站顺利收官，圆满落幕！听说这次比赛吸引全省数十支队伍的400多名运动员参与，规模大、影响广。作为横河队主场队员家长，我们也倍感荣幸，非常骄傲，引以为豪！

你是我的孩子

前几天收到母亲寄来的小鱼干、腊肉和酸豆角,马上和母亲视频聊天:“妈,你寄来的东西收到了。”母亲怕信号不稳定,就上楼去接。“收到就好,听见了吗?小鱼干记得晒一下,腊肉用清洁精洗洗,钢丝球刷一下。豆角马上可以炒了,文文很喜欢吃的。对了,记得腊肉送你妹妹一块。”母亲年纪虽然大,可对惦记的人和事那么清楚,手心手背都是肉。她对晚辈的关心久远而永恒。

一、母爱是赴死的抱拥

汶川大地震时,救援人员挖出一对母子,都没有气息了。但是母亲的动作令人感慨。她侧躺,用整个身子盖住孩子,孩子在她身下蜷缩着。这一幕情景让救援人员静默很久。人们不忍心分开她们。

世界上有一种本能,那就是赴死的呵护——这是我的孩子。

有一个孩子被警察从人贩子那里解救了。母亲流着泪紧紧抱住孩子,孩子哭喊着要妈妈抱,“孩子,我的孩子,”她一下子认出了自己的孩子,眼睛里泛起思念的泪花。

有一种爱,叫至死不分开。

二、母爱是放下尊严的求告

“我的孩子患了重疾。他活不长了。天啊,诸位叔叔阿姨,你们帮帮我,你们行行好。孩子才一周岁。”这位跪在大街上的母亲有多么无助。她想挽救自己的宝贝,可是医生说要好多好多钱。还有一位白血病患儿,她在尖声哭喊:“妈妈我痛,妈妈帮我。”妈妈在边上安慰说:“宝贝忍忍,很快就过去了。”

我曾目睹一个孩子在病床上养了9个月,最终,器官衰竭走了。母亲不相信孩子不在了,尽管她是一个医生,她抓住孩子的手,一个劲地说,他需要活动肌肉,需要和他说话,要不然会睡着了!

母爱,是最后的求告,是世界上最温暖的牵挂!母子心心相系。

三、母爱是无微不至的关怀

一位残疾母亲,她在交通事故中失去了双手。为了照顾孩子,她练就了用脚来为孩子穿衣换尿布的本事,我看到她麻利地把孩子的纸尿布解开,然后从包包里抽出尿不湿,给孩子穿上。做这个事要平衡,要出汗,要给孩子站一站,免得喂奶后呛着孩子。

这位伟大的母亲啊,她练就了变双脚为双手的能力。她自己会用脚洗衣、倒水,用嘴去叼杯子。她还用脚护着宝宝,不让孩子摔倒。

这位母亲买不到卧铺票,只买了一张硬座。她让孩子坐,她就在边上站着。后半夜,孩子睡了,她困死了,就趴在靠背上,迷迷糊糊睡。火车哐当哐当往前飞驰,把母亲的爱一遍一遍唱响。孩子,妈妈好困,但是妈妈让你睡,你睡着了,妈妈就放心了,妈妈不累。

暴风雪中一位拎箱子的母亲,她的胸前包裹着一个孩子,雪花随疾风扑打着包裹，母亲迎风向前走。包裹的上部被风吹开了，她怕孩子冻伤。但是她的右手也有一个大包要拎。她低下头，用嘴巴咬住衣服，这样孩子不至于吹到冷风了。刀子似的风刮向她的双唇。她的嘴唇干裂，血渗出来而又凝滞！她用嘴唇紧咬衣服，毫不犹豫！

四、母爱是心灵的慰藉

母亲和女儿，一个七十多，一个五十了。女儿说："妈妈你老了，脸上都是褶子。"母亲说："女儿你也老了，多抹抹护肤膏。"

女儿摸摸母亲的脸颊，母亲也摸摸女儿的脸颊说："我们大家都老了！"

年纪可以衰老，岁月改变了我们的容颜。岁月改变不了的，是母亲和子女之间这份默默的关注。它无声而又有声，是汩汩流淌的爱意，是林林总总的诉说。

母亲爱唠叨，毕竟年纪大了。儿女不嫌母亲啰嗦，儿女情长，母爱无边！

你还是我的孩子，母亲总是和我这样说。

女儿是旗手

有天晚上，我刚烧好饭，女儿拎着一袋衣服回来。“这是啥？”我问。

“学校补发的军礼服，升旗时穿的。”

“真好，下次穿着升旗更好看了！”女儿已经做了一年半的旗手了。

“好看什么？烦死了，穿得这么麻烦！不想穿！”

女儿告诉我，这次发的军礼服比上次多了衣服上的绶带，领带是深红色的，衬衣是浅绿色的、棉织的。皮带没变，军帽没变，军裤没变。她觉得穿起来挺烦的，又不帅。

“那你觉得穿什么好看呢？是不是像我原先的学校的海陆空三军套装。女生戴着卷檐帽，打着白领带，穿着深蓝色军礼服，蹬着长筒皮鞋，这样才算帅气？”我有点炫耀似的说。

“那是你们中学。我们校长做不到的。学校没钱购买这么正规的07式礼服。”女儿叹口气说，“我们的衣服还是上一届六年级同学退回来的，有的裤袢松了，有的皮带裂了，有的扣子蹦了。一年四季都一样的。学校不肯花钱去换。不就升升旗吗？我倒是喜欢上次学军时穿的迷彩服。”

显然，在女儿心目中，她对升旗，对如何做好一名旗手的认识还是不够的。想要孩子知道旗手的荣耀，还得给她补补课。

“知道三军仪仗队是哪三军吗？”我问。

“海陆空。谁不知道？”

我点点头，虽然现在三军兵种变了，但还是保留着原先的礼制。“仪仗队女兵是什么时候才有的？”我又问。

女儿傻了。摇摇头。

我告诉她，中国女兵仪仗队选拔是非常严格的。首先身高要达到1.73米，学历、气质、相貌俱佳。2014年5月12日，习近平主席迎接土库曼斯坦总统来访的欢迎仪式上，由151名士兵组成的解放军陆海空三军仪仗队伍中，首次出现13名挽着秀美发髻、身着07式礼宾服的仪仗队女兵，她们分列在军旗组和陆军、海军和空军军种之中，与男仪仗兵一起接受检阅。

女儿有了兴趣。她说自己还没有真正升过国旗，因为升旗手只有1名，护旗手2名，其余为仪仗队队员。每个班大约有2名，品学兼优的孩子，才有资格参选旗手。

我肯定了女儿掌握的知识，补充说，世界上，大部分国家都有女兵仪仗队。但是要说好看，还是咱中国女兵，你看她们行军礼，走正步。你看举56式自动步枪，那枪上刺刀明晃晃的，卷檐帽下面一个个整齐的螺髻，清爽、干净、利落——真的是一道风景线。

女儿告诉我，她们学校管理老师并没有讲过这些，听了我讲的内容，她才知道女兵仪仗队有那么好看。

又一个星期过去了，学校秋季运动会开幕式上，女儿所在仪仗队因为有一个护旗手参加区里的比赛，无法前来，国旗班带队老师让女儿补上去做护旗手。女儿回家时对我说，自己今天终于摸到红旗了，感到很激动。她和三班的同学一起握着红旗的两角，将这面红旗升到旗杆上，看着五星红旗冉冉升起，她说自己感到挺难忘的。

“你知道红旗为什么是红色的吗？”我问

“是革命烈士的鲜血染红的啊！”女儿脱口而出。

我没有回答。只是说，等明天我带你去一个地方。

第二天下午，我带着女儿来到云居山浙江革命烈士纪念馆。我们来到二楼，这里有个“信仰之光”——建党百年来浙江烈士诗文展。

“老爸，我们少先队活动时，我来过的。”女儿说。

我让女儿读习近平爷爷的一句话：一个有希望的民族，不能没有英雄，一个有前途的国家，不能没有先锋。“你不是少先队员吗，又是学校的旗手。你今天就好好看看这些英烈的事迹。”

过了30分钟，女儿看完了。我问她印象最深的是哪一位烈士的话。她说是俞秀松。俞秀松写给父母亲的信里有“我要救中国最大多数的劳苦群众”的话。这是1923年俞秀松讨伐陈炯明被抓入狱时写的。女儿告诉我，她很敬佩俞秀松，他曾是共青团浙江省第一个支部书记。另外一个是孟祥斌烈士，2007年他为救跳江女青年牺牲了。我说：“你今天有收获吗？”

女儿想了想说：“老爸，看了烈士的家书，我终于明白了，孟祥斌说等他脱下军装，他会弥补家人，带他们去看雪、吃东西、爬山。可他永远也补偿不了了。我要学习先烈们的精神，将来，我要当好一名旗手，从现在开始就要做准备。”听了女儿的话，我如释重负，就想，她应该从心理上弄明白了为什么旗手是不简单的。

我告诉女儿，红旗的颜色是英雄血，凝聚着一种神圣的精神力量。作为旗手，应该在升旗时有这样的感觉，你才能做好一名旗手。因为咱们今天的幸福生活来之不易。

不久，在学校一次升旗仪式上，女儿说她终于有一次做旗手的体验了。她擎起红旗，迈动方步，右手抓握在国旗捆接处，旗杆与身体成45度，踏步走到旗杆下。和护旗手系好绳子，抓住旗角向斜上方展开，立正，敬礼！这时，全体同学庄严地齐唱着：

起来,不愿做奴隶的人们

把我们的血肉

筑成我们新的长城

中华民族到了

最危险的时候

…………

陪女儿去参赛

这个周末好忙，女儿有两个比赛要参加，轮滑市锦标赛和省级选拔赛。我对孩子妈说："你管周六，我管周日，一人一天。"因我这个周六事情多。孩子妈说："你忙你的，女儿我会陪着。我叫张师傅帮忙开车去下沙。"我说好的，我俩约定，周日我来换她班。

周六我在忙碌的间隙，发微信给孩子妈："女儿比得怎样了？"孩子妈回我："急啥呀，还没有比。"一天在翘首以待中过去。女儿后来得了市锦标赛300米冠军，傍晚的时候，1000米成绩也出来了，第5名。孩子妈说手机没电了，随后，我才开始烧饭等她母女俩回家。一直等到晚上8点半左右她们才到，菜快凉了，我赶忙再热。吃好晚饭，孩子妈出门锻炼，交代说，孩子作业要赶快做，否则明天没时间。

女儿趴在床上听她的手表故事节目，广告语：小小少年有担当，个个本领强。9点半我放下手机上正在创作的文章，去叫女儿，她已经睡着了。

我说："早上6点起床，6点20分出的门，女儿太累了，今天就算了吧。"孩子妈也没说什么。"明天我去吧，你休息。"我说。她看看我，说："男人家做事，我是不放心的，明天你也去吧，一起去为她加油。"

我很乐意充当次要角色，在管理女儿方面，孩子妈将单位老总角色换到家里，以为女儿也是员工，实际上女儿已经不买账了！我曾多次与她沟通，她总算明白了些，架子没以前大了，母女关系有所缓和。

第二天早上8点，匆忙下点馄饨给孩子吃，因为是主场横河比赛，我们并不担心女儿的心理状态。比赛前，我和孩子妈做了分工，她拍比赛起始照，我拍终点撞线照。我俩用视频或者拍照片来宣传。

孩子铆足劲比赛，我们能看到她的紧张与努力。200米短，靠爆发力靠弯道技术，显然，女儿遇到高手，她的成绩27秒95获得第6名，她说队友黄一菲拿青年乙组第2名，28秒3，还没有她好呢。这个时候，队友陈瑞炫高兴地拉着家长的手来成绩栏看，“我第2名”，第2名意味着什么？可以去上海决赛，可能参加亚运会……我心里一阵难过，眼睛有点热乎乎的，要是女儿能获前3，哪怕只在预赛讲台上站一下，接受裁判颁奖，我作为家长也有面子啊！

去吃中饭的路上，我和女儿说：“看到第6成绩心里难受的。”女儿回我一句：“有本事你去比啊，我尽力了，都是高手！”我知道自己说过了，赶忙圆场说：“爸爸不过想激励你一下，我女儿很棒！努力了就好！”孩子妈边上也宽慰说：“第6名也有一张奖状的。”

我们吃完饭，女儿在餐桌上做作业，我在边上打个盹，又翻了手机里的下午500米比赛日程表，可不，那几个熟悉的高手都在，掐指一算，我估计出女儿应该在第6名左右。心有不甘，但也选择了接受。孩子的天资如此，不是体育尖子生，还是不要下什么紧箍咒吧！妻子大概和我所想一致，“女儿，你放开了滑吧，第几名不重要，参与了就好！”

到赛场上，女儿换了鞋开始热身。我则在盘算晚上烧什么好吃的。这时检录了，我听说嘉兴队高手陈静蕾没来，7个选手剩下6个，上午那个第7名也在的，女儿拿第5没问题的。我赶忙电话告诉孩子妈，孩子至少第5没问题。

孩子妈也高兴地说：“比上午有进步！”

孩子上场，第1圈保持优势，领先。第2圈还是领先，第3圈，青松轮滑林莫颜追上来了，她就是上午那个200米冠军，一个弯道，她开始加速，女儿咬牙直追，我大喊着"加油加油"，但是女儿还是以小组第二憾败。第二组上场，女儿好朋友高宇涵也是奋起直追，结果也是以第2败阵，两个人水平差不多的。我想，宽一点的话女儿第4没问题，就跑到成绩栏去等成绩。

等待，焦虑，焦虑，等待。比赛比的是孩子，也拼家长的心理素质，我一个当教师的，当然知道淡定、放松心态很重要。但是，说实话，我的心里真的是七上八下的。

孩子的成绩出来了！我一看，第3名，我没有弄错吧！擦擦眼睛，再看，孩子成绩第3名。哇！我们赢了。女儿成绩排在她好朋友前面呢！

在赛场上，我听见一个妈妈鼓励自己女儿："宝贝，加油，滑完啊！"我听见一个带队教练说："你只有冲，哎哟，你还是没有突破啊！"他那个徒弟已经第1名了！还有一个场上裁判在对选手说："201，你被罚出场了！"今天，我在赛场上，见证过失败者、拼搏者、不满者，我知道，真的，成绩已经不重要了。与其说比赛比的是孩子，我也用自己的彻悟来了一次比赛，那就是，我对孩子的期望值可以调得低一点，低到她应该视比赛为一种动力，而不仅仅为了拿到前三。她喜欢轮滑，而参赛就是为了验证自己的选择，或许将来她打算凭自己的专长去从事与此有关的职业，那么，她会更努力的。这，也就够了。

作为父母，我们应该像那个鼓励孩子完成比赛的家长，假如孩子有此潜质，那我们就鼓励她去夺冠。相向而行，顺势而为。教育的根本是为了培养孩子的毅力。家长，应该教给孩子划船的方法，让孩子决定怎么划，那么，我们就是一个船长，是指挥家！

妻子，我心中永远的山水

别人说，你夫人蛮朴素的——不施胭脂，不画眉黛，不烫头发。某次遇到单位同事，他说他老婆和我夫人恰巧同一个单位。我就问，你老婆怎么看我老婆。他描述说："我夫人觉得你夫人蛮能干，可是太节省了，一年到头就两身衣服，看上去灰不溜秋的，也不会打扮自己。又很节约，还经常把饭菜带到单位吃，也不去下馆子吃中饭。"

连我女儿也说，老妈太土了。看别人的妈妈，那叫一个时尚。穿金戴银的，腰细腿瘦，跟模特似的。

确实，我的妻很不起眼。穿戴简单，身材圆润。姑娘时期，她也不打扮，不画眉，不抹红。从前出国回来，我都要买一套化妆品，什么雅诗兰黛、兰蔻之类。后来，老婆说："我又不打扮，面膜都没工夫弄，你就不要买了。"在韩国的乐天免税店，我两手空空啥也没买，那个韩国导游恨得咬牙切齿。

妻子的朴素不光表现在穿着随意上，她的言行也是纯粹的，出门能不打的，就坚持走路。家里的车子不愿停小区，她说用起来不方便，其实是在乎每个月交的120元钱。给女儿买衣服，她也说学生嘛买什么好看的呢，就是要简单一点。

妻子更不在乎节日，不重形式。过生日买点香水，她会说："这都什么年纪了，我没空喷香水。"去看电影，她也推说："你们父女去吧，我不喜欢看。"那一年岳父去世，我想去山东祭拜，她说，单位请假多了不好，没人换。再说那边礼节多，我可能不习惯，就不要去了。我记得岳父生前也叮嘱我，不管好还是没好，让我都不要过去了，花销蛮大的。结果我没有去奔丧，而舅佬和妻子也没有怪罪。

我和妻子结婚，没有三金四银，就请了一顿简朴的酒，连婚纱照也没有拍。去沱江镇领结婚证时，也就撒了一把糖果，妻劝我，省着点，不就是走走形式嘛。

婚后的日子虽然平凡，但是妻子很有计划。2001年我们在杭州买房，当时妻子没钱，面对着一穷二白的我，她又是借又是变卖国库券，凑了9万元，再加上问妹妹一个朋友借18万，又从别的朋友那儿借5万，我们一次性拿下现在这套房子。

妻子善于经营。结婚10年我们才要孩子，然后投资买房，投资股票，赚了20万买车，如今又在海盐投资百万，老家投资近50万买房。我们基本上是投资不亏的。她换一个单位，身价便翻番。看着她年薪10万、20万、30万，如今做业务比做办公室主任更赚钱，她说今年要挣60万……我的工资是16万、10万、10万减……比起老婆，我的安分守己就是一条道走得越来越窄。有的同事出去做事年薪百万，而我却宠辱不惊地过日子。尽管如此，妻还是劝我，待着吧，没有压力，身体会好一点，写文章的人要空一点才好，“你是写作的人”。

这时，我感动得不知说什么才好。

妻管家管孩子都有一手。女儿成绩越来越好，家里添置越来越新。妻子舍得在女儿身上花钱，出国，买近2000元的手表，智能课桌一套5000元。而她自己，则带着盒饭上班，穿着一百块的黑T恤，一条牛仔裤，以及永远染着头发，不然就是白头老媪了。

我爱我的妻，她是一幅中国山水画，她是用墨浸润着的，出身农家，节约,简单,为人淡泊。妻子眼里的人生也无浪漫可言,我们几乎从来没有一家三口集体出国游什么的,但是,在我心里,妻子永远是我前世修来的福分。她是旺夫的女人,是我家的主心骨、顶梁柱。

我的妻,我是你永远的粉丝,你是我不老的美丽神话。

谁打碎了王主任的杯子

凯富产业园最近出了件迷案，王主任的杯子被砸碎了。

说起这个杯子可不简单，它是王主任在庐山开工作会议时的奖品。王主任那年还是一个毛头小伙子，才参加工作，刚刚获了部门的优秀工作者奖。

也正是这个奖，让街道领导看到了一匹千里马，不久，他就被贾书记提拔到了产业园，当上了主任。

虽说这个主任只是副科级，王主任觉得还是蛮不错的。当初从贾书记手中接过这个杯子，王主任就觉得手有余温，以至于此后许多年他一直舍不得用它。直到有一天贾书记来产业园考察，王主任才特意把杯子拿出来泡杯西湖龙井。啜一口茶，味道还不错哦！

王主任回味起贾书记走时的情景，虽然贾书记没有提这个杯子，可是王主任倒是假装不经意地说："这个杯子是当年您老人家给我发的奖品啊！"贾书记看看杯子说："倒是有点年头了，王主任还保管得那么好。"

可是，这杯子竟然给砸了！

一地碎玻璃，只有茶漏和塑料盖子还完好。仿佛看到自己前程被毁似的，王主任懊恼极了。

杯子究竟是谁给弄破的？

嫌疑人一，他的女下属，产业园的女工吴姨。吴姨绝对是最忙碌的人了，她早上8点到单位，开始忙着搞卫生。洗手间、产业园区中心地板、各企业办公室、产业园办公室——也是王主任办公室。一共500平方米的空间，4家网红主持工作室，7家其他企业，加上王主任办公室，对外宣称"产业园"，实际上是小微企业孵化场。

王主任想，小吴去公共打水处次数多，说不定就给碰倒了。

嫌疑人二，新搬进来的韩后雪化妆品经理老姚。老姚马大哈一个，吴姨说产业园不让抽烟，他忍不住就在厕所里抽。说了好多次，他又在大门外一侧玻璃窗边抽，而且放了个大烟灰缸在那。

嫌疑人三，劳务公司的杨总。杨总是位女强人，经常加点到晚上10点多。眼下是月底了，很多承包商忙着打钱过来，而且，吴姨说她昨晚11点才走。杨总说，是她当时关的电源开关。

嫌疑人四，"一博"公司的汪总。这家公司是给企业做标书的。正巧，这几天汪总嫌自己办公室太大，就他和会计两个人，一年11万房租，外面公共区租了2个，又是3万，汪总说哪里吃得消。正巧，汪总昨天傍晚过来搬东西，大概5点半的样子。他说搬到外面，一年3万，节约成本。指不定，他不小心碰掉了杯子。

王主任回到家，把这事说给他读小学四年级的儿子王柯南听，小王被同学称为"神探"，曾帮年级组长数学老师破了玉兰花盆被毁案，名扬胜利小学。

王柯南帮爸爸分析来分析去，认定上述嫌疑人均可疑，他们都有作案时间。然而，用否定之否定推理，杨总第一时间给他送了个不锈钢保温杯，吴姨积极打听情况通报调查结果，带货直播的老姚最近表示要戒烟了，他说昨天请个网红美眉上了几单，粉丝真给力，还表示要送一套韩后雪护肤品给王主任。还有一博汪总，约自己改天吃海底捞火锅以表感谢。王主任想，每年给你省11万，吃个火锅算便宜你了！又感叹，小微企业的日子确实不好过啊，都是新冠病毒闹的，如今奥密克戎变异毒株又来闹心了。

晚上，王柯南放学归来。王主任特地烧了椒盐烤肋骨犒劳小祖宗。王柯南积极追问老爸破案了没有。王主任说算了，不就一个杯子吗。

王柯南说："老爸，想知道我是怎么破赵老师玉兰花瓶案的吗？"

"你说过的呀，不是被风刮的吗？"王主任漫不经心地说。

"嗨嗨。"王柯南漫不经心地说，抓起一块肋排啃一口，真香啊！

王主任突然想起，前晚他忘关办公室的窗户。冷空气来了，说不定这股冷空气真吹倒了他放在水台上的杯子！

这个时候，电视里正播放新闻，庆春东路一个岔道口，一株50多年的栾树被风刮倒，好多"小铃铛"在风中凌乱着。

王主任忽然明白了点什么。"再吃一块肋排！"他夹起肋排放在儿子盘子里，摸摸他的头说："柯南，你真是个好侦探啊！"

苔花如米小，也学牡丹开

27岁的龙晶睛，10年支教路，如今她和她的团队，吸引了1500名志愿者。10年间，她的支教足迹遍布湖南、江西、贵州、陕西等地24所偏远山区学校，前后帮助过2000多名山区孩子。这个美丽善良的长沙女孩，用自己的行动，撑起了爱心的蔚蓝天空。

2010年，16岁的她开始留学生涯，第二年假期她和志愿者们来到湖南凤凰县好友村。

“这里的环境太差了。”晶睛说。学校是一座土砖房，2间教室，桌椅都老旧了，50多个黑瘦黑瘦的孩子，由1位老师带着。住下来后她教他们唱歌、跳舞。这些穿着破旧衣裳的女孩男孩是那么纯真、善良。她也教他们如何去认识自己、保护自己。

“志愿者来一拨走一拨，学生很难有比较系统的学法，都是看看热闹，但是很快就忘了。”龙晶睛认为必须有统筹和规范化管理。

她开始为他们筹款。在国外留学时，她曾发起一项“一美元”助学活动。筹钱去帮这些需要努力读书的贫困山区孩子。她常常感受到孩子们对外面生活的向往。

志愿者们给孩子带来音乐课、美术课、篮球课，还有老外走进这破旧的教室，给孩子们上课。第一次，孩子们学到花朵的英文叫“flower”，他们开心极了！蹦蹦跳跳，和外教一起玩、一起学。

龙晶晴从孩子们的身上，看到他们心里的光——那是他们想要看看世界的愿望。从此，她爱上了这份工作，她想要选择这样的事业。她要用自己的善良，点燃孩子们求知的热情。

她带他们走在山间道路上，“那云朵飘向山间预示什么？”她问孩子。孩子们的答案五花八门，当一个孩子回答：“预示着我们将走出贫困。”龙晶晴连声赞道：“这个好，这个好！”她，在为孩子们上田野诗歌课。

她还给孩子们上社交情感、职业梦想等情商课。

下雪时，她和孩子们用自制的竹片在雪地里玩。

穿着厚睡衣蹲在地上吃饭，满院跑着帮乡亲们捉鸡。

谁承想，这位邻家姐姐是海归硕士，2018年毕业于哥伦比亚大学。

谁承想，她有一个小小的心愿，就是成立一个公益基金会——善吟公益。

谁承想，毕业后她没有选择在纽约发展，或是回国在长沙谋一份正式工作。她居然选择了支教并成为一名为之奉献一生的长期志愿者！这是她经过深思熟虑后做出的抉择：“人生的意义不是为了让自己过得多好，而是去影响更多的人和生命。改变世界不是一句大话，对我而言，是郑重的承诺。”

为什么要做这样的选择，龙晶晴觉得，这与一张湘西女孩抱弟弟上学的照片有关系。这照片被拍后立即引发媒体注意，纷纷转载。照片上了央视之后，有公益基金为孩子们筹到了100万资金重建孩子们的校舍。

一个月之后，学校从老旧的砖房变成了崭新的二层小楼房，孩子们还有了梦想中心、免费午餐，电视台还组织活动让这帮孩子在小年夜和外出打工的父母团聚……

龙晶晴眼睛湿润了，那种场面，那种努力，在她脑海里浮现，她觉得这些行动恰恰彰显了志愿者的意义。她认为，自己其实可以做得更多更好！

把新的教育理念和方法教给孩子，发动更多青年志愿者，大家一起来想办法，献一份爱心，这小溪就能汇入江河，江河汇入大海，大海汇入大洋……

“白日不到处，青春恰自来。苔花如米小，也学牡丹开。”

龙晶晴希望她的这份工作能为社会所接纳，为大众所理解与认同。而在她为全网所了解的同时，志愿者梁俊带着贵州孩子上《经典咏流传》的事迹早已传开。还有2018年，“冰花男孩”王福满和青年志愿者们为转山包小学送去了网友筹集的10万元捐款……这样感人的故事，一直在流传。

如今，27岁的龙晶晴挑起这个重任。“他们也有被平等激发潜能的权利，也可能拥有一个美好的未来，我希望能够一辈子守护他们，而不只是暑假。”

小小年纪有着大大的志向，龙晶晴，一个不平凡的女孩。她美丽的眼睛里有爱，有光，有坚强，有决定，有希望！

推本世系，遂祖轩辕

岁在重阳，丽水市缙云仙都如期举办了祭祀轩辕黄帝活动。这次活动由中央4台直播，地方媒体积极参与。浙江省委书记袁家军等省市领导亲临祭拜现场参与活动，可以说规模空前。

袁家军书记祭酒献花，丽水市市长致祭辞：诗画浙江，炎黄之邦。吴山越水，泽国海疆。河姆古渡，回溯中华源起；良渚遗址，洵称文化滥觞。运河逶迤，贯穿南北；钱塘潮涌，震撼八荒……李兰娟院士带头敬香，此等仪礼，非同一般。

为什么祭祀黄帝要放在仙都举办？仙都古称缙云山，与黄山、庐山并列为轩辕黄帝的三大行宫。道教典籍称仙都为玄都祈仙洞天，传说黄帝在此炼丹乘龙升天。

缙云县每年举办两次祭祀黄帝大典，分别在清明节和重阳节，1998年以来迄今已举办数十次。2011年5月，缙云轩辕黄帝祭典被国务院列入了第三批国家级非物质文化遗产名录。

今天的祭祀活动，在我看来，意义在于政府层面上对中华传统文化的重视与支持。表面上，它是一次祭祀活动，实质上是一次寻根活动。

黄帝祭祀为什么被视为华夏民族的“寻根”活动？黄帝的故里在缙云仙都吗？

据说黄帝的老家在距曲阜城东4公里的旧县村东的寿丘。这种说法被历代的学者所肯定。宋代宋真宗“推本世系，遂祖轩辕”，以轩辕黄帝为赵姓始祖。

相传黄帝诞辰是农历三月初三，即位据说在公元前2698年，即位时他20岁，据此推算黄帝出生于公元前2717年。相传黄帝一生下来，就显得异常的神灵。生下没多久，便能说话。到了15岁，已经无所不通了。黄帝兴农业，壮大部落，发明了轩冕，后人于是取其谐音，称之为轩辕。黄帝播百谷草木，大力发展生产，始制衣冠，建舟车，制音律，作《黄帝内经》，黄帝时期的中原文明一时开华夏各族之先河，黄帝的功绩不可埋没。

那时，黄帝居中原。炎帝在西方，居太行山以西。蚩尤是九黎君主，居东方。炎帝与蚩尤争夺黄河下游地区，炎帝失败，向北逃走，向黄帝求救。黄帝在三年中与蚩尤打了九仗，都未能获胜。最后黄帝在涿鹿上与蚩尤决战，战斗十分激烈。黄帝在大将风后、力牧的辅佐下，终于擒杀了蚩尤，获得胜利，统一了中原各部落。

于是，黄帝封禅于泰山，突然，天上显现大蚓大蝼，色尚黄，于是他以土德称王，土色为黄，所以称作黄帝。

那么，黄帝陵又在哪里？

一种说法在陕西北部今黄陵县境内的桥山之巅。因为司马迁《史记·五帝本纪》载：“黄帝崩，葬桥山。”自秦统一六国后，历朝历代每岁祭奠黄帝陵持续不断，因此黄陵县境内的黄帝陵有很多各代的遗迹。这个地方连秦始皇也来祭祀过。

另一个说法是黄帝陵位于北京的平谷区。明《顺天府志》卷一上记载：“（北京）平谷区东北十五里，传为轩辕黄帝陵，有轩辕庙。”不过专家认为现今的这个黄帝陵，实际上和陕西桥山以及全国其他的黄帝陵一样，都是黄帝的衣冠冢。

黄帝陵到底在哪里，至今没有确切的结论，只能说是一个待解之谜！

关键是丽水缙云这个地方如今成为祭祀黄帝的首选之地，基于其环境好，这里有奇特的鼎湖峰，加之远离喧闹都市，利于把黄帝神化仙化，而又不偏远，远近适宜。

祭祀黄帝不是根本，从根本上说，将缙云打造为中国南方黄帝祭祀中心，是为了文化寻根，为了增强民族凝聚力！

我悼念

我悼念东航MU5735上去世的132名遇难者。他们有的正等着和男朋友举行婚礼;有的是亲人集体赶着去奔丧,没想到从此殒命;有的是一家三口,因女儿患“腮瘘”病,计划带女儿去广州一家大医院看病,搭乘该航班。另外还有一家,丈夫是一家之主,夫妻二人有两个孩子,大的才上幼儿园。那一天,丈夫送儿子去幼儿园后,赶往广州出差,上飞机时,丈夫给妻子发微信说:老婆,我要上飞机了,到那边再给你回信。妻子得知丈夫去世后,决定赶往出事地点,哪怕等待她的是丈夫的一张证件、一块碎肉。她说丈夫是一家之主,他的任何证明她都带在身上,她不知道家里有多少积蓄,信用卡欠多少,什么时候还,她已经没有钱来还了,两个孩子都还小……

在这架飞机上有一个空姐,她在上飞机时让丈夫回个电话。3月21日下午,34岁的荣先生告诉《潇湘晨报》记者,妻子和他同龄,在这架飞机头等舱上工作,执飞已经十年,每一次都平安落地。“我回了电话,她告诉我,她要飞了。”丈夫说,那是妻子告诉丈夫最后的话。得知妻子服务的航班出事后,荣先生急巴巴赶往东航公司,“老婆,你等我,我马上来”。

然而,荣先生等不来妻子的回答,他的妻子,从此和他再也联系不上了。

我怀念我的父亲,老人一去6年,他来杭州两次。第一次来杭州,我记得他靠在沙发上看电视。我知道他的习惯,他喜欢抽烟。然而他怕我妻子嫌弃烟味,他没有抽过一根,直到我们走在大马路上,他才如释重负,掏出兜里的香烟，像个饥饿的人看到碗里的食物。第二次，他来杭州时我劝他："爸爸您就住杭州吧。"那几天，我带着他去岳庙，去孤山玩，我问他："杭州好吗？"父亲说："好，风景很好！"父亲停了停，说："不行，我不在家了，你母亲怎么办？还有，听说杭州这边人老了要火化的，我可不愿意！"如今，父亲走了，我才真正体会到他所讲的话并不是出于当时的顾虑。母亲曾经说过，有一次她和父亲赌气，父亲就劝她，"你生什么气啊，哪天我比你先走，你就不用生我气了"。父亲的话使她很久不去和他拌嘴。

现在，我想您，父亲。您的和气与实在，您的谦让与真实，让我知道什么是相敬如宾，什么是宁可自己吃亏，也不得罪人。还有，您告诉我，把一件小事办好就是成功，这让我在工作中感受到踏实和富有成就感。

我想念长眠在山东单县付刘庄田野里的岳父。那一年八月，老人家已病入膏肓。在单县人民医院，我搀着他去上厕所，他蹲完后站起来，我扶他起来，他用浓重的山东口音说："唉，以前拉一板车麦子700斤，如今拉不上来一条裤子！"我记得他曾告诉我，在村子的另一边，就是黄河的支流，他说那里边有大鲤鱼，他能钓起十几斤重的红鳍鲤。"你弟弟有没有大钓钩？等俺病好了，就给他买一包俺山东的钓钩钓竿寄过去！"我想，岳父最大的爱好就是垂钓了，他像姜子牙一样在河边等待的人，大约是像我这个与他有缘的"贤婿"，抑或是河中的金龟和锦鲤！

我想您，岳父！想和您老人家一块去水库钓鱼。甩起您配的山东大钓钩，再不放弃十几斤二十斤的大鱼，和它来一场拉锯战吧，直到把它搞到手才算数。记得弟弟说过，我岳父的垂钓技术绝对是一流的，不是吹的。他能判断哪里有大鱼。他钓鱼的时候，半天也不会说一句话，就是抽烟，直到太阳西沉。岳父啊，回来时女婿给你搞点小酒喝喝，来，碰一下！

我悼念那些在疫情中失去生命的人。李文亮，第一个吹哨人。2019年

12月30日下午5点43分,他在同学群里提到,“华南水果海鲜市场确诊了7例SARS”。一个小时后,他在群里补充称,“最新消息是冠状病毒感染确定了,正在进行病毒分型”。正是因为他的这一声哨子,惊醒了世人,人们开始重视疫情,各级医疗部门开始防范与应对,使更多人从此加入防疫的队列中。李文亮的微信签名中有这样一句话:“理论是灰色的,生命之树常青。”

是的,讲得再多没有用。生命是脆弱的,更是珍贵的。李文亮的那一声哨声,吹醒了人类面对疫情的基本良知,吹响了和新冠病毒对抗的呐喊。从而唤来生命第一的觉醒与无畏。他的哨声也把全人类的目光和注意力唤醒了!

我想念这些熟悉的普通而平凡的人,我明白,即使时光已远,在春天的河流里,他们像一片落英,在阳光和缓的溪流中漂浮,他们微笑着,可爱着,畅想着,正在用他们那些想象和内心的城堡,构筑着人世盛大的相聚。我希望很多年后,仍能想起他们,想起他们的一句问候,一片祝福,一声叮咛……

亲人们,朋友们,清明回家吧!让我在星光下祈祷,借托梦境和盼望与你们重逢!让我把所有的思念都带给你们,让深深地相望带给彼此以默契、以相聚,希望来生能常相厮守,永不分离!

最后,将宋代高翥《清明日对酒》送给你们——

南北山头多墓田,清明祭扫各纷然。

纸灰飞作白蝴蝶,泪血染成红杜鹃。

日落狐狸眠冢上,夜归儿女笑灯前。

人生有酒须当醉,一滴何曾到九泉。

想念母亲在杭州的日子

母亲于2018年8月18日回湖南，大概在杭州待了半个月。母亲晕车，所以我在杭州的19年里她没怎么来过，母亲这次下定决心来杭州玩了。人到一定年纪便有些空落。她的交游不广，因此鲜少有朋友。听说上次邀请一个小姐妹一起来，后来临到买票，小姐妹的儿女又不同意了，事情变得有点僵。

当妹妹打电话和我说7月份接她过来，想到母亲真愿意过来，我们都觉得挺开心。后来妹妹一家定在7月上旬去北京旅游，加上我想7月下旬回老家避暑，商量一下，还是由我接母亲来杭州合适。于是，母亲8月3日终于到杭州。

母亲在杭州时，我们本来想接她去灵隐寺看看，但是母亲在公交上觉得胃不适，结果没有去成。母亲又担心多花钱，也就打退堂鼓。那天我和妹夫只好陪她在三公园一带游荡。母亲走走停停，我们商量着坐船，准备带她去湖心亭，一看票价，母亲犹豫了，她说要70元啊，太贵了，我说你这个年龄的人还可以优惠，放心，杭州很多景点对70以上老人免票，但是母亲不愿意。妹夫说，那周末去吧，公交船外地人15元，本地人5元，我们在周末终于等到了公交船。这种船没打空调，把窗子推开，西湖尽在眼中，船开动后，湖面波光粼粼，有点泛绿的湖水让我们记住了和它有关的故事，也许是白娘子和许仙，也许是船外的苏小小与阮玉，甚至是祝英台与梁山伯。母亲说，越剧《梁祝》蛮好看。我们马上打听一下，红星剧院在装修中呢。

我们和妹妹两家人在北山路武松墓一带登岸，左边不远是岳庙，便邀请母亲去逛。母亲很早对岳母刺字之类故事感兴趣，也喜欢听我讲。我们一块屏一块屏看故事介绍，也在正殿面前照相。背后是“心昭天日”四个字，我觉得母亲在这里留影是对的。当年父亲在这里与我合影，如今那张照片不知放哪儿了。

我们还参观了西泠印社博物馆，走了孤山北面的路，过了白堤、断桥。一路上，荷花馥郁，清香袭来，我们仿佛穿行在花的河流之上。

平时话语多的母亲也像孩子似的打听，杭州对母亲来说是新鲜的，母亲难免高兴。我想，母亲也许更在意的是儿女陪伴，这是最长情的。

我们没有给母亲更好的睡眠环境，她也不嫌弃。她说有个地方躺就行。另外母亲在家里闲不住，她为我家缝补沙发，经常往来在儿女家，换着地方住。母亲的心思是敏感细腻的。有一回去六和塔，我解释不清钱江水为什么一些深一些浅。母亲说，你看，会不会是天上的云的缘故。细看果然如此。

母亲对丝绸博物馆的丝织品感兴趣，那些绸衣，母亲似乎在琢磨裁剪之功。小时候，母亲用缝纫机做衣裤的场景又泛上心头。每到二八月，我们穿上母亲缝的卡叽布新衣，那可是比过节还要开心幸福。母亲在锦衣面前的斟酌留恋，也让我们想起那一段贫穷而又美丽的时光。

母亲还是要回去了，我们记住这段日子就是记住乡情，记住回忆和真实。母亲的话题聊不完，也写不尽。因为母亲是一本书，她和儿女的故事，永远新鲜，永远真诚，值得回味珍藏。

一滴水的灵感来自这里

在采访王川时，我认为这个孩子的灵感之源或许跟水有点关系。之后看到宣妙老师的朋友圈，我更惊讶了。育才集团的文学新秀可谓层出不穷，陈妤婕、朱熠烁、欧阳张者，今年又出了一个，那就是王川。

“在宽广的丽江坝中流淌，穿越大地时，头顶上是满天星光。一些薄云掠过月亮时，就像丽江古城中，一个银匠，正在擦拭一只硕大的银盘。”王川告诉我，他的获奖作文灵感正来自《一滴水经过丽江》，关于省少年文学之星决赛现场作文《送别》这个题目，刚刚拿到的时候，他脑海中涌现很多想法，比如朋友之间、亲人之间。但这些想法到打算取材的时候，又让他感觉很无力，因为脑海里总有很多类似的经历，没有让自己特别有感触，所以没有办法下笔。后面自己联想到《一滴水经过丽江》，从一滴水这个叙述视角讲述丽江一系列美丽风景，这虽然是一篇游记，但是放在《送别》这样一个题目里来，还是能有一些启发和可借鉴之处。就是说不一定要以人与人之间的情感来叙述，也可以通过物的情感来记录人的情感变化。所以这个有关樱花的故事就在自己脑海中慢慢浮现出来。

故事发生的时间设定在1946年这样一个白色恐怖严重的年代，讲述了送别一位烈士的故事。同时也借助一些线索把1946年和2020年串联了起来，把2020年武汉的抗疫以及1946年国共对立情况下我们的共产党员做出伟大牺牲和奋斗的一些故事给串联了起来。王川先是在脑海中把这个故事讲了一遍,然后再用文字去不断地丰富这个故事的内容,这样一篇文章就成形了。

我理解王川的想法。他是从物的视角,即樱花的视角来写,选取武汉这个特殊的城市来写不同时期党员们所做出的努力和牺牲。1946年,武汉大学文学院院长闻一多在从事教学工作的同时,积极参加爱国民主运动,面对帝国主义的在华恶行,他拍案而起,奔走呼号,成为著名的民主斗士。闻一多被害于昆明,武汉大学在樱顶(原文学院)旁树立了闻一多先生的半身铜像,纪念这位诗人、学者、战士和中国共产党的挚友,并寄托师生对这位首任文学院院长的敬仰和追思。2020年上半年,武汉新冠肺炎疫情期间,众多共产党员身先士卒,在抗疫过程中,他们的事迹感天动地。85岁的钟南山亲赴战场,医务工作者集体写请战书:用我及腰长发,换你健康平安。“若有战,召必回,战必胜”,来自南方医院(原第一军医大学)赴小汤山医疗队的全体队员的宣言,感动了无数网民……这一切材料在王川脑海中浮现,成为他写作灵感的源头活水,也成了他赛场取胜的“筹码”。

回顾自己平时的阅读经历,王川说他非常感谢自己的父母,让他有着超级丰厚的阅读积累。而这一切,也激发了王川对文学、历史的浓厚兴趣。打小起,父母就非常支持他看书,虽然开始无非是一些启蒙读本、经典读物,但是长大后王川逐渐不满足于阅读经典,他很喜欢去涉猎更多种类的书目,于是家里就整出了一整面墙的柜子以收藏不同年龄段不同领域的书籍。后来,父母又应他的要求,给他订阅了很多报纸和杂志,比如《读者》《青年文摘》等等。除了家庭藏书,父母还给了他很大的阅读自由,让王川节假日可以长时间地泡在杭州图书馆里。

眼前这位斯斯文文,有着厚厚眼镜片的王川同学侃侃而谈。他告诉我,写作其实就是一场心灵之旅。除此之外,王川同时也爱好旅游——节假日,他会和父母一起出行,走遍天南海北。“只有在旅游中,我的知识才能得到升华,视野变得更开阔。大自然的风花雪月要通过观察和感受才能了然于心,自己把它们用文字表现出来,那也是一种修行历练。”

我问他以后的打算,王川停顿了一下后说:“想当一名铁路工程师。”那么就引用王川妈妈送考时的一句话来结束吧:愿王川同学畅想世界,随意挥洒。

我想,来自家庭的关怀和鼓励,也在客观上起到了积极的作用。是什么让王川在万众瞩目的比赛中脱颖而出呢?回顾起来,我想,那的确是一滴“水”,让这一滴水“高飞”而流向大海的,不仅是家庭的关爱、老师的鼓励,还有同学们的友情,以及王川本人对文学的拳拳之心!

与母亲爬吴山

2017年，母亲来杭州玩，她喜欢爬山，母亲爬山时往往不喜停步，她拎着一瓶水，一路上和我说着往事。小时候母亲家里穷，她说上初中时就因为太穷了，只好交柴火当作学费——一担柴火一毛钱，交三十担柴火才够一个学期学费。即便如此，母亲也只上到初一，便永远没有机会上学了。老师去劝学，外公让母亲躲起来，对老师说："你看，我犯腿病了，不能生产劳动，她是老大，要帮家里。"母亲从此再也没有进学堂。母亲对我说，为什么要送我们上学，这也是延续她的上学梦。

我说："幸亏您老人家一直鼓励我努力，不然我就在农村待一辈子了。"母亲表示认可："是的，不能让你们这一代人再受没书读的苦了。"

我们沿着山路往上走，我怕母亲累了，提出休息一下。母亲说不能休息，休息一下就会懈怠。人总是会想着偷点懒。

母亲拿维持一个家庭举例。她说自己咬紧牙关，就是想带好一个家。早年母亲在乡下造房，是为了有面子。后来我们家搬到城里，母亲又在城里花几十万造房子，如今，在县城里造出近六层楼的房子。她说，我们一点都不比别人差。从置地到造房，有近五年时间，母亲都是和父亲搭帐篷在检察院外的水泥地过日子，那时候机械厂的房子拆了。"生活推着你往前迈步，跟爬山一样不能停，如果不是我坚持买房，你们兄妹回来住哪里去，你弟弟全家住哪里？"母亲告诉我，人这辈子就是在和自己较劲。她来到城里，开始做生意养家，因为靠父亲一个人的工资无法满足全家开销。她起大早去市场盘货，再到摊位上去卖蔬菜，早出晚归。父亲是个工人，下班后就做饭，到农贸市场给母亲送饭。20世纪80年代，每天挣3—5块钱，就称上3两肉打牙祭，再买点小菜回来。那时父亲一个月工资大约40元，母亲每个月能挣60—70元。“我没有停下脚步，要不然，你上大学，哪有钱送你去读啊。”

母亲瘦小的身子在林间穿梭，阳光影影绰绰，从一棵树跳向另一棵树。母亲的情绪也便好起来，不一会儿我们爬到吴山集贤亭，一览众山小。母亲很开心，说：“世界上没有投机取巧的事，你决定要去做，又能吃得苦中苦，你肯定可以做好！你看我70岁了，爬山照样没事的。这座山不算高的，不过瘾。”

母亲一直在比较着，她说南华山比这吴山高多了，我说吴山以前是浅海，你看这些石头。母亲说可不嘛，像海里的礁石。谁能想象几十年和几十万年的变化，人一辈子变化也是快的。“你和你妹妹到杭州，生活得美满就好，我放心了。只是以后遇到事情也要咬牙迈过去，车到山前必有路，相信自己可以应付的。你说生个二胎养不起，我和你父亲生了你们四个孩子，不也养大了？老二没有活下来，那是因为生了绝症。只要相信自己有双手，坚持下去，路，终归就在脚下。”

母亲的话，我是赞同的。现在我们也如同爬山，生存到一种境界了，总是会看开一点。我们在杭州生活、买房、还贷、抚养孩子，固然艰苦，却也没有母亲过的日子苦。所以，眼前的日子就是吃苦和坚持开出的美丽花朵。

遇到困难总想着躲避怎么行呢？

母亲的话给我以启迪：我们一起坚持爬上山顶，如同人生路上，共同经历一段绕不开的困难而又终于能攀越其的旅程。在这条路上，我们没有犹豫，没有彷徨。我们始终相信：人生的秘诀，在于寻找一种最适合自己的速度，莫因疾病而不堪重荷，莫因迟缓而空耗生命。

致青春

这是一次等了20多年的相聚，我们在安吉香茗丽舍酒店等到了。

你，从前玉树临风的小伙子，如今变成了中年大叔；你，当年那个亭亭玉立的少女，如今变成有两个孩子的宝妈；你，当年调皮捣蛋，如今已由边防战士转业成为企业骨干；你，当年总是在老师身边的科代表，如今变成有20年教学经验的英语老师！

同学们，时光匆匆，岁月神偷。它为人添上了白发，抛却了稚嫩。到如今，它已把我们雕成了叔叔阿姨、师爷师公！

当我从樊丽萍的美颜相机里发现自己头顶上那一片“地中海”，我知道自己已经不再是那个风流倜傥的帅哥老师，而是一个“思想高度决定了人生海拔”的油腻大爷了！

你们40岁，我50岁，那点零头还不好意思加上去！

同学们，我们聚在一起，只为难得的一次相遇。杭州的，湖州的，安吉的，绍兴的，长兴的……我们，从该来处来，我们，在光阴里蹚过时间的河，而停留在我们青春出发的地方。

那时，你们16岁，我们28岁，你们像云像雨又像风，我们如诗如雾又如画。

我是你们的语文老师，你们，是外语班的靓仔靓女！你们说，老师总是那么优雅，我们说，这群孩子笑靥如花！

小胖说他太调皮了,偷偷抽烟;沈汉强喜欢和别班的哥们一起玩;戴琴琴是个乖乖女,学习成绩也挺好;还有你,潘跃华,总是语出惊人,大家听了很是尴尬,而你,偏偏喜欢一本正经地胡说八道!

"你知道吗,老师?我之所以高三去当兵,那是因为家里穷,实在扛不住了。当时国家答应给房、给户口、给工作。我在西藏当了5年兵,那个苦哇!我为什么要改名字叫雪峰,我在洞朗那边当边防兵呀。我们领导说,你不会喝酒,就别在我这里混。我们把60度的酒泡上点虫草,喝下去肠子都烧起来了!为了变黑,我光膀子晒太阳,结果浑身皮肤起泡,皮也烂掉!"这是许雪峰的"高光"经历,他说当兵让他能吃所有的苦!

你,以前是个浪漫女生,后来找了一个东北老公,你说自己只有和他吵架,他才会说纯正汉语,其他如朝鲜语、俄语,才是他的地道"方言"。唉,这可真是的!

你,沈汉强,如今在管理建筑工地,日晒雨淋,经常加班。你说,你今天向老板请了假,因为两个老师来了,和同学相识20年,聚一聚!

你,朱丽华。你父亲去打工没几天就出事了,换了两家医院,如今依然昏迷不醒。

还有沈飞、金秀丽、闵森龙、鲁文芳、樊丽萍……有的人功成名就,有的人至今寂寂无名,有的人离了又娶,有的人,在去年的疫情中没有被病毒放倒,却输给了内心的魔障,年纪轻轻去了天堂。

我想起给你们上课的情形,我讲侦探小说,你们听得入迷。我给你们讲的是作品,但是通过作家,我把做人和做事的原则,间接教给了你们。

每到放假,我们相约去你们家里家访。在湖州织里,在戴山,在南浔古镇,在长兴,在德清,在安吉天荒坪,在梅溪,在孝丰——我们的师生情、家校情,一天天加深。

时光一去不复返。如今的你们,没有忘记老师,没有忘记曾经的同学情谊,在群里相邀,大家共聚在曾经读书的安吉,一起聊聊。

我们推杯换盏,只为弥补20年来人生册页中的空白。谁的经历都不一样,老师从安吉到了杭州,你们,毕业了散作满天星,我们都分别找到了自己的天空,并确定了各自的位置。

我们把酒,为人生里的机缘巧合;我们言欢,把20年化作一杯白酒。同学们,我们重逢了!

人生如酒,彰显着豪迈情怀;人生如歌,吟唱着悲喜交加;人生如戏,演绎着不同角色。让我们记住那美好的回忆,并在短暂停留之后,重整旧山河,重新走出一条人生路!

让我们记住曾经相聚在一起的高中时光,给青春一个允诺,在未来的日子里,保重自己,关心粮食与蔬菜,面朝大海,春暖花开。

冬至里的父亲

父亲去世6年多了,我极少梦到他。在我看来,父亲去了天堂,就像骑马去了高山,他的心里面,也许从来就是去征服的。他在我们面前,凸显一个男人的本色。

父亲话少,因此给人的印象是冷淡的。他在别人面前表现出来的是因为见识不广带来的自卑感。然而父亲骨子里又倔强,这种内心的刚与外在的柔聚合在一起,形成一个我眼里的他——父亲的形象。

母亲总是说父亲傻,不会追求自己的利益。比如,父亲在洪江300火力发电厂工作期间,曾经有机会将家人的户口农转非,父亲却没有向厂领导去争取。母亲要他买烟打酒去活动一下,父亲却始终没有答应。

后来有一次领导问起,父亲才说,厂里等着安排的人好多呢,先把机会让给更需要的人。结果,机会自然失去了,为了这个,母亲同父亲大吵了一回。过了两年多,父亲终于将困难报告交到厂里,领导已换了,新领导告诉他,说:“老周,这样吧,你先等等,我们开会商量一下。”父亲说:“不急不急,慢慢来。”慢慢来的意思是什么呢,母亲说领导的意思是让你想办法找人呗。可是父亲又不愿意了。这一年年末,领导说可以先安排母亲到厂小卖部当销售员,户口暂时放洪江农村,一年给500斤粮食。父亲一听这样的结果,干脆就直接回绝了。这事儿出来后,母亲干脆就带着我们三兄妹回了老家。

老家农村帮我们解决了户口，分了田地。母亲干农活，在生产队拿工分过日子。父亲每月寄10元钱回家，他那时工资大概只有20多元。母亲认为自己的选择是对的，否则我们一家人估计会饿死。

在我看来，这与父亲的矛盾型人格不无关系。他是能吃亏的，是能顾大局的人，宁愿自己苦点，也不会给集体添麻烦。父亲在长沙工作期间，曾有很多次被提拔的机会，但父亲总是觉得自己文化水平低，不能胜任更高的职位，于是选择了“让路”——把比自己年轻有管理才能的人推上去。于是，他在师父眼里，是个做事踏实、非常靠谱的人，但是，也是个进取心不够的人。

因此，父亲本来可以当班长、当主任、当技术员，却最终还是做回了普通工人。在他看来，功名利禄也许还没有平凡人生来得潇洒自由！

父亲的事业如此——正如他自己认定的，不奢望，只是做自己，也就够了！

父亲的家庭观念，在我看来，有点奉行老子的无为而治。因为他的婚姻是近亲，父亲对岳父岳母特别孝敬。每年，外婆过生日，父亲总是带我们去看老人家，这在母亲看来是非常有面子的。她说为外婆祝寿，父亲带了好头。身教高于言传，我们也理解父亲。

在处理与母亲关系方面，父亲显然将老子哲学用到了极处。母亲的话他必然言听计从，即便有点个人看法，也是先服从再说。因此母亲对父亲虽然有点看法，但还是心甘情愿地嫁给一穷二白的父亲，并为他生了4个孩子，使我有了兄弟姐妹，有了一个虽然贫寒但温暖的家。父亲的隐忍也使他的缺点得到了弥补，因为母亲既能干，又很会持家，且非常节俭。

真的，父亲在我面前经常说：“你妈有时斤斤计较，但她又总是对的。”

有了父亲的宽容大度，这个家才枝繁叶茂。如今我每次回家，母亲说，你父亲陪着我支持我造房子，这么大的基业才能造就。县城里我家5层楼的房子，当年价值30万，如今也许翻了7—8倍还不止。

父亲教育子女，也一直奉行平和谦逊的原则。我们在外面玩，有时会和小伙伴打架，或者被人辱骂。母亲的教育是，不能让自己吃亏，别人打你就要还手。可是父亲却认为，和别人吵架是不应该的，与人相处，忍让是美德，宽恕最无敌。

父亲告诉我，人与人相处，要懂得谦敬，不要非得去争输赢。你让一下，他让一下，这个世界就太平了！

父亲的教育影响了我，我在与别人交往时，总宁可自己吃亏，也不去争论计较。

记得父亲去世时，他的一个工友告诉我，“你父亲是个好人，他秉性正直，较少惹是非”，大家都觉得父亲和善、仁慈，毫无架子。尽管他年年都是优秀员工，然而他并无党派意识，所以父亲也就没有当领导，更别提做损人利己之类的事了。那个工友说的话至今我还记着。这也让我对父亲的为人有了更深的认识。

父亲生病住院，在医生给他抽肺积液时表现得很坚强。还有他小时候因为放牛疏忽，竟然一气之下把牛尾砍掉，这些也许是他的“刚”。父亲在他的父母年纪轻轻去世后，跟着他的叔叔一起过日子，生活的艰辛与贫苦铸就了他的坚韧。父亲，又是一个很有个性的人。

我想，在我这样的年纪，我能理解父亲——他的隐忍与他自幼就是孤儿有关系。他7岁母亲去世，12岁父亲病逝，跟着自己叔叔一家生活，据说他婶婶对他不怎么好。

同样，父亲又是个心胸宽广的人。他见惯人世间的尔虞我诈，在浮华之中既不为名，更不求利。这使他能在谨言慎行中游刃有余，从而拥有温馨圆满的家庭生活——妻贤子丰。父亲是一个智者，他虽然有弱点，但他同样是大智若愚的人。

转眼冬至就到了。我的父亲,驾着骏马行走人世。他少时“孤独”,年轻时耿直,年老时慈悲,他的人格一直在变化中亦庄亦谐,而最终走向了圆满,修成了正果,往生于极乐世界。父亲是满足的!

凡人缪伯

8月31日中午,原房东缪伯的儿子缪佳林照例送来一只吴山烤鸡,我见他袖臂上挂一道黑布牌,就问:“你父母身体如何?”

佳林说:“父亲已去世了。”我吃了一惊:“缪伯是怎么‘走’的?”佳林顿了顿:“他上树摘无花果,结果摔下来,头部着地,没几天就走了。”

“哪天走的?”我追问。佳林说:“8月6日。”

缪伯和我们其实有着一段很深的缘分,他是我两口子刚到杭州时的房东。去看房时,他说:“我们家挺简单的两室一厅,你们住隔壁房,一个月400块。”我们当即表示满意,就签了租房合同,第二天就搬进去了。那时,我妻子在铁道大厦上班,我在美院附中上课。缪伯退休于东南化工厂,他的妻子杨姨曾在省民建当出纳,退休后工资几乎是缪伯的两倍。杨姨以前在人民中学当过老师,大家聊起天来很是融洽。

我们下班时,缪伯就让我们去他家一起吃饭,他烧菜很有一套。我印象深的是笋干老鸭煲。缪伯说:“鸭子要三年以上的老鸭,开水滤去浮渣,再把泡好的笋干除掉老头,撕成条。记得要用煤火炖,大约2小时就可以了。”

时间久了,因为卫生间下水道不畅通,缪伯和杨姨商量了一下,决定让我们搬到他儿子住的美政花苑。那是他儿子的婚房,有40余平方米。他说:“你们住这边方便,我儿媳妇在萧山开美容院,也不大回来。房租就600块钱,一个月一付。”

每一个月付房租时，缪伯照例请我们饱吃一顿笋干老鸭煲。一直到我们自己买房，我们在美政花苑住了大约8个月。缪伯的笋干老鸭煲真的很好吃，笋干嫩，老鸭软香，汤味鲜浓。缪伯一个劲往我和妻碗里夹菜，说："打工不容易的。你杨姨去交物管费，到美政看看，你们冰箱里连块肉都没有，盘子里也是小菜。你们最好是半个月来一趟，我给你们烧顿好吃的。"

2001年6月，我们在候潮公寓买了套房。和缪伯说退租，他满口答应。搬家的时候，缪伯来帮忙，他说："没什么送的，给你们烧只老鸭补补。"此后逢年过节，缪伯总叫我们去他家吃饭。后来，他说："你杨姨说你们家地方宽敞。以后过年，就去你家烧饭吃吧。"这个决定下了之后，缪伯让儿子把老鸭煲炖好，鸡肉烧好，大包小包拎到我家来烧饭。

缪伯不喝酒，他血压高、血糖高，只能喝点无糖饮料，连这他也自己带来。酒足饭饱，他和我们讲杨家将、讲《红楼梦》。他说《红楼梦》就是曹雪芹编的，假作真时真亦假。这个时候我们就听他自以为是、絮絮叨叨地说古典小说。我和杨姨是语文老师，看我们耐心听着，缪伯讲得更起劲了。

缪伯为人善良，慷慨大方。他经常让儿子给我们送点好菜，分文不取。他说："你们外地人在杭州打拼不容易，还房贷，养伢儿。"还开玩笑说，孩子生下来他帮我们带，上幼儿园由他接送。

我还记得，有回大年三十晚上，缪伯照旧买好菜来我家烧年夜饭。他告诉我怎么烧红烧肉、炖小甲鱼。吃好饭，他口述给我一副对联："福门住户探窗月，向阳人家著书人。"

每一年，小伙子佳林总是给我们带吴山烤禽，还有临海老家的海水蛏子。

每一岁，缪伯一家总是给我们送水果送报纸。杨姨说，自己老了，看不清楚报纸了。

缪伯今年应该八十岁了,算是福寿了,如果没有这场意外,也许还能再活五年、十年的。

愿善良的缪伯一路走好。他们一家也是我们遇到的杭州好人、好房东,我们生命中的贵人!

李宗盛有首《凡人歌》:“你我皆凡人,生在人世间;终日奔波苦,一刻不得闲……”

我想,缪伯在天之灵,也许能空一点了吧!

佳　林

最近一次见到佳林是在三月某天。他打电话给我夫人，告诉我们去楼下拿东西。我下去后见到他手里拎的东西，是只烤鸡。他来时骑的自行车停在一边，那是一辆破旧的老款自行车。“周老师，我妈让我带一只吴山烤鸡给你们吃！”我接过鸡，问他：“你妈的病如何？”

佳林停了停忧郁地告诉我：“还是那样呗。嘴巴歪得更严重了。”

佳林是我们当初来杭州时租房的房东儿子、独子。他的爸爸原先在东南化工厂工作。我们租房时，刚巧他们家出租信息挂在武林门一家中介机构那里，说要出租一间房子，月租400块，我们就交了200块中介费给机构。按地址来到他家，直箭道巷8幢1单元102室。那时候我们对他的印象并不深，只觉得他那么大的人总是前脚后脚都跟在父亲后面，唯唯诺诺的，不大有主张。

后来，佳林母亲杨姨告诉我们，佳林是有病的。在生他的时候，杨姨在地里干活，就要生了，羊水破了，流得差不多了，人卡在里面生不出来，没办法，医生用钳子把孩子夹出来。所以，脑子出问题了，人有点傻，读书时当然读不出什么名堂。职高毕业后就在厂里干活，因为有病，厂里照顾，干干收发。因为经常会忘记去拿东西，别人也就嫌弃他。于是，大伯只好以生病为由让他办了早退，拿着很少一笔病休金。大伯退休后，在萧山一个地方开了个小厂，自己生产肥皂水、洗洁精等。佳林打下手，两人干干倒也无事。其间，有人给他介绍了一个理发的女子，叫秋香。秋香是安徽那边农村的人，在萧山开了家理发店，人倒是挺伶俐的。两人一来二去就好上了。

后来，大伯的厂子因为生意不怎么样关停了，加上大伯眼睛也不太好，索性就回到雄镇楼家里。这个时候两口子分隔两地。过一段时间，佳林去看望秋香，给她带去一些好吃的，住上几天又回来，因为父母年纪大，也需要帮忙。这样一来二去，秋香有点不高兴。有几次回家来，没待多久就回去了。

因为对我们夫妻比较放心——我在美院附中教书，妻子在铁道大厦做人事——他们就把美政花苑一套小房子租给我们住，后来知道那是佳林的婚房。我估计这样做没有得到秋香同意。佳林也没有说反对。这样子过了一段时间，我们买房后搬出那套小房子。到了年终，大伯一家来我家过年，记得那几年我们关系一直很好，每隔一段时间佳林会叫我们去他家吃老鸭煲。

那几年，大伯觉得我家宽敞，提议一起过年。有一年佳林媳妇秋香也在。我妻子就劝她，说佳林人不错的，你们俩要好，尊重两老，他们的房子到了最后不也是你们的啊！

秋香笑一笑不屑地说："张老师你问佳林。他爸爸妈妈买房，连房产证都是他妈妈的。我们哪里有权利去分啊！佳林又不会说话，人是好的，就是没个主张，就听他妈的话！"

后面听说秋香回去后，照旧开理发店。佳林过一段时间便去帮忙。生活照旧一成不变，也偶尔掀起点波澜。

佳林有一次到我家来借房产证。他说街道那边想帮帮他们家，给一点补助，但是要证明他是没有房子的。杨姨就想到借我们的房子证明一下，说小伙子（佳林外号）就住在候潮门那边，一个月700块钱。我们爽快地答应了，还为他打了证明。从此，佳林很感谢我们。

但是不幸的事情发生了——秋香跟别人好了。对方是萧山那边的一个村里人。萧山人在当地好多征地拆迁，农民也都是有点钱的。那个人经常去秋香店里洗头，一来二去，两个人对上眼，就好上了。

我夫人问佳林，那打算怎么办，要不我们帮你找一个。“算了吧，张老师。他现在连自己都养不活，再找一个，又给他戴顶绿帽子啊！”杨姨生气地说。佳林听了老母亲的话，嘴里吐出两个字：“不找！”

杨姨打电话给我夫人，要他给佳林找份工作，“岗位不管的，不要太累就行！”我夫人答应了，不久安排佳林在铁道大厦洗衣房工作——就是衣服放到洗衣机里洗洗，烘干，然后送到楼上。

佳林到我家来，买了点东西表示感谢。他说，自己和秋香离婚了。我问：“你们结婚那么些年，秋香有没有为你生过孩子？”佳林说：“有的，在安徽老家那边，她外婆带着，秋香不肯给我养。”

我夫人说：“你要是后面再找，也可以再生。”

佳林母亲杨阿姨后来就和我们商量这事，他们准备去接那个孩子，因为秋香娘家一直藏着不给。我们说，那打官司吧，听法院判。小孩子都6岁了。

杨姨说：“我们不去，那边是不放的。我们必须去抢。大不了给点钱，这几年辛苦秋香娘家了！”

后来，杨姨和大伯蹲守在秋香老家安徽宣城某个村子，他们在附近镇上租房，瞅准机会，等小孩子幼儿园出来，他们就说，我们是你爷爷奶奶，在杭州。这是送给你的茜茜公主。孩子没有见过爷爷奶奶。杨姨就说：“你想爸爸妈妈吧！我们带你回杭州。你外婆那边我会打电话告诉她的。”杨姨和大伯带着孩子回杭州了。后来听说补贴给秋香娘家人8万块抚养费，秋香也同意了。

佳林有了个女儿，很开心。杨姨和大伯也很高兴。

但是后来又发生了一件事。洗衣房有个女同事，说佳林做事蠢头巴脑的，两个人就吵起来，佳林动手打了那个女的一拳。后面女的叫来一帮人，要打佳林。佳林拿起洗衣房一根杆子，秋风扫落叶一般，将那些帮忙的人揍了。有人报告给铁道大厦总部。我夫人也帮不上忙，就告诉杨姨夫妇。杨姨火急火燎地赶过去给对方赔礼道歉，说着眼泪就掉下来了。“我儿子是有病的，脑子有问题，你们一激，他的疯病就发了。医药费什么的我都会出，你们就看在佳林有病的份上，放过他吧！”

大家也不好多说什么。最后我夫人出来说：“佳林就回家好好养着吧，工资什么的我们给结算一下。”杨姨千恩万谢地说：“那谢谢单位。谢谢小张。”

后来听说杨姨帮佳林在街道上找了一份图书馆的工作，一个月1500元。这样杂七杂八加起来，他一个月有4000多。大伯告诉我们，他一个月才3000元。佳林比他日子好过了，媳妇找不到就算了吧，免得人家欺负他。

一晃过了好几年。2021年8月某天，佳林来我家送吴山烤鸡，顺便还我们房产证。他说：“我妈说把《杭州日报》送给你们看，他们已经看不清了。”我问：“你爸你妈如何？”尽管隔一条马路，我们也不怎么去他家。

佳林低着头说：“我爸去世一个月了。”我吓了一跳，“怎么去世的？”

“门口有棵无花果树，他架梯子去摘，结果滑脱了，从梯子上摔下来，就去世了。”

“那你妈和你以后多保重！节哀顺变！我和张老师抽时间去看一下你们。”我说。

后来，我们去看了杨姨。杨姨越发苍老，嘴是歪着的，说话也不利索，毕竟80多岁了。她是从民建浙江省委部门退休的。佳林还是单身，女儿已经上富阳的职高了。

从那以后，很久没有见到佳林了。

剃头记

走过江城路,不经意间看到一个小伙子坐在明康汇和老百姓大药房之间,他的侧面竖着一块小牌子,牌子上写着"理发10元"几个字,正合我意。出门时,我也是想理个发的。年纪稍长一点的人,生怕头发长长了,顶着花白头发在风中飘扬,那实在是一件很丢"头"的事,别人怕丢"脸",我则怕丢"头"。实在话,这把年纪,要是脸皮厚,真无所谓了。

之前跑了好几家理发店,价格要么50元,要么60元。原先是在彩霞岭社区理发店理的发,12元一次。所以当里面帅哥报50元的时候,我几乎连句客套都没说就开溜了——嫌贵!

如今,他说理发,既然价格是10元,那么就10元吧,实惠。我在晚间的风里当街理发,这也是第一次在街面上理发。刚开始有点忐忑,怕理发时碰到一个熟人:"哇,这不是周哥吗? 你在大街上理发呀。"

后来一想,看到了又怎么了。有什么面子不面子的呢,本来脸皮也是厚的,长得又对不起观众。

小伙子很认真地帮我穿理发服,取出剪子咔嚓咔嚓剪起来。他说他是浙江衢州人,在杭州做工,晚上没事,就捡起自己的老活计,帮人理发,收个10元钱辛苦费。

我说:"你白天在工地上还是哪里?"

小伙子告诉我:“在单位上班的。”

他把我的头抬了一下,说:“大哥,你是剪短一点就好了吧?”我说:“是的呀,我们这辈人早已不在乎发型什么的。你随便剪都可以的!”我说这话时,心里还是有点发虚,怕他剪得难看。

“你可以摆摊在公园那里,上年纪的人多呀,生意会更好!”我说。

小伙子告诉我,公园里人虽多,但灯光太差,看不清楚。我想想,他说得在理。我对他说:“你价格是给力的,但是别人总归要面子,不大会在路边上理发。”

小伙子说:”无所谓。有人我就理!理一个算一个。”

他的话让我油然回想起自己在乡下的童年时光,那时头发长了,往往会盼着剃头师傅来。剃头师傅挑着货郎担,村前村后喊着:“剃头咯,5分钱一个!”记得那时,我在念小学五年级。每次头发长了,母亲就会说等剃头匠来村里,再剃一个头。但是,一直等了两个月也没见剃头师傅来过。

母亲嘟囔着,也许理发师家里有事或生病了吧。

最终,母亲掏出5毛钱给我。“今天是周末,你下城理个发。顺便帮弟弟妹妹们买几个灯盏窝。”

我把自己童年理发的经历说给理发师听,他笑笑说自己原先也是这样的,所以长大了他就想自己来学这个技术,也可以帮助家里人理发。后来,村里人建议他开一个理发室。村里人都去他那儿理发,生意还不错。村子里有700人,按理发5元收,一个月平均也有好几百块好赚呢。“有时候,那些叔伯阿姨来理,我就不收钱。有的人赊账,时间长了,我也算了。乡里乡亲的,怎么还要收钱呢。”

小伙子帮我剃一下后颈上的汗毛,接着解开理发服说:“大哥,好了哦!”

“后来呢?”我问。

“后来吧欠账太多了,没法做下去了。加上我女朋友在杭州打工,我就过来做事了。”

今晚的江城路,来问小伙子生意的人不少。小伙子说:“只理男人的头发,女人的头发麻烦。”一些过路的人走了。也有女人来问,被拒绝之后离开了。小伙子告诉我,我是第二个顾客。

我说:“那你一晚上也赚不了几个钱的。”

我付了10元钱走回家。

过了几天,我想知道这个小伙子还在不在,就在散步时有意往老百姓大药房那边走。晚间的江城路,仍然和风清扬。清凉的风里传来明康汇减价8折的喇叭声,我只看到进店刷健康码、行程码的牌子。边上那个开店的中年人告诉我,这几天都没有看到那个摆摊的帅哥理发师了。

我曾经问他:“人家店里收60元,你不知道吗?你怎么看?”

小伙子说:“大伯,他们要收房租费的,一年的租金好贵。他也没办法的。我收10元,因为我不要交租金,不存在这个担心。干多干少无所谓。白天我在干活,有收入,晚上就来赚点外快,补贴家用。”剃头小哥用一种轻飘飘的语气和我说。

那一瞬间我明白,世界上,我们所关注的都是一种美妙,一种云淡风轻。

如同这个理发小伙子,他也许和我一样明白,放开了视野去看人生,那点得失,真的不算什么。

要知道心无杂念的生活,才是一个人最完美的修行!

喜　哥

对喜哥的印象可以用这样的情形来描述："阿勇，今天在哪儿喝呢？"当我告诉他这段时间没什么安排时，他仍然说："那下次再喝酒时，一定要通知我。"有时候，他会打个视频电话给我："在吗？和平饭店边上，胡记。过来搞一杯！"

喜哥这个人，简直就是一个超级酒鬼！

喜欢喝酒的人，往往朋友很多。比如小区牌友某哥，有一次我俩喝着酒，突然进来一个江湖人物，细聊起来原来是他社区里的牌友。然后你一杯我一杯就挑上了——来，干酒！还有一个老兄，暂且叫小A吧。小A是一个房地产中介的门店经理，自从被老婆扫地出门后，常常纵情酗酒。但这个小A对喜哥绝对忠诚，如果喜哥在哪儿喝多了，他肯定会把他送回家。我们很高兴喜哥终于交了一个靠谱一点儿的朋友。喜哥还有一个朋友，本身就是六合传菜的厨师，暂且叫阿B吧。阿B经常九点下班，九点以后就过来陪喜哥喝几杯。有一次，喜哥的狐朋狗友喝得差不多了，阿B过来敬酒说，他已经赶了第三场了，待会去唱歌，他安排。于是，那个晚上我有机会搭上小A的电动车呼啦啦直奔某量贩KTV去唱歌，谁知道阿B叫了几个工友什么的，已经在那里嗨得欢。当我有幸点上歌，正准备邀请其中一个女人唱时，我的手机响起来，老婆大人来电话："还不回家啊，在哪里唱？我过来好吧！"

我赶紧说:“好的好的,我马上回家!”

喜哥哈哈笑着:“妻管严啊!”

我也顾不上和他斗嘴,赶紧打车回家洗洗睡了!

喜哥的贫嘴也是一绝。你和他喝酒,他能喝到天亮不回家。一盘花生米就够了。有一阵子他搞到点钱,就专门要胡记老板娘的女儿——一个水嫩的大学生给倒酒。“再端一箱。把我昨天让你腌的那个鱼给我拿出来烧了。你爸忙,你来烧!”说着就杯子一偏——“妹啊,你来喝一个!”

小A马上打圆场,说:“张老师喝多了,老板别计较!”

小姑娘脸儿红着,“我当真是不喝酒的,张老师!”

我有点诧异,喜哥这副模样,也许和他摸爬滚打在外面做培训的环境有点关系。

还有,他和相熟悉的几个兄弟、老同事一起喝酒,有时候会拿别人的老婆开玩笑。乡人的观点是玩笑开到别人家人上,搞不好要吃官司的。之前我们在一起做同事时,据说他曾讽刺某一个教师,说有意巴结上司,讨好上司。结果被领导知道了,挨了骂,但仍然我行我素。

喜哥的言行使我想起鲁迅笔下的范爱农。当然,他的率性也使他广交四海朋友,感觉他似乎哪行哪业都认识几个人。其实他也就在培训机构里混了好些年,如今形势不妙,他又能屹立不倒——这也许就是他的过人之处。

喜哥因为自己不能留在初三毕业班执教而和校长吵了一通,一怒之下,喜哥离开了那所学校。喜哥离开,细想起来,一是因为时间上自己被箍死了,二是他的肆无忌惮,嘴上跑火车,得罪了不少人,树敌太多。

喜哥为人热情似火。我刚下岗的日子,因为找不到培训机构,差点丢了饭碗,无法维持生计。喜哥毫无保留地帮我介绍培训机构校长,牵线搭桥。

喜哥人虽热情,但在感情世界里却堪称浪子。

他的第一个老婆和我们都认识。姓陈，小名燕子。两个人一直吵架，据说主要原因是喜哥不大会怜香惜玉。加上他母亲过来跟他们住一起，家里“世界大战”总是会发生。后来，他老婆考上浙大读研究生了，两个人顾不上老朋友相劝，决定散伙。女儿归喜哥，老婆净身出户。后面的事情我们也不知道了。

喜哥的第二春是他同学的妻子，当时坊间传闻说，他的大学同学在南京，临终托孤于他。喜哥拍着胸脯保证说，你放心吧，我会对她娘儿俩负责的。后来，喜哥真的负责到和同学的妻子结婚了。喜哥说，帮人帮到底啊！——喜哥，是个喜剧色彩极浓的人！

当然，这段感情是无疾而终了。喜哥说那个媳妇不愿意过来，而喜哥则不愿意去南京发展。

喜哥的第三段感情是和一个在饭店工作的女子，由于都是离过婚的过来人，两人很快就好上了。喜哥还买了房，升级做了爸爸，他有了一个儿子。一把年纪的他终于功德圆满，最终凭着他勤劳的双手，以及多处奔走换来的血汗钱发家致富，修得正果！

我曾经问过喜哥，为什么总是喜欢到外面喝酒，他告诉我，其实是因为他妈烧的菜不好吃。他又不好去说，于是就借口外面有课，经常在外面花天酒地，潇洒人生了！

自然，喜哥是个孝顺的人。上周叫他吃饭，按常规是急巴巴来的，但是这一次我失望了。他说要请假，下次一定回请我！后来才知道，他是因为母亲做寿才不赴约的。

我们又是感动又是钦佩。

喜哥这个人啊，本质上很好的，热情，好客，质朴，幽默。即便在“双减”政策下，培训教师迎来了“下岗潮”，但我想，小人物总有小人物的活法。喜哥说，东方不亮西方亮，船到桥头自然直——怕个球！我很钦佩喜哥，他真的是个强人，每个月自己要交养老保险，还3000多元住房贷款，还要养家，养孩子。

希望疫情早日过去，让喜哥有口饭吃，有点酒喝，让一个善良、豪爽的人有一个明媚的春天。

小　婆

记得那年母亲告诉我，小婆走了，我有点不相信是真的。即便是到了我们这样的年纪，上有老下有小。一边给长辈养老送终，一边或在忙着送孩子的孩子上幼儿园。我知道，时光远去，不可复返！

小婆和我们一家就是前后邻居的关系。他们夫妻又是农村的典范夫妻，就是从来不吵架的那种。我不知道小婆是哪里人，从哪个地方来。我们村以前有四个生产队，我家和小婆家在四队。村子也是东边两个队，西边两个队，但是往往是各管各的。或许小婆是西边那两个队的呢。

但是，小婆夫妻的情义之深，已经是整个白岩村的神话。自从小婆嫁给小爷爷，小爷爷没有让她下过一天地，小婆也从来没有去插过秧，不懂得稼穑。她甚至不知道耕地时，牛在前面还是她在前面。诚然，北方人不用牛耕，他们种麦子是自己人拉着犁。在农耕文明的南方，尤其是西南云贵这样的高原地带，那就是一门绝活，更是普及性的活。

可是小婆真的不会。小爷爷对她的情感，可以说到了呵护有加的地步，她就只管在家里洗菜、淘米、洗衣服，从来不去干农活。后来我才知道，她只有洗菜时才迈动两条腿蹒跚着去村里大井边。

原来，小婆的腿是有问题的，她有小儿麻痹症。

母亲说，她真的羡慕小婆。小爷爷甚至连水也挑好才去坡上干活，然后打柴火。小爷爷打的柴火又重又好，他是从很远的枫坳或勾机坡那边打来的，因此质量特别好。

冬天，每一回我们去蹭火，小婆就一个劲往柴火堆里加柴火。“孙儿呀，你是读书人，可不能受凉呢。”小婆搬来一把椅子，我和妹妹便坐下来，小婆就搬出最好的姜糖和花生米，让我们一饱口福。

小婆是有四个小孩的，三女一儿。大的成年后嫁到廖家桥。听说生了个儿子，是个软骨病，长到七八岁生活还是不能自理。那时我想莫非是遗传，因为小婆原先也患过类似疾病的。她大女儿先玉说话口齿也不清楚，好不容易嫁一个老光棍，听说那边的家庭条件也是一般。二女儿先爱干活是把好手，基本上和男人不相上下。老三先营是儿子，身体健全。老四珍爱身形瘦小，干活虽然不给力，但也是能帮衬家里的。

后来，先爱嫁人了，对方是较远的茶田地方的人家，听说嫁过去生活幸福。于是，老三先营的婚事成了大操大办的一件事情。我记得我们还去闹洞房了。新娘子盈门婶娘从大王土那边农村过来。我母亲告诉我，村里有人嫁女到那边的，这门亲事是通过那边的女方亲戚介绍的。

先营叔叔结婚之后不久，他老婆生了个儿子，把小婆乐坏了。小婆成天带着孙子四处走动，简直是炫耀——孩子又白又胖。可是不幸的事情发生了。一次小婆去村里东头猪崽叔叔家借豆腐盒子，孩子已经四岁了，悄悄跑出去玩。等到小婆和猪崽媳妇说完话，才发现孩子不在了。找到时，才看见溺死在东头的水田里面。

这让小婆和儿媳妇吵架吵得天昏地暗日月不分，等到双方冷静下来，小爷劝说，小婆也不是故意的。最后，儿子听了媳妇的意见，和父母分家了。

两口子搬家去外面住后，盈门又了生孩子，陆续生了三个。村里计划生育干部来劝说，要抓先营叔叔去结扎。于是两口子就躲到了大山里，计划生育干部把他家的瓦什么的都揭开了,柜子什么的也搬走了。但是两口子一直东躲西藏。好几年过去了,夫妻俩生了6个孩子,第6个终于是个男孩!

小婆逢人便说,儿媳妇怎么怎么把儿子拐走,儿媳妇是个妖精,等等。10余年过去,生育政策也变了,小婆希望缓和关系,两家也慢慢走近了。

她说,自己当年也是蛮后悔的了。那都是婆说婆有理,媳说媳有理,过去的都一笔勾销了。但是,儿子还是不愿意回家,因为他们还是怕会尴尬。

我每次回乡,都愿意去看看小婆一家。一进她家,她就问这问那。我由她介绍才知道,珍爱嫁到了保靖县,她是打工时遇到男方的。我还记得这个小我一点的珍爱在我上大学时,曾经送我一双她纳的鞋底。当年,我们两家亲如一家。我考上大学,钱不够,小婆就把她的积蓄都拿出来给我们。我第一个月的生活费,就是小婆他们,甚至村里好几家帮忙凑齐的。

随后我们家搬到城里,和小婆家隔得越来越远了,倒是小婆牵挂着我们。她经常托人打听,给我们寄点家乡的腊肉之类,还帮我们看守乡下的老屋。

大约在2016年,我回乡埋葬父亲,去她家坐了一下。她听说我父亲去世,一下子就瘫坐于地,说了句:"我的先人啊,大哥怎么走到我们前面去了。哎哟喂!"眼泪滚滚而下。

我母亲劝她不要难过,说起她们一家的事。小婆说小爷腰驼了,她自己眼睛也不好,又不喜欢下城去看病,如今看东西都不好使。小爷的眼睛倒是没问题,就是听力下降,无法听到我们说什么。

我们在周家祖坟山上埋葬了父亲。回到村里和小爷小婆告别。一晃到2020年了,弟弟发微信朋友圈,我才知道这事。电话里向母亲求证,她说是的。

我想,小婆的去世意味着什么呢?意味着某种乡土情结的远离。我写过很多篇乡土散文，也写过长篇小说。乡下那片土地，它给了我无限缱绻乡情，给了我无尽的创作之源流。

如今，渐渐地，我有一种疏离之感。有点像鲁迅的《故乡》结局，毕竟34年过去了。

也不知道小婆埋在哪一道山梁上或者哪个山坳里。或许，她和我的父辈祖辈一样，他们的身躯永远化作了大地上的一缕烟霞、一块黑土、一树桃花。

杨　姨

刚刚从老家回来，夫人告诉我，杨姨走了。

心里一阵难过。怎么会呢？我想。

据杨姨儿子佳林转告说，杨姨是吃西瓜的时候被卡住了，一口气上不来，就走了。我不由得想起在杭州的日子，我们曾在她家住过，我家和她家，原来曾经亲如一家。

杨姨的老公缪伯，也是死于意外，他上树去摘无花果，结果摔下来，走掉了。

想起来，真是令人唏嘘。

生活里的杨姨，既乐观又开朗。她和丈夫缪伯相处得颇有智慧。缪伯性格急躁，杨姨性格温柔，两个人往往争吵得激烈，但总是以杨姨举手投降告终。

他们的儿子，杨姨唤作小季，也就是佳林的小名。"小季，小季，替你爸拿架梯子去，好晒酱肉。"这个时候，两人关于如何挂酱肉的争论才宣告结束。

杨姨对我们这一对租客非常关心。我当时在美院附中教书，妻子在铁道大厦工作。杨姨非常关心我们的生活，她先是将自己的偏房腾出来给我们住。由于是棕绷床，睡觉时铺盖总往一处跑。杨姨说："慢待你们了。等我儿子美政花园的房子腾空，你们就搬过去住！"

美政花园的房子是装修一新的婚房，虽然不大，但住住总是方便的，杨姨这么解释。我们当时也嫌这里和他们一家在一起不方便,虽然他们也总是叫我们吃饭,我们也乐于混饭吃。

我们挂念缪伯烧的老鸭煲。将砂锅炖在煤炉上,那一个半小时,都在杨姨和我们拉话聊天时不知不觉就过去了。杨姨说:“我看你们两口子,太节约了。”当时我1个月1800元,夫人大约1400元。我们攒钱,攒钱,只为买一套房子。

杨姨告诉我们,周末一定要去她家,老缪就烧老鸭煲,我们就嗑瓜子聊天,佳林一个劲地帮我们剥橘子。而这个时间,我就会向缪伯讨教一下如何烧菜。

我记得大伯告诉我,烧菜放味精一定没有错。他是东南化工厂退休的高级工程师,一生都是在研究如何生产洗洁精、船牌肥皂等。他说,味精不是简单提鲜,它的主要成分是谷氨酸钠,谷氨酸钠的主要成分是糖类和淀粉,没有害处的,“我一辈子都在研究它呢”。这个时候杨姨就会来打岔,说:“老缪呀,你吹啥吹,人家吃味精都吃出神经病了,你还在大讲什么味精好。那玩意儿反正我不爱吃的。”

缪伯说:“杨森桂杨森桂啊,你就知道唱反调。明天我不烧饭了,看你们母子俩怎么办。”

“怎么办?凉拌呗!”杨姨说完,我们也笑了,大家笑在一块了!

除了在杨姨家吃饭,我们也挂念过年的时候,他们一家子会上我家来聚餐——从主食到小菜,一应俱全。大伯边烧菜边教我做菜,而后我们一起来一场聚会。我女儿和佳林女儿表演节目,大家一起说说笑笑。杨姨会讲笑话,往往是开场一顿夸奖,夸我们能干,说将来要多生几个娃娃,他们会帮我们带。

那时候,佳林和媳妇还没有闹离婚,佳林媳妇也曾来过我家。我们就一面安慰她们，一面开着玩笑。缪伯也会在兴味之余，给我们开讲《红楼梦》，他说香菱原本叫甄英莲，是甄士隐之女。《红楼梦》这本书就是一本“假作真时真亦假”的书。他还会把“葫芦僧乱判葫芦案”这个故事说得活灵活现的。

杨姨是没有兴致听的，就过来拆台，“老缪啊，不要讲了呀！你剩饭炒了好几回了。人家周老师耳朵都听得起茧了！”

于是乎，这一家子才想起离开我家，回家去了。临走时，缪伯说忽然想起一副对联要送给我，杨姨拉住他说，下回再说吧！

杨姨除了喜欢和我们一家走亲戚似的要好，她还关心我的政治问题。比如好几次动员我加入民建。因为我无心加入任何党派，于是她只好作罢。

她又积极为儿子谋划未来。因为佳林属于残障人士，在杨姨的活动下，佳林在街道谋了一个看管图书的差事。因此，在母爱光芒照耀下，儿子也变得衣食无忧。

杨姨告诉我，佳林是她从事生产劳动时生下来的。那时，大家都在农村干活。她割着稻子，羊水破了，后来医生用钳子把孩子夹出来。佳林大概就是那时候被夹坏的。

杨姨为了儿子的工作操碎了心。开始在东南化工厂工作的佳林后来还是选择了提前退休，至于为什么提前退我们不得而知。

杨姨为了这个家可以说是殚精竭虑。她的退休金比较高，她会经常买点药品之类的给我们用，她说医保卡用不完的。

她也很节省，有时送给我们的礼品一看都是快要过期了的。所以我们也不好推辞，等她走了，妻子会检查一下，发现很多都是杨姨参加老年活动，人家忽悠她买来的东西。

我们也会劝杨姨，可老人家的智慧，有时也会打折扣的。还是愿意买，尽管没有什么用。

杨姨这个人平时不爱跳舞，不爱打扮。她常常会开玩笑，说自己怎么会嫁给老缪，老缪无钱无人品，还一只眼大一只眼小。可后来觉得大伯挺能干，于是也就乐意交往了。

杨姨走的时候没有专门嘱咐我们要照看佳林，我们是知道的。但愿她有机会能碰到老缪，他们夫妻，也就在天国里相见了。

很多朋友成了过往。杨姨和缪伯夫妻就是。如今回想起他们对我们的帮助，感慨万千！

我们要好好地活。就算杨姨在晚年有点面瘫，说话无法完整，但是有佳林无微不至的照顾，相信她还是满意的！

我们作为曾经蒙受恩惠的晚辈，也只有用自己不懈的努力去实现美好生活，才算是对杨姨最好的回报。

租客老王

老王,是我家的租客。

老王这个人好打交道。只要有活,脏点的他都干。什么通下水道啊,搬水泥啊,运垃圾啊。老王这个人干活随叫随到。老王和我弟弟是要好的钓友,都喜欢无事时钓钓鱼。回来时,钓得多的送给钓得少的几条,然后必须弄一条大的出来“打平伙”(请吃饭)。大家和和气气,亲如一家,气氛很好。

我父亲也习惯叫他老王,“老王我们赶场去”“我们砍柴熏腊肉去,老王”。家里人和老王一起进进出出,几乎是把他当家人了。

本来,老王是个搞装修的泥瓦匠,现在规范的叫法是瓦工。他干的是力气活,不怕脏不嫌累。另外一个身份,他又是城里人——他家住金家园,原先是失地农民,后来那边农转非他就变成了“城里人”。母亲说,他家是有钱的,房子租掉了,每年11万租金。

“那他家有钱的。”我也有点吃惊,心想看不出来的。

“可是他欠我们房租,一欠半年、一年以上。”母亲叹气说,“老王不太讲诚信,还经常赖账。”

从那以后,老王在我印象中,总是和耍赖什么的牵连在一起。渐渐地,他有时想和我聊几句,我也不想和他多说什么了。

听说老王有一儿一女,和妻子离婚后,儿女跟了妻子,他是净身出户的,妻子带着儿女另择地方居住。大家各自安好,互不打扰。

老王婚姻不如意，加上又有点不守约定。于是在我们眼里，他就是盲流一样的人。

但有一件事却使我对老王刮目相看。

父亲去世那几天，老王忙上忙下，去楼顶搬柴火烧饭炒菜。忽然发现我家的两只兔子在柴堆下，原来兔子压在下面出不来，饿死了。老王说："周大哥人好，兔子都随他去了。"这句话一下子把大家祸不单行的忧伤化解了。本来，我们想兔子是可以吃的吧，母亲说："阿弥陀佛，罪过，把它们埋了吧。"

兔子埋了，我父亲也要入殓了。老王帮着托父亲躯体放进棺材。天地间人畜同悲。老王说："周大哥一定超生极乐，老王在帮忙来着。放心吧！"

父亲葬在老家祖坟高岗上，没有特别封土。有一天母亲说，父亲托梦于她，说自己身上冷。老王在旁边一听，说："那帮周大哥封一下墓地，老鼠什么的不会打洞，他就放心了。"

我们也都觉得是好的建议。我们准备雇人修墓，老王抢着说他去，以前周大哥经常分他烟抽，分他衣物穿，周大哥人好的！

弟弟开车装泥沙到父亲坟边。因为水源离坟地远，老王和弟弟要走到山脚下打水，再拎到半山腰，这种活非常吃力。前后三天，老王卖力地砌砖、封泥，回家后一大早就叫弟弟起床，弟弟说："还早呢。"老王就说："你爸的千年屋，工期不能耽搁。他老人家是房东，我们不拖不欠。走！"

三天后，父亲的"房子"砌好了，本来要封顶，老王建议，坟头就让它添树发芽，你们家后代枝繁叶茂，不要封顶上那一圈了。我们想想觉得在理，就算了。

从那以后，我们真对老王刮目相看了。而且，他拒绝了母亲给他的600元辛苦费，他说："这钱不能收的，这是积阴德！"

也奇怪，就在那一年，老王忽然转了桃花运。女方也是我们家租户，贵州人，叫刘姐，也是离异的。独生女儿在我们这边读卫校，刘姐过来陪女儿。老王在她隔壁，两个人一起聊着，一边搭伴开火，一来二去就好上了。

过了一年多，听说老王申请了廉租房，条件改善了。老王和刘姐搬了新家，他向母亲告别，并让母亲转告我，有空去他家喝酒！

老王临走时把几年来欠的房租也都结掉了！

做木匠的大舅

母亲告诉我，年后大舅来过一次，说："来看看大姐。否则都不亲了。"

我听了不禁感慨着说："亲不亲的，要走动起来，才是亲的。"母亲也跟着说："是的呀，你二姨打电话几次让我去吃社饭。我那时候在住院，就没去。如今才好一点，她又病了！幸亏你舅舅身体好！"

大舅确实身体比较壮实。皮肤有点黑，一脸憨厚，给人以温和敦厚的印象。

大舅这个人其实也很有个性。据母亲回忆，他是外婆家最有文化的人了。高中毕业的他，在村里曾经当过几个月代课教师。后来发现，伺候几个毛孩子比伺候庄稼难，大舅就选择了退出。如今他有点后悔，和我说，要是听云生大（哥哥）的主意坚持几年，自己说不定也转正了，至少当了民办教师。当时他为了不再当农民，就选择了学手艺。据说是跟七队的吴某学的。他说选的阴历六月初三。为什么是六月初三？有一次他问我。

我摇摇头表示不知道。"你还是个秀才呢，六月初三是鲁班生日。那天我打了一斤酒，封了一盒糖，买了一条烟，去吴师父家里。吴师父给我盛了碗眉豆饭，说你把它吃下去，就算师父收你了，将来早日出师，好去讨生活。"吴师傅又给了他一把板斧，让他先削三个月木柴花。

"为什么要练习削木柴花？"我问。

"就是为了练习臂力，"大舅说，"你想啊，木匠成天跟木柴打交道，最少一天要削50斤木柴花吧，那时间长了，眼累手酸的，没有足够的臂力，哪能当好木匠呢。要是削一天木柴就吃不消了，这活就干不下去了。”

大舅说自己半年后就出师了。至于其中细节他也不愿多透露。我的想法是有点像石猴学功夫，半年时间学会腾云驾雾，就得有很高的悟性，得像孙悟空那样聪明才行。

“差不多吧，”大舅点上一根烟，“吴师傅说我可以单独接活了。”

为了验证这一点，母亲邀请大舅来我家打一张圆桌。那天，大舅一大早就挑着大木箱来到我家。扁担一头是锯子斧头，另一头就是一个深红色的挑箱，看上去四平八稳的，有点笨。

我说：“大舅你这里都有什么玩意儿呢？”

大舅神秘一笑：“到时候就知道了。”

母亲让我到楼上把木头拉下来。一根杉木从楼板上拖下来，登时堂屋里落下一层灰。大舅赶紧接住，“外甥啊，慢一点。摔下来可就要变成跛子咯”。舅舅一说，我母亲马上就笑起来，“那真像木林桥三队那个跛子大叔麻老歪”。

大舅抽一口烟，缓缓呼出来：“仙姐，人家麻老歪虽然脚跛了，可是那把阉猪刀可是认得出肠子位置的。有点手艺的人还是吃得开。”

母亲说：“根盘你说得在理，勇勇以后就跟你学木匠吧。”

“好的呀！只要我外甥愿意，我就免费收了你这个徒弟！”

我母亲马上说：“礼数一分不少的，关键是把他教会，就算是你也称得上耍师父了！”

于是，大舅在我家半个月的日子。我终于看到了他神秘木箱里的“宝贝”——刨子三把，小刨、中刨、大刨；凿和铲子各两把，凿子有平凿的、斜凿的、圆凿的；锤子两把，羊角锤和安装锤；锉和砂纸，木工锉也有半月形的、扁锉、圆锉、方锉等。除此之外，还有尺、画线器和墨斗。

大舅拿出他的墨斗，对我说这是他在吴师父那儿学艺制作的第一件宝贝。他的这个墨斗是用一块檀木做的，看上去有点像半个葫芦形状。外面雕着鱼龙花纹。墨仓的一头雕着龙头，线轮似老水车，里面的棉线穿过龙头，另一边像一个鸟爪，叫定钩，可以固定在木头上。每一天，大舅都要用它弹墨，将一块块木板从杉木上裁下来。于是，那根蒙灰的杉木，就一天天变成了规则的木板，堆在角落里，闪着拙朴的光。

有时候，大舅也叫我劈劈材料，用240的砂纸学习给成品打磨光色。

他问我："怎样画一个圆桌的形状呢？"我说，"用尺子画呗"。

他拿出曲尺，微微笑着说："你试试看。"

说实话，这可难住我这个学生娃了。

大舅说："要用到墨斗了。"他把定钩固定在木板中心，拉出线，比画出合适的距离。告诉我说，用材讲究节省。这个画圆的办法小学五年级以后开始讲了，原理是一样的呀。这头是圆规尖，这头是笔尖。大舅说着拿墨斗绕一圈，取好几个点，然后用一支笔做好记号，大致连起来。再用锯子一点点锯。他说："边锯边看，要不然这个圆就锯不出来了。这是手眼功夫呢。"

大约第十二天。圆桌做成功了，大舅用240的粗、细砂纸一点点打磨圆边。直到表面平整光滑。他开始调漆，用的是朱红色，那时候，这种颜色比较时髦，和我家的床、衣柜、衣箱颜色差不多。他用漆刷了一遍又一遍，耐心修补圆桌边缘，力求漆色匀称，厚度适合。

这样，大舅做的圆桌大功告成了。此后十年，大舅打的桌子用于年节时请客，还有打糍粑时，母亲在桌上铺一张塑料布，抹上油，上面可以放几十个圆糍粑。

而大舅的木工手艺也因此出名了，在亲戚间流传，在村寨间传开。他打浴桶、戽桶、水桶、衣柜、桌子、凳子、衣箱、橱柜、客厅立柜、屏风、屋檐牛腿、版匾、对联框……什么都能做。有一回，我堂哥家来客人打家具，就请了县城里沙湾的李师傅，也请了我大舅。李师傅的手艺比较流畅娴熟，我大舅的手工仔细拙朴，尤其是雕花镂窗的技术更胜一筹，他打的内室门窗一度名声大噪！

有人问，大舅和李师傅哪个高明，大舅说，老李厉害的，他比我手脚快，但是论细琢磨，却不如我。

果然，老李后来娶了我堂姐，在城里安家。而大舅在村里媒人说合下，以赶场相亲仪式认识了舅母，后来结婚成家，生了三个娃，还当上了生产队长、乡镇人大代表。

老　刘

老刘这个人爱折腾。他告诉我他挺适合做生意的。最早，在凤凰县城有2个旅馆80间客房。我记得带女儿去看过，其中的一间房，有着粉色的墙，枕头是凯蒂猫图案，被子上也是粉粉的凯蒂猫图案，我女儿一看就喜欢上了，赖着说："爸爸晚上我就睡这儿！"

当时，老刘作为酒店客房总经理，忙得团团转，他说："这间房要500多元一晚。"

"小美女，你喜欢就睡这儿吧。不过我们要先吃饭去了！"老刘哈哈大笑。

那时候，老刘意气风发。来到大堂，里面有一拨客人打听怎么去山江苗寨看风景。有个导游告诉他们，有撑竹排，过溶洞，过水库，然后去凉登村看看，远远地就看到苗女在村口堵着，要你喝米酒……

老刘也请我们喝酒，席间他告诉我们几个朋友，如今他日子过得好，买了辆50万的车，还请了人帮他管理旅店。

"我还是擅长做生意的！"说罢他哈哈大笑，一口酒灌下去，黝黑的脸也涨红了，宛若云霞飘荡在家乡的土地上。那样的老刘，意气风发。

老刘，也成了大家的开心果，但老刘不以为然。老刘人虽矮，却灵活，喜欢打篮球，将校队带出来了，在全县学生篮球赛上获第三名，一时名声大噪。

我来杭州后，老刘也来到杭州发展，在宋城华美学校教小学生体育。他的老婆也跟着过来了，当生活老师。日子过得还算平稳。

好景不长。有一年，他妻子检查出来长了脑瘤，在浙二做手术。华美发动全校师生为他妻子捐款。一下子捐了几十万，除去手术费，还剩5万多。老刘说："剩下的钱上交成立了爱心基金。"回忆这段时光，老刘极为感动："多亏了华美校长和师生的帮助。"

后来，华美学校垮掉了。老刘应聘到一个学校干体育老师，仍然以训练篮球出名。又不知怎么的，他竟然一下子回乡买房，后来又开宾馆做点旅游推销的事情。最后就赚钱了！

老刘说，他这个人爱折腾。

又过了两年，老刘在凤凰虹桥边上开了万千卉翠酒吧，还装修了几间客房，"花了80万"。他告诉我，"人家都说我赚钱，可是我的钱都花在装修上了，另外就是养球队！"老刘成立了一个私人篮球俱乐部，空时到处打球，一年下来，也花了20多万，他说，要做自己喜欢的事。随着球队影响力增大，周边省市球赛联谊赛打遍了，万千球队也打出了知名度。老刘也被推选为凤凰县篮协副主席。那时候，县体育馆的球场上，经常可以看到老刘指点江山的身影。在我看来，一个人为了喜欢的事业投入财力、物力，本身就是顺理成章的。但也正是这样的坚持，老刘患上多种疾病，比如关节上的病，腰上的病……但老刘根本就没有在乎过。

除了玩篮球，老刘开旅馆，开万千卉翠酒吧，如今又在虹桥上游100米处临水的一块地方开了另一个小酒吧，几经打磨，酒吧成了网红打卡地。来来往往的人，选择坐下来喝点小酒，唱唱歌，在月色如水的时候，他也回忆着自己当教师时的辉煌和那些乱七八糟的感情经历。他经常喝高了，爱唱杨坤的《无所谓》：

无所谓/原谅这世界/所有的不对/无所谓/我无所谓/何必让自己/痛苦的

轮回……

他的老婆小杨告诉我，老刘是讲感情的，但是人太会玩了。他们有一个女儿，这女孩是在医院里被遗弃，他们领养来的！如今小女儿长大，念书不认真，玩是会玩的，现在就读于吉首某职业学院。老刘告诉我，他有点小失落。

常听老刘说起他奋斗的青春光辉岁月，他有点不好意思地说："我这个人是稀里糊涂的，但是很记着人家的恩！"我悄悄劝他："你早该甩手了，毕竟你年纪也大了。打球也伤身体，就退出来吧。那篮球俱乐部很耗钱的！"

小杨在他边上对我说："去年老刘在河里救过一个落水男子，这个人因为感情受挫，跳水了！"

"是真的吗？"我来了兴趣。

"唉，我见不得别人想不开。如今我生意这么差，也没有想跳水自杀啊。"老刘安慰那人说，那个晚上他差点也被那个人抱住沉下潭去了，毕竟年纪大了点，体力差。

我说："老刘，你这个人是条汉子。真的，令我佩服。"老刘笑笑说："自己是一根筋。"

之后，凤凰的媒体竞相报道这件事，这不得不使我对老刘刮目相看。

我经常留意老刘的朋友圈，他要么就是发半夜里喝酒的，喜欢配点文字，比如"当有一天，你尝尽了社会的无情，金钱的压力，感情的不堪，人心的险恶。你就终会明白，别人的屋檐再大，都不如自己有把伞……"，而背景一般都是酒吧。我希望老刘在风光过尽后能有所醒悟，回归家庭，在温暖的后方歇歇。

"青山不老我不闲，一生忙碌为油盐，风风雨雨几十载，转眼黄土埋胸前，我笑青山颜不变，青山笑我已暮年，如牛到老不得闲，得闲已与山共眠。"

在这段有点韵味的话里面，可以窥探到老刘的真性情，他面对人生无常的感慨都是那么令人唏嘘无奈。是的，男人在闯荡之后抛下的无奈和自嘲。

每一次我回到故乡凤凰，都喜欢到他的万千卉翠酒吧里坐一坐，喝一杯鸡尾酒，听他唱《懂你》：花静静地绽放，在我忽然想你的夜里，多想告诉你，其实你一直都是我的奇迹。一年一年风霜遮盖了笑颜，你寂寞的心有谁还能够体会。是不是春花秋月无情，春去秋来你的爱已无声……我就会想起多年前，我们一起在浙江打工时，一起去邮局打电话，告诉父母，我们一切都好，就是很想家。如今，老刘的父母均已不在，他的哥哥也已去世。我明白，其实，老刘牵挂的，除了父母，就是我们这一帮一起出生入死的兄弟！

但愿疫情过后，老刘东山再起，好偿还银行一大堆贷款，好和小杨过波澜不惊的日子！

老刘说："杭州这边就不去了，不方便过来的，忙。"我答应了。

小　舅

想起小舅了,竟然不知道该用什么词来概括。

小舅是大地上的一抔泥土,是泥土中长出的一朵瘦弱的野菊,开在木林桥村这片贫瘠的山地上。小舅是一棵梧桐,枝叶宽大,却经不起风吹雨打。

小舅只比我长6岁,因此我们是同时代的人。

但小舅与我又不一样,他长期生活在农村。干活,他并不是行家。论手艺,七十二行里他没有一行精通。在农村,小舅之类的人就是被边缘化的人了。用我大舅的话来说,他懦弱、卑微,但又有着一点点自尊。

小舅打小就不爱读书。记得在外婆家墙上挂着奖状,其中有一张是小舅的,在学校田径运动会中获得跳高第4名,此外别无所有。不爱读书的小舅小学毕业就做农活了。他学插秧,插的秧别人不敢恭维,有一半秧苗是浮起来的。当然,只要有我在,他还是可以做做师父的。因为我插的秧浮起来的比他还要多。但是大人总不会来说我,大舅笑话小舅:"聋子(小舅外号),你是城里人出身的啊,以后要当干部的吧!"

如果我在,大舅也许会补一句:"勇勇你就是秀才。牛走后来还是我走后?"大舅引的是电影《刘三姐》的台词。秀才们和刘三姐等对话,刘三姐唱着问:"耕田是牛走先,还是人走先?"秀才答:"牛走后来我走先。"

我一阵脸红,小舅说:"别理你大舅,他厉害,不还是耕田郎一个?"我说:"大舅是个有手艺的人呢。"在农村,谁有手艺,谁的地位就是不一样的。

外公曾经为小舅谋划过，他们先是想让小舅学阉猪匠，无奈小舅是个善良的农民，成天跟小鸡、小鸭、小狗、小猪打交道，哪里会去学这门不仁道之事，之后也就罢了。

成年后，小舅有一次在本村一户人家看电视。那时候，《霍元甲》很是流行，小舅在看电视时，前面有一个女孩的体香吸引了他。他青春年少，正是荷尔蒙喷发期，忍不住就碰了女孩子一下。女孩子显然明白了什么，回头朝他笑。小舅就越发大胆了，还偷偷问，你叫什么名字呢。女孩告诉他自己名字。后来一打听是村里三组刘大拿家的小姨子。有一次，刘大拿和小舅一起在一户人家干活。小舅问："大拿哥，那个凤仙是你姨妹子是吧。"

大拿笑着说："是啊，你是不是喜欢她。我回去让我老婆吴凤英给你做媒。"

就这样，小舅又通过媒人牵线，进一步和凤仙联系上了。那一年我初中毕业，小舅大婚，舅母正是吴凤仙（无风险）。大舅曾经笑话小舅，现在给你找到一个"无风险"的，你哪里捡来的便宜？

小舅结婚了，我们当然高兴。我和小青，也是我二姨的大儿子，还有小舅很要好，过年过节我们在一起玩。曾经因为买鞭炮不给小舅，他把我们俩关到厕所里不让出来。

小舅成家后，这个舅母"无风险"却不是个安分的人，恰恰相反，比较爱挑是非，于是小舅和大舅一家就经常吵架，一直到小舅的孩子滕华安（小名安安）出生。后来，外公还是让他们两家分开了。没几年，外公故去。小舅和大舅两家虽然不吵了，但关系也一般。

再后来，大约在安安5岁时，吴凤仙和小舅终于离婚了，其原因大概是小舅虽然比较懦弱，也不大会偏袒她。"无风险"将她的嫁妆一股脑儿搬到了城里，据说是嫁给了一个50岁病休的鳏夫。

安安10岁时，小舅去林峰乡看电影时通过同样手段认识了一个张姓女子。这个女孩其貌不扬，背是驼的。外婆和大舅都嫌弃她。女孩洗衣做饭，插秧打谷，样样都会做，和小舅关系也较为融洽。

但是我母亲和外婆都觉得不妥，因此这段感情也就无疾而终了。

女孩离开了小舅，从此断了联系。

小舅的第3段感情是二姨给撮合的。这个女子是雷公田村里李家的小女儿，模样儿俊俏，又很会打扮，很讨人喜欢。用小舅的话来说，那就是七仙女下凡尘。小舅对她好得不得了，用小舅的话来说，就是捧着饭碗看到她，连饭也不想添了，城里人有句话叫“秀色可餐”，说的就是这个理。

可惜的是，这个“七仙女”也就是个七仙女，看看漂亮，干活不行的。因为脑子有点问题，不发作时看不出来，发作就不好说了。某一天，“七仙女”说要去井边洗衣服，一去之后，竟然失踪了！小舅吓坏了，赶忙跑到雷公田找我二姨，又去他岳父家去报告，结果，七仙女也不在娘家。

如此，“七仙女”真的是跟王母娘娘升仙去了吧。李家报了人口失踪，我小舅成天拿着她的换洗衣服发呆。

我母亲、大舅和二姨也劝，说这个女人你也养不好的，她又不会干活，只知道换衣服，在农村，就是拖垮夫家的角色，何必贪恋。

好几年过去，小舅从外面打工回来，还是孑然一身，钱也没攒下多少。大舅想办法帮他评上特困户，每年有1万块补贴，又安排他做保洁员，每月有800块工资。小舅也就乐得自在，人也一天天开朗起来。

我母亲时常帮助他，家里有活也让他下城来做，并且包钱给他，小舅也拿了。因为他是兄弟姐妹中最弱的一个，人不聪明，身体也不太好。

如今，小舅仍旧单身，近60岁了。他的儿子安安也28岁了，找不到对象，在浙江一带做工，车工、保安之类的也都做。小舅家造起了二层小房子，做了装修，日子过得还不错。但是个人问题，一直是父子俩最大的遗憾。

小舅说自己就这样子了，至于儿子，得想办法给他找对象啊。可是，家里10万8万的，肯定拿不出来的。

但是，儿子毕竟这么大了呀。小舅委托我母亲帮儿子安安找个对象。他说儿子不像他，这个家要延续血脉的。我母亲说帮他找一个吧，小舅就对我母亲说："大姐，只要帮他找个对象，你们家疏通下水道之类的事我全包了。"

于是，我母亲像当初操心她的弟弟一样，再去为小舅的儿子牵肠挂肚。

丹　哥

丹哥经常和我视频通话，第一句话是："兄弟我想你了！"按说，两个大男人之间有什么想不想的，说起来肉麻得很。但我们实在是兄弟"情深似海"。一则两人都好酒，酒量有点大；二则两人确实意气相投，有点像"竹林七贤"里的"仙人打架"，眼界比较高，一般人我还不理！

丹哥是我的高中同学，也是我高中班主任、恩师王老师的大公子。

然而我们并不同班，据他说，高中时候的他可是大帅哥，身边迷妹无数。这话我是相信的，记得大学毕业那几年，我在凤凰商厦门口荡来荡去想找个舞伴。门口舞厅牌子上写着：本歌舞厅单人票两毛八，带舞伴免票。30年前，"两毛八"估计相当于现在280元吧。

20世纪90年代，年轻人里流行跳交谊舞。我正愁找不到舞伴呢，刚巧我父亲同事王师傅的女儿红群走过来。"勇哥你在干吗？"红群说。

红群有事无事总爱到我家来串门，我们很熟，我几乎把她当妹妹。我急中生智拉住她说："红群我请你跳舞去！"这样我们就进去了！

那时候，歌厅里唱着黄家驹的《海阔天空》："原谅我这一生不羁放纵爱自由/也会怕有一天会跌倒/背弃了理想/谁人都可以/哪会怕有一天只你共我！"

台上唱歌的正是丹哥——凤凰著名当红歌手毛丹先生——我的偶像，我对红群妹子说。

“哇，丹哥好帅啊！”红群一脸羡慕的表情。当然，我和红群也没跳什么舞，都在欣赏丹哥唱黄家驹的歌呢，顶着一头黑发，目光如炬，又顾盼生辉。还会即兴跳段迈克尔·杰克逊的霹雳舞。

后来，丹哥结婚了，沉醉在家庭生活的柴米油盐里，朝九晚六地工作。他在银行上班，周末也不休息。他的媳妇紫妍是个爱管事的女人，恨不得把丹哥揣在口袋里——丹哥人帅女粉丝多，容易招蜂引蝶。

于是乎，丹哥受不了了。“我们离婚吧。”他平静地说。紫妍终于小宇宙大爆发，说：“离就离，谁怕谁！”

丹哥和紫妍离婚的时候，儿子才上初中。紫妍大约在一年后就又嫁人了，而丹哥却一直单身。

丹哥在一家商业银行工作，从柜员做到信贷主任。日子本来平静如水，谁想有一天出事了。据说是替上级某领导“背锅”入狱，丹哥变成了“某某的黑锅”。他说自己是捡了双别人的鞋子穿。有些事七扯八绕，你说领导让你往东走，你往西走怎么行，那就要被穿“绣花鞋”了。

丹哥在局子里吃了几个月免费餐，结识了各色人等，如小偷小摸的，杀人放火之类的。他说自己受教了，以后再也不会玩这种游戏了。

丹哥后来被检察院免于起诉，他也就回单位上班。但是暂时只能在柜台上待着，没有放贷款那么潇洒了。他认为是领导捞他出来的。

丹哥的业余时间就是四处奔跑，他那颗骚动的心很难平复。他走亲访友，嘴上总是挂着“兄弟我想你了”，这句话放嘴上，也窝心里面。丹哥是性情中人，喜欢兄弟之交一碗酒。他经常把兄弟挂嘴上，说谁谁谁惹你了，我去揍他。然而又顾及自己是企业职员，只是过过嘴瘾。

其实，丹哥肯为朋友出谋划策，但说到他自己，就有些无语了，毕竟人生不如意。我们这些朋友时常出点主意，让他能成个家，有个女人。我们先后给他介绍教师吴某,职员侯某,还有医生陈某……很多女人都爱过他。然而膀大腰圆的丹哥太不修边幅了:花白胡子,花白头发,将军肚子。这些女子也便与他有缘无分,交往之后,最终选择离他而去。

这让我想起至尊宝对紫霞仙子说的话:“曾经有一份真挚的爱情摆在我的面前,可是我没有珍惜,等到失去的时候才后悔莫及,尘世间最痛苦的事莫过于此。”丹哥没有找到他的意中人,也没有命中的朱茵女郎为他而等待,大家都有点不耐烦。

丹哥没有那么超脱。他的好朋友圈也越来越窄。他说一辈子有一两个靠得住的朋友也就够了,何必强求。他的母亲王老师打电话给我,让我催催他,早点结婚,可是我们终究是朋友,个人感情的事情劝不好。

关于丹哥,我觉得一个人有一个人的生活原则,别人是很难说服的。一方面,他的大大咧咧有可能影响到同事圈。大家觉得这个人不好弄,也就易得罪人!自然,丹哥也有他的圈子,就是几个相熟的朋友。另外他的娱乐造诣之高为人所共知,在银行系统企业年会上他把韩磊的《我站立的地方是中国》唱得荡气回肠,曾荣获特等奖,奖了两千块:

我站立的地方是中国

我用生命捍卫守候

哪怕风似刀来山如铁

祖国山河一寸不能丢

…………

做一个飒爽的人,不为眼前情迷而忧患。丹哥一个人过了几十年,似乎已经习惯了孤独,已经看穿了悲欢。不久前聊视频,他告诉我如今银行的日子也不好过。自己被罚了好几次款,工资都罚光了。

自从父亲去世,丹哥母亲买房换新居,丹哥的儿子去陪奶奶了。丹哥守着偌大的房子,经常老酒喝得爽歪歪。他说,知道吗,我被罚款的事情,都是因为别人开账户去洗钱,我怎么知道啊。他说,现在好多打工的没事干,帮人家开账户,收点辛苦费。

丹哥说这话时,我既替他不平,又十分同情,觉得他话里也有很多无奈——丹哥心底里是善良的。

我常常想起我们一起喝酒唱黄家驹歌曲的情形:走遍千里/原谅我这一生不羁放纵爱自由/也会怕有一天会跌倒/背弃了理想/谁人都可以/哪会怕有一天只你共我!

这一刻,丹哥豪气干云,潇洒如前!他最近爱看湖南台《声生不息》节目,他说林子祥是歌神,他与叶倩文焕发出又一春。

我说:“丹哥你也好去找一个女朋友了,像叶倩文一样。”

丹哥,是一个用光阴守候潇洒的大哥大。相对于委曲求全的感情,他宁愿有不羁放纵的灵魂。于是,当我想知道他去什么地方时,忽然,电话就会响起来:“兄弟我想你了,搞杯酒。我在飞机上,十点半到萧山机场。”

真的,我就知道,那才是丹哥的个性!

这就是丹哥!

二 姨

在我家亲戚里面,二姨算是我最熟悉的人。她对人热情得有点过分。你去她家,她会把最好的东西拿出来款待你,给你让座,泡茶,让你吃零食,给你点烟,留你吃饭。然后,和你热情地聊这个聊那个,直到太阳偏西,你站起来要说再见的时候。如果是夏天的话,她会从屋子里抱出两个大西瓜给你,拿去拿去。你说没有地方可以装了,她就会迅速地掏出个背篓来:“这个拿去吧,下次我到你家里来拿。”

二姨嫁进凤凰县沱江镇雷公田张家做媳妇。她凭一张嘴就能说动一座山,我母亲经常说:“你二姨那张嘴啊!”她指的是二姨能说会道。自从嫁到张家后,她安心做媳妇,一心放在经营家业上。她和二姨夫养了3个儿子,为此,她的心思就是在琢磨如何抚养3个孩子成人。

我的二姨夫是个勤劳肯干的农民。他耕地很讲究,比如搭田坎,他搭的要比大舅好看多了。在我们面前,二姨夫有时候会说:“你看看,根盘(大舅的小名)搭的田坎,那样子守得住水?”这个时候大舅肯定会谦虚地说:“二姐夫,你是本色农民,我是半吊子。”大舅打家具在行,做农活也就是“第二职业”。这时候我二姨就会出来打圆场:“你舅子当然不如你了。你打个圆桌出来试试看!”

二姨夫也就呵呵一笑:“那是的,我哪能跟我小舅子比手艺。我这双手是用来劈柴的,我就是个乡巴佬!”

二姨的热情还表现在对待亲戚上,她总是张家长李家短地关心着。她对待我们兄妹,总是热情有加。比如总关心我的学业与工作。我在老家工作时,二姨的儿子小兵托在我处上学,二姨就隔一个月送米送粮到山江,关心儿子是否增加了我的负担。可惜小兵在苗区并不习惯,不多久心理出了点问题,初中没读完就辍学了。二姨觉得是给我添麻烦了,当时,她也许并不知道这个是病。你想,一个汉族孩子到一个民族区中学去就读,语言的闭塞肯定会使心理压抑。在回到老家后小兵很快就痊愈了,二姨认为是儿子不会读书的缘故。她和我母亲说起,自己养了3个儿子,个个都是来讨债的。既然是当农民的命,那就当一辈子农民吧。

我母亲对我说,小兵本来放在你那里,你也不自由。现在你总算轻松一些了。说实话,在苗区近7年,要不是找到一点写作的兴趣,我怕自己有一天也会发疯的。写作为我打开了一扇窗。

二姨平时到我家,也是问这问那。她下城的理由一般是卖菜卖瓜,她性子急,一般是等不了多久就放弃了,把蔬菜什么的往我家一放:“大姐,这个就送给你们自己吃吧,卖不了几个钱。我家里有事就先回去了。”我母亲也是讲原则的,一再推辞,不行的时候就说:“明天我去替你卖啊,得钱我再给你!”母亲以前专门干过卖菜营生,比较会叫卖,也会说点体己话,经常会有些城里熟客,她就和她们拉拉家常,所以很快就能把菜卖掉。在这点上,二姨早就想向母亲取经了。但是二姨毕竟性子急,她会说庄稼的事,不会说人情买卖,只能说话痨和生意人是有区别的。

二姨早先关心自己的两个弟弟,也就是我两个舅舅。大舅经人说媒,和女方在集市上见面,女方是土桥坳那边的人家。二姨积极参与,替自己的弟弟充当介绍人“助理”角色。她一张嘴起到了帮腔作用,很快,女方对憨厚的大舅有了好感,这桩婚事总算有惊无险。因为起初我大舅的一番老实话差点吓跑了女方——大舅说,自己家里有一个不能干活的瘫子父亲。二姨赶紧打圆场说:“根盘是有手艺的人,他打的家具有名望,如今木林桥和白岩村有20户人家办喜事都请他呢。你要是嫁给他,还怕吃不上饭啊。”这样,女方还是选择了点头同意。

果然如此,结婚后的家具,也是舅舅自己打的。用他的话来说,省了不少钱呢!

可是,小舅的婚事就让二姨丢了面子。小舅原先的老婆和他离婚后,二姨出于关心弟弟,很快把自己村里一个有点精神疾病的女子说媒给小舅,小舅一看对方貌美如花,很快便明媒正娶过来。以为是捡了个便宜,没想到这个女子的病情是不可控的。有一天,女子去井边洗衣服,忽然就失踪了。弄得小舅四处打听,并且也让丈母娘一家知道。在农村,人口失踪虽然经常有,但这样莫名其妙地丢了,毕竟是大事。外婆家里请来“仙娘”,想赶在警察之前知分晓。那仙娘估计也是个疯子,一会儿说东,一会儿说西。我外婆赶紧加两碗米作为报酬,仙娘说,此井乃龙脉,你家姑娘长得貌美如花,应该是被龙神带了去做妃子了。

当然,这件事情过去,二姨挨了村里女方家长埋怨,也让小舅遣罪于自己,两边都有点尴尬的。从此,二姨便不再去管自己弟弟的婚事。她说操了好心,不得好回报。

外婆在病榻上躺了多年,2016年,外婆的病忽然重起来。由于让小舅护理不方便,二姨和母亲轮番去护理自己的母亲。二姨忙着给自己娘洗澡洗衣,母亲则买这买那,改善一下外婆的生活。三姨由于经常在自己女儿之间奔忙带孩子,不大有空来,护理责任就落在二姨和母亲身上了。平时,小舅负责给外婆烧饭端水。外婆总算在儿女的护理中安详离开,去前已气若游丝。母亲说,外婆已经瘦得只剩下一具躯壳了。外婆享年98岁,算是喜丧。

二姨在给外婆置办丧事时和母亲吵了一架，据说是叫自己一家人退了礼金回去的。据母亲回忆，当时她和妹妹在一起算账务，大概是有2000元出入，二姨以为是母亲和妹妹有意不出钱。结果当然是不对的，这笔钱没有入账，后来在另一个地方找到了。

二姨和自己姐姐（我母亲）有一年多不来往，后来在三姨调解下，两人又和好如初。亲姊妹，哪有宿世仇呢。二姨每隔一段时间便来看望母亲。有时候两人还打电话相互说偶发的病情，相邀一起去长沙看病，去湘潭玩耍，顺便看望三姨。她们三姐妹在一起的时候，可以说是最幸福的时光了。在韶山参观，三姐妹还照了一张很时尚的照片，有点千手观音的味道！

二姨对待自己的三个儿子，也同样操了一辈子的心。大儿子和媳妇离婚了。二儿子找了一个四川媳妇，两人经常吵架。老三找了个江西媳妇，也是恩恩怨怨纠缠不清的。但是小儿子孝顺，比起两个大儿子，二姨觉得还是小儿子比较听话。

二姨的老公在晚年时候，除了干农活，喜欢赌钱，这也让二姨担心。二姨夫和大儿子赌钱，经常会输，输了就去借钱，甚至向我母亲借钱。有一笔钱是好几年后由二姨亲自带来还给母亲的，二姨千恩万谢要出一笔利息，母亲硬是不肯收。

我母亲以前肯管点二姨家的闲事。后来，只是听二姨啰唆，母亲也越来越佛系了。她说，二姨家的事，理不清楚。好在政府如今把二姨的乡村土地划得差不多了。二姨一家都分得了钱，家家造大别墅。如今的二姨家，可以说是今非昔比。

暑假某一天，我去二姨家玩耍。小兵带我们去看他新造的一幢别墅。他和我妹妹投资一笔钱买地皮造房，结果一人分了好几套，租的租，卖的卖，两人都赚了钱。二姨也老态龙钟了，但爱管闲事的她还是操心几个儿子的祸福。但是因为老大老二都不太听话，二姨即使操心也没有多少用。她有些失望，又有些不甘心。

母亲劝她："你操的是哪门子心呢。别人总有别人的生活，你管也管不住的。你何必那么瞎操心！"

于是，二姨也就懒得去管几个儿子的事了。"我老了，管不动了。"二姨说。

那天，她叫我们到她的沙地里去摘西瓜。一路上，我们顶着太阳来回，总算每人抱了20斤的大西瓜在手上。我们感叹着二姨种西瓜的不易，她说："勇勇你是城里人，你就知道乡下人的不易。你当干部了，是对的。"二姨感叹着自己没有那个命。

我说："现在你们村都没有土地。以后也会变成城里人的。"二姨笑着说："也对。"但她还是愿意做农村人——种着地，就像嗅到了草木的味道，心里不会发慌。

我的二姨，在患得患失中生存着，像大地上一株质朴的稻子，普通而又实在。

阿　标

有一回,我和阿标在一起喝酒,阿标说:“你写写我吧,我的经历可以写个长篇。”

阿标是个右手残疾的打工仔,最初在杭州天城路租房子卖打火机。他说杭州有一大半地方他都跑过,这些年他跑过的路大约可以绕赤道好几圈。

阿标说,只有不停地跑,他才能赚钱。他就是个打火机推销员,一年到头,骑着电动车风里雨里走。他说一年能挣七八万。

我说:“你挺能干的,一个人也过得挺好。为什么想到要在杭州过下去?”

阿标停了停说:“杭州是我的第二故乡呢。”

我插话说:“也是你爱情的温柔乡吧。”

他笑一笑:“哥,我说给你听。”阿标抽出支烟,点燃,“哥,你是杭州人,我的爱情发源地不在杭州,杭州爱情是后来的事了。”他若有所思。

阿标告诉我,他个人的感情史其实很值得书写:“如果可以,从头到尾我都想再来一遍。”

阿标最初在温州那边的厂子里工作。因为他干活踏实,加上人也灵活,很快当了组长、班长、车间负责人,管着几十号人。那时候,工资一个月上万,很是风光。

阿标认识了他的第一个女友。他说她只有18岁,长得也漂亮。他和她很快同居了。

麻烦的是小女友怀孕了，后来为他生下儿子。但是阿标我行我素，不思悔改，把挣的十几万花光。女朋友一再劝他，他也不听，女朋友抛下孩子回湖北老家了。由于两个人没有登记结婚，所以只能说是同居。一拍两散后，孩子交到阿标老家，让爷爷奶奶带着。

转眼过了4年多，阿标说自己被单位开除了，去戒毒所又待了半年。出来后找工作真难，又是个残疾人，好多地方不要他。"一只手能干什么？干半个人的活啊？"

"幸亏遇到你妹妹厂子招人，我被录用了。"阿标告诉我，我妹妹帮他忙了。"我说周总，我的长处是推销、进货。你妹妹就决定录用我了。我虽然有只手残疾，但我会开车的。"

记得那时，妹妹的鞋厂办在温州一个镇上，负责采购推销的是我前妹夫小吕。小吕安排阿标做销售，和他一起跑市场。阿标自己也零星地卖小商品。每个月妹妹发给他4000元左右的工资。阿标说，日子苦了点，但总算熬过来了。

他告诉我，前女友曾经跑到他湖南老家乡下去看望孩子。据说当时买了好多东西，阿标也在，她说："你现在过得怎么样？"阿标叹口气说："就那样过呗。"

"我后悔的心思没有说给她听，她走了。说打算到广东打工。"阿标说，让她和他去温州，前女友摇摇头，说自己年轻时跟着他是看错人了。前女友说完，要他好好照看儿子，否则她就会自己带走。阿标说，放心吧，自己一定会带大儿子的。前女友走时，塞了1000块钱给儿子，自己只有这一点了。

阿标流泪把前女友送到前往广东的车上。从此，他们便再也没有联系了。"那时我觉得自己好笨，多说几句，承认错误不就把她追回来了吗？"阿标说。

后来,我妹妹温州厂子生意不好,转掉了,在杭州开了两个店面。阿标和我弟弟来帮忙,还有我表弟三军。表弟又渐渐改行做了理发店学徒。

那一段时间,除了采购,阿标经常刷QQ,和一个广西的女子联系上,两个人七聊八聊,聊得火辣辣的,成了网上恋人。后来女人买票来杭州找阿标,女人在店外,说找阿标。我妹妹打趣说:“阿标,你今年交桃花运了!”

这女人是离异的,有一个女儿,大约3岁,暂由外婆带着。那时候,我妹妹和妹夫劝他,等攒点钱,再考虑,再看看女的人品。但是阿标被爱情滋润着,也不大听得进,“等攒好钱再找,人家早就跑路了。爱情鸟叫了,春天来了。”阿标很开心。

当时,阿标这段感情我们并不看好,怕他找个带拖的女人,只是暂时寄托。当然,我们也相信他找女人真的是有一套的。

我妹妹的生意慢慢不好做了,准备改行。阿标想起温州那边别人卖打火机的生意,受了启发,就联系进货,离开了店。慢慢地,市场打开了,老客户也多了,他就有了新想法。

阿标看上了一辆轿车。他说自己有3万元本钱,办个按揭就好了,5年还。他还真买了辆8万元的白色吉利,而且把车送给新女友了。他说,没有什么送女友的,人家在广西那边县城里有套房子。估计是离婚前共同置办的,判给了女友。

这次,阿标也认了女友的小孩,小女孩外号叫伊卡璐。空时,他去广西看望女友,女友到他家,也认了他的儿子。一家人邀齐,来杭州旅游,去湖南旅游,去广西老家……

这次,阿标很快便和女友领证结婚了。他说自己懂得珍惜,要好好过日子。

前几天他打电话给我，说空时聚一下。聊起和妻子的浪漫，他说："老婆会和我网聊，女儿也读高中了。儿子考上了中专。她叫我少喝点酒。暑假的时候她会到杭州来。"阿标叹口气说："搬到下沙农民房，一个月也要千把块。买房，想都不敢想的。"阿标让我告诉他地址，说让老婆从广西寄妃子笑荔枝给我和妹妹一家。

细想来，阿标的感情经历确实比较坎坷，但总算结局美好。他的人生因为珍惜第二春而开挂，也缘于他有聪明的头脑和一只勤劳的手。他说作为一个浪子，应当自立自强，知足感恩。

昨天，他老婆寄来的荔枝到了。打开泡沫箱，见到果壳颜色鲜亮，剥出来莹白如玉的荔枝肉，就像看见了阿标大苦之后迎来甜蜜的爱情春天！

想起一句很早之前的歌词：我们的生活充满阳光，充满阳光！

第四辑

杭州之韵

当然，最好是给我一匹宋代宝马，带陆游穿越时空来到凤山门外，我要请诗人来我家里喝口酒，谈谈诗词，赏赏花儿。

——《凤山门外跑马儿》

凤山门外跑马儿

说起杭州上城的凤山水门，在望江门、清泰门、候潮门已成为历史记忆时，它确实称得上是一个有力的历史注脚。斑驳陆离的古城墙，一块断碑，将我们带进历史的尘埃中。

凤山门属杭州旧城门，历史上有钱镠南门（凤山门）点兵的故事。钱镠年轻时即有非凡仪相，17岁开始苦练硬弓，使长矛，读《孙子兵法》，20岁到石镜镇投军当“义兵”，改名为钱镠。黄巢起义时，钱镠成为当地军阀董昌的部将，屡立战功，后升杭州刺史。董昌在越州谋反，钱镠即在南门点将台点5000精锐前往讨逆。钱镠喝道：“今日点兵，乃为社稷。董昌肆虐，祸乱江浙。滥杀忠良，人伦大变。钱镠官居大唐命臣，尔等亦是大唐勇士。今万民有倒悬之危，朝廷生累卵之急，我等不举义师，有负皇恩！”拔剑高呼：“诛杀叛贼，匡扶唐室！”台下将士亦纷纷举刀，振臂高呼。大军至越州，轻挑越将，钱镠挥师冲入越州城，取董昌首级。后钱镠被唐封为吴越王，传袭三代人留守江浙，太平70余年。

南宋建炎三年（1129）三月，赵构逃至杭州。凤山门发生过一件大事，那时凤山门叫双门，发生过一场兵变。扈从保驾的御营司将领苗傅、刘正彦等人因不满宦官康履和权臣王渊的胡作非为，要求惩办宦官康履和大臣王渊。两人先是将王渊杀死，又率兵包围双门，逼赵构处理康履。赵构无奈，命人将宦官康履放至双门下，众军士立马斩杀康履，并立赵旉为皇帝，太后垂帘听政。事实证明，苗刘兵变虽然最初是好的，但后来昏招迭出，勤王的队伍陆续到达后，赵构复位，苗刘二人被打败，在闹市被处决。

凤山门见证了一场南宋政变后，再次亮相就要到明代嘉庆年间了。胡宗宪为当时浙江督抚。当时江浙及福建一带倭寇为患，为了能够及时发现倭寇进犯，胡宗宪于清波门南城上筑带湖楼，东南城上筑定南楼，凤山门西城上筑襟江楼，艮山门东城上筑望海楼。尤其是凤山门上的襟江楼高二丈八尺，周十二丈，靠近钱塘江，能够及时发现敌情。根据历史记载，明朝士兵曾经与倭寇发生激烈的战斗。最终倭寇被消灭，凤山门功不可没。

胡宗宪在朝廷里与严嵩交好，严嵩倒台以后，胡宗宪的下场也很惨，就连凤山门上的襟江楼，也被扯上了干系，让地方官吏一夜间拆了个干净。

用“血雨腥风”一词来形容凤山门并不为过。这里再说说“跑马儿”的事。

明时，就有人骑马至万松岭一带踏青。这一带连钱塘江，松风轻扬，岭间风景不错，适合登高望远，是闲游佳处。

到清代，清军在湖滨一带建了座旗营，而在凤山门外修建了大马厂，也就是养马的地方。最初的八旗还是马背上的八旗，骑兵是主力，凤山门外的大马厂就是给骑兵提供骏马的基地。这个时候凤山门外跑的马儿是军马。

民国时，凤山门拆了。这时有人养马，只为招揽生意。如果你有空，可以来这儿租匹马，一直骑到万松岭。看看梁祝书院，打马凤凰山，遥望西湖远景，一览湖光山色。

如今的凤山门，有中河高架匝道，你可以驾车转秋石高架，也可以过四桥到萧山滨江逛逛。万松书院修葺一新，也可以上去看看，逛逛周末相亲大会，把子女找对象的信息和微信二维码做上去，方便联系。

凤山门公交站边上，有宾馆酒店，还有公交中心站，也可以乘公交车去萧山。记得以前我乘322路去萧山看一个老同事，花了近一个半小时。如今有地铁了，去萧山人民广场，可以在候潮门坐5号线，半小时直达。

关于凤山门，陆游诗“九重宫阙晨霜冷，十里楼台落月明”写尽了南宋末年的凄凉晚景。蒋士铨《杭州》诗曰：

桥影条条压水悬，凤山门外带城偏。

一肩书剑残冬路，犹检寒衣索税钱。

让我们在梦里梦外，遥想老杭州的楼台烟云，掇拾一片柳叶，让它把这些记忆烘焙，化作世外云烟——去摇曳生姿，去依稀往事里，渐渐消弭。

岁月一去不复返。旧日楼台今犹在，隔年硝烟已淡然。如今水门还在，可以想见旧日入城在此通关纳税，而后摇船入都城贩卖货物，在临安瓦舍里兜兜转转，留恋在宋韵的咿咿呀呀中，忘记了岁月，倏忽穿越了一千年。

当然，最好是给我一匹宋代宝马，带陆游穿越时空来到今日的凤山门外，我要请诗人来我家里喝口酒，谈谈诗词，赏赏花儿。

艮山门外丝篮儿

艮山门，即今环城北路与建国北路交会处的西北角。由于毗邻大运河，来往商船将江浙一带的精美蚕丝贩运过来，由此上岸，由牛车或担夫趁早凉天时送进艮山门，有的进了官仓，有的进入手工织坊。

艮山门是杭城古代的东北门，五代吴越时筑罗城，为十城门之一保德门，南宋绍兴二十八年，移门址于菜市河西，改名艮山门。《易经》中“艮”为“北”，艮山，为城北之小山。汴京有“艮岳”，南宋取名艮山，有故国之思。门内有顺应桥，俗称坝子桥，故而艮山门也名坝子门。南宋末，元兵进占杭城，门毁。至正十九年将城外展三里，在保德国门故址建艮山门。

坝子桥一带，宋元以来个体丝织与机纺作坊遍布，机杼之声，比户相闻，为驰名中外的“杭纺”主要产地，所以有“坝子门外丝篮儿”之歌谣。

宋代时，丝织业尤为发达，典型的标志就是大纺车的出现。可以想象大纺车如何提高生产力——锭子数目多达几十枚，其利用水力驱动——这些特点使大纺车具备了近代纺纱机械的雏形，适应大规模的专业化生产。以纺麻为例，通用纺车每天最多纺纱3斤，而大纺车一昼夜可纺100多斤。纺纱时，需使用足够的麻才能满足其生产能力。水力大纺车是中国古代将自然力运用于纺织机械的一项重要发明，如单单以水力作原动力的纺纱机具而论，中国比西方早了400多年。

另外就是纺织原料和品种多样化。外族入侵，北方游牧民族的文化习俗不可避免地影响了中原纺织文化。原料方面除了传统的桑、麻，来自草原的羊毛、毛毡等也开始进入中原纺织业。

纺织物色彩也已出现多样化，比如宋锦的出现和不断变革发展。在当时的艮山门一带，官办的织锦院，民办的织锦作坊，各展其长，彼此竞争而又和谐共生，形成宋元时期独特的经济发展现象。

彼时的纺织业有两种工艺称雄于天下。

其一，宋锦。宋锦以用色典雅沉重见长。著名的云锦基本上是重纬组织，兼用“织成”的织作法，用色浓艳。宋代锦加金有明金、拈金两种，技法有销金、镂金、盘金、织金、金线等，达18种之多。

另外就是缂丝。缂丝又称“刻丝”或“魁丝”，是古代独特的纺织工艺，以本色生丝为经，彩丝为纬，用手工以“通经断纬”的织法织出织物。用此种纺织工艺制作出来的纺织品花纹立体，织物的正反两面花样色彩相同。

那时的民间作坊加工生产葛、麻布。虽说是老粗布，但工艺复杂，步骤多操作起来也需要精工细作。比如从采棉纺线到上机织布经轧花、弹花、纺线、打线、浆染、沌线、落线、经线、刷线、作综、闯杼、掏综、吊机子、栓布、织布、了机等大大小小72道工序，全部采用纯手工工艺。在纺织科技飞速发展的时代，老土布工艺能流传下来，堪称奇迹。

虽然艮山门内的纺织业创造了宋元经济奇迹，但历史终究以摧枯拉朽之势向前迈进。随着元军铁蹄踏破宋代旧履，战火纷飞，旧迹逐渐被改观。

元朝明文规定禁止修建城墙，再加上杭州是南宋的首都，对于前朝的首都，元朝总会有意无意地对杭州城墙多加“照顾”。宋时杭州的21座城墙，在元朝统治的100多年间毁坏了很多。元末，张士诚带领的一支起义军占领了杭州，出于军事考虑，张士诚更换、废除了一些城门，杭州的城门变成了13座：清波门、涌金门、钱塘门、余杭门、和宁门、清平门、天崇门、北新门、艮山门、庆春门、清泰门、永昌门、候潮门。

朱元璋建立明朝以后定都南京，对于临近南京而风景又秀丽的杭州进行了修缮——杭州城门名称和数量再次发生了变化：原13座城门中清波门、涌金门、钱塘门、候潮门、艮山门、庆春门、清泰门这7座城门的名称沿用下来。艮山门侥幸留存。

民国初期因筑路，艮山门终被拆除。900年繁华落尽，烽火狼烟，如今只剩下一块昭示古意的纪念碑。自此，艮山门只能留存于人们的记忆里。

今天，我们凭诗人魏柳州的《望海楼》可以想象登临城楼所见运河的繁华与沧桑：

风高玉宇鸣口动，日落沙河画角哀。

喜见太平佳景象，平原桑柘积如苔。

在诗人项益寿的《晨出艮山门看秋景》中陶醉于昔日艮山门一带秋天的如画美景：

扁舟一棹入溪湾，隔岸红蒹隐白鹏。

选胜竭当图画里，招凉难得水云间。

艮山门，犹如故人归，又像一个沧海桑田的谜语，让人沉思，让人在此起彼伏的织布机声里梦回南宋，去感受那个当时GDP世界第一，财富值创世界之最的朝代，它的辉煌业态与绝世神话！

诂经精舍

作为杭州四大书院的诂经精舍，一度驰名于外。它的创办者为经学家、政治家、诗人阮元，创办时间是嘉庆六年（1801）。阮元，字伯元，江苏仪征人。生平著述宏富，著作有《十三经注疏并释文校勘记》245卷，《经籍籑诂》106卷。嘉庆二年（1797），阮元督学浙江，他遴选浙江能够从事经学研究的人，构屋50间，聚居于孤山之阳，编撰《经籍籑诂》一书。次年八月书成，阮元招兵部侍郎入都。不久，又奉命抚浙，遂创办诂经精舍。

诂经精舍招收历年由浙江十一郡所选拔的优秀生员来精舍读书。同时又在西偏筑第一楼，为生徒游息之所。可见，学生都是经过特殊选拔的优等生。

诂经，指学生研究的对象为经学，兼顾文学。从培养的对象和授课内容来看，显得与众不同。敷文书院、紫阳书院皆以考试为目的来作为办学原则。诂经精舍提倡培养经世致用的人才，指导学生研究经义，旁及辞赋，多攻古体。精舍所署楹帖有云："公羊传经，司马著史。白虎德论，雕龙文心。"说明其办学宗旨是崇尚汉学，培养经史学术人才。精舍设有掌教，亦称主讲、山长或院长，又或称讲教，一般由巡抚聘任。下设监院，职长教课，亦称学长，一般也是由巡抚委任。

书院主讲的教师有哪些呢？书院开创之初，主讲者自阮元后，有王昶、孙星衍二人。王昶字德甫，号兰泉，青浦人，著有《金石萃编》。孙星衍字渊如，又字伯渊，江苏阳湖人，著作丰富，有《尚书今古文注疏》《周易集解》等。王昶和孙星衍都是乾嘉之际的著名汉学家。精舍主讲、监院的任期，少则一年，多则十年，而俞樾担任山长为时最久，竟蝉联了31年。肄业生徒，初定32人，遴选十一郡诸生中经学修明，通于一艺者充之。也就是说，这里的名师众多，名家荟萃，学生中出类拔萃之士也不少。

俞樾，即俞曲园，清代著名学者。曾应邀在诂经精舍讲学三十余载，可以说桃李满天下。精舍的课试，每月一次，一般由主讲命题。内容是问十三经、三史疑义，旁及小学、天文、地理、算法、辞章，各听搜讨书传条对，以此来考查学生对知识的掌握情况。书院又先后编刻课艺八集。初编由阮元手订，共18卷，书名《诂经精舍文集》。以后由罗文俊、俞樾编订至八集，其中共收经史、辞赋2000余篇，推动了当时的学术交流和文化的传播。

精舍曾培养大批后起之秀。如黄以周、朱一新、章炳麟、陈澧等知名人士。李元度《阮文达公事略》曰："不十年，上舍士致身通显及撰述成一家言，不可殚述。东南人才，称极盛焉。"

光绪二十三年(1897)七月，巡抚廖寿丰奏将杭州的敷文、崇文、紫阳、诂经、学海、东城等六书院，改为专课中西实学之"求是书院"。

在今天看来，诂经精舍在培养目标、培养形式上，在当时是独树一帜的，对汉学的重视与研究堪称国内一流——杭州因此成为汉学人才培养和学术研究的重要基地。

另外，书院在文学领域贡献也不小。精舍生徒的课作中自然有不少描述杭州山水名胜和历史人物的作品。如精舍生徒参与《西湖柳枝词》的创作。阮元曾于西湖湖堤插柳3000枝，又令每年添插千枝。后王兰泉主讲敷文书院时，以《西湖柳枝词》课士，于是阮元遍征两浙文士进行同题创作，并将诗集刊刻出版，并亲自作序。《西湖柳枝词》共5卷，收录400人的诗作，作者绝大多数为浙江文士，另有江苏、安徽等地作者12人。每位作者诗作数量不少于4首，诗作数量有1600首之多，是文学史上罕见的同题创作。因《西湖柳枝词》的创作，400名诗文之士汇集杭州，实为杭州文坛上典型的风雅事件。《西湖柳枝词》卷首提到作者多为敷文、崇文、紫阳三书院诸生，“予在敷文讲院，因令诸同学试效其体，为柳枝词，而崇文、紫阳两书院诸生争相应和，各极其性情才调之所至，可谓工且盛矣”，实际上还有诂经精舍诸生。据徐雁平在《清代东南书院与学术及文学》中的统计，《西湖柳枝词》作者见于《诂经精舍文集》者共有26人，为诂经精舍弟子。

诂经精舍注重诗文歌赋的学习和研究，佳作频现，为杭州文坛带来了新的活力，诂经精舍诸生中，朱彭、吴文溥、邵无恙、陈文述、陈鸿寿、查揆、杨凤苞、朱为弼、蒋炯、徐熊飞、陈文湛、龚凝祚、施应心、端木国瑚等人均以诗歌鸣世，而成就最高的，当数陈文述、陈鸿寿、查揆、屠倬四人。

在乾嘉时期的书院中，诂经精舍无疑可跻身于顶级书院之列。当时的杭城书院老师也加强合作交流，取长补短，提高办学水准，逐渐形成独特的教学风格，使杭州“人文之盛，甲于两浙”。

四大书院的创办，为江浙一带形成尊师重教、育才树人的民俗民风起了重要的引导作用，其学术和学风上的特色，如注重“德进业广”的人才培养值得今人借鉴和学习。

观郭庄荷花展

今日得闲观郭庄第九届西湖荷花展，颇有收获！

在宋代杨万里“出得西湖月尚残，荷花荡里柳行间”的诗境中我来到郭庄。一来为观瞻400余种荷花，领悟荷品；二来是想看看这跨城互动呈现出的新意。

其实，自6月16日开展至今，大约已过了17天，很多盛开的荷花早已偃旗息鼓，到如今大多只剩莲苞。在仅剩的几朵花中，我一品普者黑白莲的素净雅致。这朵重瓣莲还没有展开她蝶状花态，多少有点遗憾。当然，“看花不宜窥全面，三千莲媛总低头”，我又何必感叹这眼前的清欢呢。

先说历史，康熙、乾隆引江南荷花至北京，荷文化便由士大夫消遣而一跃成为皇家文化的风雅了。加之这次邀请名家创作书画作品，我看到当代著名书法家崔护书写杨万里的诗：“芙蓉照水弄娇斜，白白红红各一家。近日新花出新巧，一枝能著两般花。”书法看似闲逸，实则气韵贯通，行书讲究流畅，而崔老师的作品貌似散淡，实际上大气磅礴，勾连匀称。

除了崔护，张辛稼、谢孝思、瓦翁等名人以荷为主题的字画，还有建德大慈岩的“荷”产业展，专卖荷系列产品，包括酒、莲子、藕粉等，实则是一种契合。

我注意到，在郭庄以南的壁廊展板上陈列着百年党史相关资料，回廊边有盆栽荷品，如皓月、西湖红莲、秋星等珍品。将党史和荷花品类共陈，大概是应2021年建党100周年展这个主题要求吧。在我看来，识别莲花品种与聆听观瞻党史二者之间，我比较倾向于历史政治。南湖上的革命红船一路驶来，就在浙江诞生了由13人参加的中国共产党，陈独秀为书记，张国焘为组织委员……而今，徜徉在锦绣湖边，我仿佛踏着小路一步一步走向湖中红船，去缅怀“百折不挠，坚定理想”的党员品质与精神。郭庄品荷，其实就是在品赏一种精神，一种岁月积淀的美好与回答！

莲花“出淤泥而不染，濯清涟而不妖”，而我们大多数共产党人呢，无论经历多少磨难，不屈服、不媚俗、不失节，保持其清高洁白的品质，这是老百姓对这个政党寄寓的殷切希望。

在火热的7月，蝉噪山更幽。郭庄很静，是用来思考的。碧荷摇曳，我的思绪随娇艳的花朵渐渐淡出世外。我敬佩那些爱莲之士。白居易“白日发光彩，清飙散芳馨”盛赞莲花之美，反映他崇尚高洁的追求；杨万里“接天莲叶无穷碧，映日荷花别样红”写出6月荷的灼灼其华，他以在阳光辉映下的荷花之红巧喻，抒发对友人的眷恋；李白“碧荷生幽泉，朝日艳且鲜”赞美荷花旺盛的生命力，其豪气干云，想象纷繁。品荷品人品精神，我相信世间百态皆有其旨。荷文化的渊博和深远就在于其隐而不染，道远流芳。

愿中华民族如碧荷万丈，愿我们的未来路更宽广更畅达。愿我们的政党如荷，在历经劫难后更廉洁奉公，更正大更光明。愿人民似荷，质本洁来还洁去，留得清白在人间！

荷荡里的崇文书院

崇文书院的前身是明代的紫阳崇文书院，创建于明万历二十七年(1599)，位于西湖跨虹桥西(今曲院风荷一带)。这里曾是明吏部尚书张翰的别墅。

苏堤跨虹桥畔，曲院风荷烟水矶处。初夏清晨，一片烟柳中，鸟声婉转。荷叶已经高出水面，几颗露珠被风从叶面吹落。四处洋溢着湿润的花草气息，让人心胸开阔。

夏天某个时候，巡盐御史叶永盛来了。巡盐御史是皇帝亲点的官职，级别不高，明代时大约为七品官衔。但是权力非凡，因为他也管地方官员的纪律品德，相当于中央纪检组下派的官员。

话说叶永盛来崇文书院看看，忽然来了兴致。他也是读书人，他想考考这些孩子。

“来呀，各位同学随我去船上授课，”他招呼学生到船上。“夏日美好，何不以夏为主题创作小诗比赛?”于是，叶永盛召集众人，给他们讲自己读书的体会。他任由他们去柳荫处、荷荡深处寻找诗意。

等时间到了，他命人击鼓，把柳下的、水矶边作诗的学生叫回来。有一两个偷懒的，也不敢慢待了。

叶永盛叫人将作品收上来，亲自批阅，然后再集中点评，按谁是甲等赋谁是乙等赋等。他新颖的上课方式，引来学生的点赞，于是，这种授课形式被称为“崇文舫课”。

叶永盛调任后，安徽盐商购置于附近的房子成了上课佳处。康熙皇帝两度巡查崇文书院，并题写了“正学阐教”和“崇文”两块匾额。于是，这个本来为徽商子弟建的书院知名度渐渐高了。

盐商们把明朝尚书张翰的别墅，连同跨虹桥边另一些建筑也买下。崇文书院的子弟们可以参加政府在杭州举办的乡试、贡试，不用回安徽了。人多时，崇文书院读书人数在300—400人。

1705年，康熙为书院题名“崇文”。

雍正十一年(1733)，盐道张若震重修，疏其泉为月池，中为飨堂，辟其左为亭，敬摹御书勒石，后为敬修堂，再后为诸生斋舍。乾隆八年(1743)，巡抚常安重修，其后按察使徐恕、运河使阿林保相继修葺。这一年西湖书院并入崇文书院，书院规模扩大。嘉庆五年(1800)，盐政延丰复加修葺。道光十八年(1838)，巡抚乌尔恭额重修，邑人胡敬主讲，又购得隙地，在西湖边建楼“仰山”。道光二十六年(1846)巡抚梁宝常重修。经过多次扩建后的崇文书院颇具规模。弟子如云，盛况空前。

咸丰十一年(1861)，崇文书院毁于太平天国时期兵燹。同治四年(1865)，布政使蒋益澧重建书院。同治六年(1867)，布政使杨昌濬因书院墙屋风损，复加修葺。光绪元年(1875)，书院又重修斋舍。光绪五年(1879)，布政使卢定勋重修，祀前布政使蒋益澧于西斋，并设立“食旧德斋”“知不足斋”“劝学斋”“愿学斋”。光绪六年(1880)，布政使德馨再次重修书院。

光绪二十八年(1902)，崇文书院改为钱塘县高等小学堂。

崇文书院培养了大批徽州盐商子弟，徽商子弟在两浙登仕者，大都出自崇文书院。据统计，康熙时仅在崇文书院题名登仕者就有358人。不少徽商子弟登科后，又出任了盐官，而且有所作为，如徐旭龄于康熙九年任两淮巡盐御史,他曾上疏一言“两淮积弊”;胡文学由进士拜福建监察御史,辑有《盐政通考》,又撰有“淮鲭本论”;汪泰来由进士摄潮州府事。

光绪年间,近代著名学者王国维曾慕名到书院读书,1894年赴杭州考入崇文书院。他自从考入州学后,并未用主要精力准备应试,而是从博览群书中产生了对史学、校勘、考据之学及新学的兴趣。待王国维成名后,他也曾回到崇文书院讲学。在二十世纪初,崇文书院与其他书院一起被改为新式学堂,更名为钱塘县学堂。随后,它又经历了与紫阳书院的合并、分解,逐渐形成了今天的崇文教育集团,包含杭州胜利小学等名校,也是浙江省办学历史最为悠久的学校之一。

当初,崇文书院是为徽商子弟办的。经过叶永盛的努力,学生们有了“商籍”,即可以在杭州考加省试,不用回原籍了,这是利好!

还有就是崇文书院承袭传统,培养了一大批人才,是明清之际著名的书院之一,有着悠久的历史。另外,崇文书院有和谐的气氛,它不仅强调“经世致用”的教育价值,更培养学者把“家事国事天下事”作为己任,因此,其教育意义非同一般。它的体制,由民办转为官办,客观上也反映了明清时期教育体制变化和发展的历史。

候潮门外酒坛儿

一听“候潮门”这名字，大家肯定会想它肯定跟潮水有关。是的，候潮门是杭州十大古城门之一。其历史最早可以追溯到五代吴越国。

吴越王钱镠出于海潮对杭州城的祸害，尊天命而安民生，写有《筑塘》一诗，尾联是：“传语龙神并水府，钱塘借与筑铁城。”于后梁开平四年(910)，他下令筑捍海塘，建城门。《吴越备史》中相关记载：“初定其基，而江涛昼夜冲击，沙岸板筑不能就。王命强弩五百，以射潮头……既而潮头逐趋西陵。王乃命运巨石，盛以竹笼，植巨材捍之，城基始定。”于是当时为城门起了一个名字——“竹车门”。

绍兴二十八年(1158)，南宋在此城基础上重建。因城濒临钱塘江，一日两次可听到潮水奔腾而来的涛声，故名之“候潮门”。

宋代皇帝还真爱观潮呢。淳熙十年(1183)八月十八，孝宗皇帝到德寿宫接高宗去浙江亭观潮，大队人马就是从候潮门鱼贯而出的。宋人爱观潮之习，用周密的《观潮》可以来佐证：“每岁京尹出浙江亭教阅水军，艨艟数百，分列两岸；既而尽奔腾分合五阵之势，并有乘骑、弄旗、标枪、舞刀于水面者，如履平地。倏尔黄烟四起，人物略不相睹，水爆轰震，声如崩山。烟消波静，则一舸无迹，仅有‘敌船’为火所焚，随波而逝……”这里提到的“浙江亭”其实叫“樟亭驿”，南宋时还无凤山门，东南方向的往来旅客，必从候潮门进出。包括一些辞职或被免职欲离开京城的官员，也同样出候潮门至跨浦桥南位于钱塘江江岸上的“浙江亭”验完官方手续，方可离开。因此，宋时的候潮门具有重要的交通意义，无论是陆路还是水路，这个地方都不可能注意不到。

除此之外，候潮门还离南宋皇都“大内”东华门很近，由此到六部桥，大约500米，再到皇宫东华门直线距离也差不多这样。宋人吴自牧的《梦粱录·大内》中，对这一问题也有相关记述，在叙述了皇宫北大门和宁门的“把守卫士严谨”后，对东华门有如下语：“沿内城有内门，曰东华，守禁尤严。”

其实，真正有意思的不是这儿离皇帝家近，而是这里有趣。宋代时，候潮门内外是一个商业繁荣、娱乐业红火的街区。这里有南猪行、鲜鱼行、青果团，还有1家名闻京城的乐器专卖店，专卖笛子，其名“顾四笛”。当时全城共有13家有名的娱乐场所——瓦子，候潮门外瓦子是其中一家。南宋代皇家禁军的校场也在候潮门外，每到夏季，它就成了大型杂技演出场所，你可想象场内人头攒动、欢声震天的场面。还有，候潮门内外有诸多有名小吃，其中六部前丁香馄饨最受人喜欢，被赞“此味精细尤佳”。想想看，吃了丁香馄饨，逛到瓦子里看看杂技表演。如果还能看到江上的潮涨潮落，那无疑是“纯玩”团们最佳的选择了。

这里还要提到“酒坛儿”。在宋时，皇帝的贡酒“黄縢酒”就是从这道候潮门运进去的。陆游有词道：“红酥手，黄縢酒，满城春色宫墙柳。东风恶，欢情薄。一怀愁绪，几年离索。错、错、错。”“黄縢酒”即黄封酒，宋时官酿酒以黄罗帕或黄纸封口，并用黄色的丝巾縢绕扎紧，故而得名。但是我们已经习惯于把这酒与陆游唐琬的爱情故事联系起来，赋予它更新的文化意义了。

如今，候潮门，又名雄镇楼。2000年左右这里是个交通中转站，几趟公交车通到这里，如151路、152路、308路。308路去南边转塘，现在往南延伸的有92路、62路，还有去富阳的500路。自从地铁候潮门站通车，公交班次少了。江城路一改原来的拥挤不堪，唯有大转盘上绿化带的“古候潮门”碑还在，仿佛告诉别人，这里曾经是人烟稠密的皇都要塞。

我家就在候潮门社区。我喜欢江城中学门口的油条烧饼，卖烧饼的安徽宣城王哥夫妻曾经和我很熟悉。有一次去买早点，我问：“王师傅你将来还要卖烧饼吗？马上通地铁了。”

王师傅告诉我，他看过门口的告示，候潮门有4个口子，他的摊子在B口边上，也就是江城中学门边。他黯然地说：“这个月干完就退租了，江城中学要收回去了。”他和王嫂准备去别的地方找找看。

我也留恋农业银行边上的缝衣服摊，我曾经在那做裤脚、换拉链。我舍不得那些打牌聊天、卖花草的摊贩。听到“磨剪子嘞戗菜刀——”我仿佛就能从吆喝中找到南宋的街巷。

真的，那样的候潮门，还会不会再回来？虽然如今的候潮门交通便利，大街敞亮，灯火辉煌，但我要的年代感，已然停留在碑帖上不再可见。

钱塘门外香袭儿

不知什么缘故，写钱塘门有种隐隐的不安。大约是见多了成为废墟的古迹吧。钱塘门在哪里？只能说大致在环城西路和湖滨路的相接处。

钱塘门的名字来自杭州城最早的州名——钱唐。秦始皇统一中国后，改置杭州为“钱唐县”。至唐朝因避国号讳而改为“钱塘”，并一直沿用下来。

实际上，南宋定都临安后，为了加固城房，钱塘门才真正被重视。据《湖山便览·钱塘门》记载：“宋绍兴二十八年，增筑杭城，为十三门：西四门，曰钱湖、清波、丰豫、钱塘……此钱塘名门之始。”钱塘门是南宋都城的13座城门之一。

清顺治五年（1648），清军在杭州城内建了旗营。钱塘门就成了旗营西北角的角门。民国八年（1919）拆除旗营时，钱塘门跟着被拆。自此，西湖与市区连成了一片。

钱塘门面对西湖，城门外有许多佛寺，如昭庆寺、凤林寺、灵隐寺等。杭州、嘉兴、湖州、苏州、常州的香客前往寺庙进香，都要进出钱塘门。

钱塘门外的香市，闻名江南。一个观世音的诞辰，就有三期香会：第一期二月十九，第二期六月十九，第三期九月十九。其中，三月三是玄天上帝的诞辰，七月初一到十六是朝圣东岳大帝的日子，七月十五又是中元节。一年中香会不断。

香会的日子里，城里的人从陆路出去，要走钱塘门。松木场下船的下三府(杭嘉湖)香客进城,也要走钱塘门。城门下整日人如川流,热闹非凡。

杭州城里的三百六十行,每年也都指望这一个香市,靠它坐吃一年。有的商家早早雇好船只,装了货物,从卖鱼桥摇出去,到松木场上岸,租房设铺。去得迟了,就得找冷僻处设地摊了。由此,“钱塘门外香袋儿”便有了贴切的佐证,钱塘门也曾与百姓生活如此息息相关。

旧时的杭州正月底、二月初有一项大型民俗活动。太湖流域的杭、嘉、湖、苏、松、常等地农民及杭城百姓成群结队,到杭州灵隐、三天竺、昭庆寺等寺庵进香。此时,钱塘门外的昭庆寺内外摆摊设店者络绎不绝,形成了热闹非凡的香市。明代张岱的《陶庵梦忆》记述:“数百十万男男女女,老老少少,日簇拥于寺之前后左右者,凡四阅月方罢。”在香市中,香客除烧香祈蚕花之外,也乘机购买生活必需品,这为商人赚钱提供了极好的商机,因此杭州商界有了“三冬靠一春”的谚语。

谁料如此兴隆的钱塘门外香市竟然毁于1929年8月的一场大火。8月30日《申报》的一则短新闻,报道了发生在两天前的火灾——“前(二十八)日下午五时许,正在制造,忽不戒于火,一时烈焰冲天,延烧两时许,将该寺万寿戒坛七大间,完全焚毁,庄严佛像,悉成灰烬。……”大火烧掉了千古名刹昭庆寺!

昔日繁华竟成云烟一缕,从此昭庆寺与被毁的钱塘门只能留在历史视野中了!

我们通过苏轼的《六月二十七日望湖楼醉书》还能想象钱塘门外的旧日风景:

黑云翻墨未遮山,白雨跳珠乱入船。

卷地风来忽吹散,望湖楼下水如天。

诗人汪莘来到西湖边,登上旧日双清楼,曾萌生怜取天下贫穷人的情怀:“西湖日日可寻芳,楼上凭栏意未忘。斫取荷花三万朵,作他贫女嫁衣裳。”

历史总是以大刀阔斧的方式行进着。如今的钱塘门,作为申遗标志屹立在西湖六公园边。我们透过残垣断壁,遐想它的过往。正如明代诗人田艺蘅《钱塘门》诗所言:“世人有死亦有生,依然冠盖满杭城。”

钱塘门,长存于历史传说中,既有“断桥相会”的许仙白娘子传奇,也有“今人古人几丘土”的迷离沧桑。

清波门外柴担儿

作为杭州城十大古城门之一的清波门始建于南宋。自南宋建都临安，这道门便一改吴越开国国君钱镠时期的涵水门旧貌，变得更有新意了。因为此门临靠西湖，城门外就是清波粼粼的西湖水，因此得名“清波门”，并且被历代沿用。

当然，在清波门旁，还修建了流福暗沟，引西湖水进城，方便百姓生活，因此清波门也被称为“暗门”。

对清波门的印象，其实是缘于《新白娘子传奇》。

某日，许仙、白素贞、小青和李氏夫妇吃过早饭后，许仙带上白素贞和小青，便向清波门的双茶巷走去。到了白府外面，已不再是大红门墙，时间久了红漆自然有点脱落。

许仙临时起意，想看看当初与白素贞结缘的故地——清波门外的白府。其实白府是没有的，清波门倒是有，而且，它不仅在当年卖“柴火”，更因为它靠近西湖，历来就是文人荟萃之所。

北宋词人张先的旧庐就在清波门外的柳州；南宋末年，周辉寓居在清波门之南，他所著的笔记集名为《清波杂志》；宋代文学家周密，也在清波门附近居住，创作了《武林旧事》；南宋四大画家之一的刘松年也住在清波门，因清波门被称为暗门，而被后人称为“暗门刘”。

我喜欢宋代文人们在此留下的辉煌篇章，喜欢淡泊高远的山水宋画。

它们闪耀着暖日波光，映照着一个个文人士子的优雅身影。

南宋高翥对此处喜爱有加，在《春日湖上》写道："清波门外放船时，尽日轻寒恋客衣。花下笑声人共语，柳边樯影燕初飞。晓风不定棠梨瘦，夜雨相连荠麦肥。最忆故山春更好，夜来先遣梦魂归。"这儿是他忆旧思乡的地方，引发他的缱绻情思。

宋代诗人仲殊来了，他有着一段生动细腻的描述，和今天的西湖春日竟不谋而合，令人感慨，令人赞赏。他在《诉衷情·宝月山作》写道："清波门外拥轻衣。杨花相送飞。西湖又还春晚，水树乱莺啼。闲院宇，小帘帏。晚初归。钟声已过，篆香才点，月到门时。"

清代诗人姚燮来这儿散步，目睹这儿荷花荡漾，湖光映照月影。姚燮沉浸在美美的联想中——

湖气先城夕，城灯让月先。

钟声随鸟散，水态借云妍。

独客茫茫思，吹衣袅袅烟。

愿申荷芰约，携笛住鸥边。

清波门，实在是太美了。

南宋孝宗皇帝对这儿的美景颇为欣赏。曾圈地筑园，为退休的宋高宗赵构而建的最大的御花园——聚景园也在此，据说占地约二十一公顷。东倚城垣，西临西湖水面。阳春三月，春风轻拂，漫长的柳林地带犹如碧波荡漾，蔚为壮观。黄莺在柳荫下啼鸣，杭州西湖十景之一"柳浪闻莺"因此得名。

剧作家，清代李渔，来这儿安享晚年。李渔一直保持旺盛的创作力，在清波门旁的武林小筑居住的数年间连续写出了《怜香伴》《风筝误》《意中缘》《玉搔头》等六部传奇，以及《无声戏》《十二楼》两部白话短篇小说集。

文章火了,官司也就来了,当时竟然有许多人假借他“湖上笠翁”的笔名创作作品,李渔从此走上打击盗版的维权之路,只可惜当时没有著作权法,李兄无奈只得作罢。

这么风景优美而又极具文艺范的清波门,却用一句民谣“清波门外柴担儿”来形容,这是怎么回事呢?

原来,那时杭州人生火煮饭主要用木柴,杭州的木柴主要来自西南方向的富阳、桐庐等山区,这一带是柴炭的产地。清波门就是通往西南之地必经的城门,“清波门外柴担儿”也成为自宋以来清波门城外独有的景致。

清波门外,有直通西湖龙井的道路。春季,前往西湖龙井的问茶者更是慕名而来、络绎不绝。

1913年,杭州开始拆城,在“旗营”相继被拆了之后,清波门、涌金门、钱塘门三道城门以及城墙也均被拆除,改建成为南山路、湖滨路,清波门故址也消逝在历史的尘埃中了。

如今,在它的旧址处立有碑,还有一座画廊,它们记载着这个曾经留下无尽思绪与梦境的人文故地,将清波门的诗与遥望,永远镌刻在这些斑驳的时光中,永恒,闪烁。

万松书院记

去万松书院很多次，总是有不同收获。万松书院唐朝时叫报恩寺，明弘治十一年(1498)，浙江右参政周木将其改为万松书院。清康熙帝为书院题写“浙水敷文”匾额，遂改称为敷文书院。

万松书院是明清时杭州规模最大、历史最久、影响最广的文人汇集之地。明代王阳明、清代齐召南等大学者曾在此讲学，“随园诗人”袁枚也曾在此就读。清代康熙、乾隆两帝南巡时曾亲自来视察并题字。书院内现有仰圣堂、明道堂、大成殿、梁祝书房等建筑。

创办之初，万松书院内部的组织机构相对简单：招收童生、监生、举人三类生徒；聘用博学鸿儒为山长，品学兼优的贤士为教授；初步建立书院的学规和章程。

作为有名的“四大书院”之一，万松书院历任山长有鲁曾煜、蒋祝、陆宗楷、张映辰、赵大鲸、金甡、李汴渡、王昶、马履泰、潘庭筠、陈文述等著名教育家、学者。

这里重点介绍一下王昶——字德甫，号述庵，晚又号兰泉，学者多称兰泉先生。祖籍浙江兰溪，后迁居青浦县。他少年以颖异出名，博学属文，体貌修伟，肄业于江苏苏州紫阳书院。乾隆十九年(1754)考取进士，二十二年(1757)乾隆南巡时召试为一等第一名。后官至刑部右侍郎。乾隆末年曾访问江西白鹿洞书院并讲学其间。乾隆五十八年(1793)，以老乞归，乾隆允许他于“来年春融归里”。于是他回乡后，取宅名为“春融”。

嘉庆元年(1796)，被朝廷邀请参加千叟宴。嘉庆六年(1801)，受浙江巡抚阮元邀请出任敷文书院山长，任期3年。后任诂经精舍教授。王氏晚年主要从事教育、著书立说。生平博览群书，学有大成，著作甚丰。在主持敷文书院期间，编撰了《天下书院总志》10卷，其稿本今存台北市中央图书馆。著有《春融堂集》。辑有《明词综》《国朝词综》《金石萃编》《湖海文传》等10余部。王昶是清代著名的官宦学者，对浙江的教育做出过重大贡献。

另一位著名教育家、思想家，是曾在此讲学的王阳明了。其所撰的《万松书院记》为“四大记”之一。文中，王阳明记述了明初以来书院教学日益兴盛，但坠入训诂记诵的弊端，丧失了夏殷周三代的明伦观：“夫三代之学，皆所以明人伦。今之学宫皆以‘明伦’名堂，则其所以立学者，固未尝非三代意也。然自科举之业盛，士皆驰骛于记诵辞章，而功利得丧分惑其心，于是师之所教，弟子之所学者，遂不复知有明伦之意矣。怀世道之忧者思挽而复之，则亦未知所措其力。”王阳明认为，书院教学的根本在于古今圣贤的“明伦”，即明人伦，人伦大纲便是舜授命司徒的五教，它是贯穿三才之道的。

王阳明称明伦之外再无学问，明伦学以外的学问便是异端，指责明伦学的论说便是异说，利用明伦学的人便是霸道。王阳明向政府提出重视教育“存天理，明人伦”的主张，明确了教育的宗旨与根源。

作为心学家，王阳明提出万物一体之心归根结底自然是以人伦为本。佛、老二家也主张万物大同，但以虚无为根本，圣学的万物一体思想是以人伦道德为本，二者存在根本差异。这也体现了王氏“心学”的基本立场。

万松书院在当时影响可谓深广，有名的学生如袁枚等。袁枚(1716—1798)，浙江钱塘人，清代之江南才子，生长于杭州，曾在万松书院读书受业。中年辞官后到江宁小仓山筑随园，故又称随园老人。其诗主张“性灵说”。

万松书院不仅造就了袁枚等学子,明代的王阳明、清代的齐召南和秦瀛等大学者也曾在此讲学。几百年来,万松书院为浙江乃至全国培养、输送了无数人才,对历史文化名城杭州形成尊师重教、育才树人的民风有其独特的历史地位和作用。

有联为证:浙水重敷文,看此山左江右湖,千尺峰头延俊杰;英才同树木,愿多士春华秋实,万松声里播歌弦。

吴山城隍庙记

大约下午三点时，我登上城隍阁。先是坐电梯上5楼，电梯只能到5楼，6楼上看风景和4楼有点不同。6楼上看，城市和湖山像是在脚下，4楼就不同了，举目所见，东南北三面俯临街市，只有西面万松岭逶迤绵亘，像是兽脊般高低起伏蜿蜒着。

站在阁上四望杭州，这繁华之地，延安路像一支箭似的向北射去，那一端快到武林广场突然断了，要不，这支箭就抵达运河了！

现在，让我们收回目光，去感受一下康熙皇帝诗中描述杭城的浩瀚气势：

左控长江右控湖，
万家烟火接康衢。
偶来绝顶凭虚望，
似向云霄展画图。

是的，明清时的杭州和南宋临安城是繁华之处。人们在香市中盘桓，在市集中留恋，在观望中守偎。外地船舶带来了瓷器和湖市，贡粮不断被扛进城北富义仓；瓦舍勾栏上演着《梁祝》等剧目，耍杂技，卖缙云烧饼、葱包桧……文人张岱走在春天的集市中，“此以香客杂来，光景又别。士女闲都，不胜其村妆野妇之乔画；芳兰芗泽，不胜其合香芫荽之薰蒸；丝竹管弦，不胜其摇鼓欱笙之聒帐；鼎彝光怪，不胜其泥人竹马之行情”。那时候，杭州香市上最好卖的是西湖风光图，以及泥人竹马。那时的杭州香市，南面就是吴山了。香市盛景，当然少不了是看人观戏参与射箭和丢沙包、耍吞火杂技。女孩子围着独轮车买香囊，男孩则关心风筝的价钱。

在城隍庙1、2楼的展示厅，我仿佛回到了那个繁华之地，远溯南宋京城的场景。在憧憬货真价实的古玩字画的遐想中和同游的文友们交流。

"鼓吹清和，岸无留船，寓无留客，肆无留酝"，如此清明的杭州，人们去了哪里？因为去香市了，这就是古代的杭州人们雅集赏玩之地。

出得楼来，看到一块介绍牌。说的是一个叫周新的清官被明成祖冤杀，后封为浙江都城隍，在吴山继续为民申冤除害。

历史上的杭城也不都是"山色如娥，花光如颊，波纹如绫，温风如酒"的。美景虽有，但也有贪腐案件记载。崇祯时"杭州刘太守梦谦，汴梁人，乡里抽丰者多寓西湖，日以民词馈送"，刘梦谦就是个爱打秋风搜刮民财的家伙。难怪当时的民间文人讽刺诗里说："山不青山楼不楼，西湖歌舞一时休。暖风吹得死人臭，还把杭州送汴州。"

走在观景道上，我想，世事清明是老百姓的愿望。老百姓更需要一个像周新似的清官，同时还需要一个让自己表达感恩的地方。这也许是城隍庙香火鼎盛的最佳注脚。

江泽民、朱镕基的老师顾毓琇先生手书的"湖山信美"匾还高挂在城隍阁的3楼，我想说，湖山虽数杭州最美，人情与世情，也应有个像周新一样的标杆，以警示后人，鞭策那些执政者。

如此，城隍庙才真正彰显了它的久远魅力和廉政文化！

西湖向西行

沿着西湖向西，古时有一条通往灵隐寺飞来峰一带的香道。船行至茅家埠一带，湖水至此到头，上岸，但见香市繁华，茶园深幽，颇有一种古典意境在心间萦绕。试想，行脚僧慧理到过此处，后来是白居易、王安石、苏东坡、吴自牧、袁宏道、张岱等。走过的人，要么留下诗文，要么立片草庵，从此引以为修真事佛之所。这一片山水，也就有了皈依的灵魂，从此告别了寂静荒芜，成为弘法道场，留下了传世佳话。

一、飞来峰的纷争与谜案

飞来峰又名"灵鹫峰"，整个山有点像老鹰展开翅膀的形状，故得此名。还有一种说法，据《杭州图经》记载："峰自天竺飞来，故名。"实际上与灵隐寺创始人慧理和尚有关。

关于飞来峰的诗歌举不胜举，这里要提王安石的《登飞来峰》："飞来山上千寻塔，闻说鸡鸣见日升。不畏浮云遮望眼，自缘身在最高层。"这首诗流传了近千年，其中名句，很多人都能背，却不知道塔在何处。学界有两种说法，一说是绍兴的应天塔，另一说是杭州飞来峰的神尼舍利塔。由于年代久远，众说纷纭。王安石这首诗是皇祐二年(1050)夏，他在浙江鄞县知县任满回江西临川故里时，途经杭州写下的。王安石21岁中进士，名列一甲第4名。春风得意，踌躇满志，借登飞来峰千寻塔抒发自己初涉宦海之志。

他当时的起点，如果在天竺寺（现下天竺寺），我们便可复原王安石的登塔路线：天竺寺—三生石—神尼舍利塔。当然，现在这里已没有直接去的古道了。专家王其煌、陈文锦，研究吴越佛塔造像的专家黎毓馨、魏祝挺，以及摸遍了西湖摩崖石刻的访石人奚珣强等经过现场寻访确认，一致认为，王安石所提的“千寻塔”就是已经倒塌的神尼舍利塔。

千年谜底今朝得以揭开，这实在是件畅快人心的事。

关于飞来峰，还要提一提两个写过“飞来峰”主题文章的文学大家——张岱和袁宏道。值得关注的是两人都提到元朝逆僧杨髡。杨髡，即番僧杨琏真珈，他忽悠元朝统治者，率众公开挖掘南宋诸帝陵寝。袁宏道在文中说：“壁间佛像，皆杨秃所为，如美人面上瘢痕，奇丑可厌。”尽管这里“窈窕通明，溜乳作花，若刻若镂”，穷尽造化之美、历代石雕艺术之精华。张岱在《飞来峰》一文中更是借僧真谛之“戆”——“逾垣而出，抽韦驮木杵，奋击杨髡，裂其脑盖”，好一顿暴打，杨髡等人以为有神助，终于鸟兽散去。张岱在文中将杨髡当淫贼花僧来抨击，可以说大快人心。这一点上张岱与袁宏道态度是一致的。

如今我们游览飞来峰，观其石刻，当感叹这里历朝历代石像之妙。作为禅宗五山之首，飞来峰石刻造像是中国南方石窟艺术的重要作品，这些雕琢于石灰岩上的佛像时代跨度从五代十国至明，在470多尊造像中，保存完整和比较完整的有335尊，妙相庄严，弥足珍贵。其中年代最早的是青林洞入口靠右的岩石上的弥陀、观音、大势至等三尊佛像，为北汉乾祐四年（951）所造，而卢舍那佛会浮雕造像则是北宋造像艺术的精品。最为人所知的，莫过于大肚弥勒和十八罗汉群像。大肚弥勒为飞来峰摩崖石刻中最大的造像，也是国内最早的大肚弥勒造像。佛像雕刻生动传神，坐于佛龛中的大肚弥勒坦跣足屈膝，手持数珠，袒胸鼓腹开怀大笑，将“容天下难容事，笑天下可笑之人”的形象刻画得淋漓尽致。

至于元代杨髡等监造刻制的100余尊汉、藏风格的石刻亦容相清秀，体态窈窕，为佛教艺术之瑰宝。不过，那不是杨髡的功劳，要感谢那些能工巧匠的辛勤刻琢，那是一种熔铸内力的创造。张岱讽刺杨髡欺世盗名是对的，可他不应该“余少年读书岣嵝，亦碎其一”，小孩子不懂事，毁坏名胜古迹是违法的。至于袁宏道说元朝的雕像丑陋，那是他把对杨贼的仇恨扩大化了，我们总不应该将仇恨连带——毕竟，这些石刻见证了历史。元朝游牧民族统治江南时期，留下的历史遗迹不多，今天可以视之为难得的珍品。

当我们穿过历史云烟，飞来峰以南的这些溶洞，这些历朝遗留的佛像石刻珍品，仿佛一下子就把我们带入某种神圣的境地，从而在冥冥中思虑关于生死轮回的经典，这也就恰好契合人类关于图腾与崇拜的话题，历久弥新，仿若菩萨手上的净瓶，滋润着尘世那一朵朵修行的莲花。

生与死，也就变得纯净而又充满宗教般的契阔。

二、“冷泉亭”三记探幽微

写冷泉亭的大咖文章，这三篇应该是有分量的：白居易的《冷泉亭记》、张岱的《冷泉亭》、袁宏道的《冷泉亭小记》。平心而论，本人比较欣赏的是白居易的那篇。

白居易的《冷泉亭记》晓畅淋漓，仍然用他惯有的抒情议论，开篇“东南山水，余杭郡为最。就郡言，灵隐寺为尤。由寺观，冷泉亭为甲”，然后点出评价的理由“撮奇得要，地搜胜概”，接着以描写方式尽呈其要：春日的葳蕤，夏日的幽凉。作者认为，自己喜欢这样的清幽恬静。坐在这里纳凉也罢，睡觉也罢，洗脚也罢，都是一种极佳的享受。

白居易写这篇文章时是长庆三年，公元823年。当时他来杭州做父母官已经是第二年了。51岁的白居易因为被外放为地方官有些失意颓然，到了杭州后，他修六井解决了杭州百姓饮水问题，疏浚西湖，同时修堤蓄洪，可谓政绩斐然。在公务之余，他也积极探访名山，时常探访灵隐寺，与诸位高僧沏茶论诗。他把孔孟之学与佛、道教的思想自由结合起来，形成自己独特的思想体系。在他的作品中，率性本真尤其突出。

在这篇文章的文末有一个公案，就是灵隐寺的高僧曾邀请他建亭记事以流芳千古。别人这么干是想图个青史留名。当时杭州官府有个习惯，每有一个来杭州的刺史，必会在好山好水处建亭寓志，那时，刺史相里在灵隐山谷中建了虚白亭，刺史韩皋建候仙亭，刺史裴常棣建观凤亭，刺史卢元辅建见山亭。后来，右司郎元藇出任杭州刺史时，建了冷泉亭。白居易没有建亭，而是写了这篇记。没承想，建亭的诸位市长千古之后，亭去无踪，而《冷泉亭记》却为白居易"加分"了！

有人会问：白居易也是刺史，何以不建一个亭子寓志？白居易认为以前已建有多座亭子了，"五亭相望，如指之列，佳境殚矣，虽有敏心巧目，复何加焉？"已有这么多亭子，再建一个又有何益？不如为亭子作一篇记，也许比建亭子更有纪念意义呢！一念之间，下笔之余，确实让冷泉亭流传千古，也让自己与冷泉亭联系在一起。常有人提起"白居易题记冷泉亭"，颇有章回小说之气势。白居易不仅撰写《冷泉亭记》，还题写了"冷泉"二字于亭上。

两百年后，有一位大文豪苏东坡特地补了一个"亭"字，冷泉亭从此有了一段佳话，并流传下来。

相对来说，张岱的《冷泉亭》亦是上乘佳作。张岱的文风清幽、淡远、自然。文章开头交代冷泉亭的地理位置：在灵隐寺山门之左。以我的判断，这与白居易的介绍不太一样，白居易介绍更准确。张岱的描写却更细腻，多用感官去写："亭对峭壁，一泓泠然，凄清入耳。"接着，重点写冷泉亭的栗树"大若樱桃，破苞食之，色如蜜珀，香若莲房”。张氏确实算此中高手，看听闻尝，齐齐上来，吊人胃口。又引苏轼文“西湖有名山，无处士；有古刹，无高僧；有红粉，无佳人；有花朝，无月夕”和曹娥雪的诗来佐证。可以说得心应手，文风荡漾。

张岱文以议论抒情作结，抒发自己“深山清寂，皓月空明，枕石漱流，卧醒花影，除林和靖、李岣嵝之外，亦不见有多人矣”的自鸣得意之情。

张岱文和白居易文各有千秋。张岱文有小品余风，纵横捭阖。白居易文有韵文风范，诗意而又洒脱，堪称绝响。所以说，高妙处，犹在此列。

白居易的佳作让袁宏道佩服得五体投地。他在《冷泉亭小记》中干脆大段引用白居易的句子代替描写，此不赘述。有一点是袁宏道发现的，我也发现了，就是唐朝时的冷泉亭的位置与明末时亭子的位置不一样。白居易描述亭地理位置时说“亭在山下，水中央，寺西南隅”，而张岱文中只是说“冷泉亭在灵隐寺山门之左”，足见袁宏道进行了考证，这或许是袁氏文最有价值的地方。

最终袁氏在文末感叹说：“然则冷泉之景，比旧盖减十分之七矣。”本人觉得这说法有点言过其实的味道。三篇文章，白居易的率性、蕴藉、诗意，张岱的清新、自然、张扬，袁宏道的简洁明白，也许这恰恰可以来佐证袁宏道“独抒性灵，不拘格套”的文学主张吧。

宋代诗人林稹的《冷泉亭》写道：“一泓清可沁诗脾，冷暖年来只自知。”600年乃至1000多年以前，又有谁能知道，彼此在冷泉亭下的情境与心境究竟如何，我的结论是：白居易是谦逊的，张岱是洒脱的，袁宏道是自然的。

以上看法仅供参考。建议大家空时去品赏一下冷泉水“潺湲洁沏，粹冷柔滑”的触感，这或许是我们伸向思想者的芦苇。此刻我在亭中，就有一种探索幽微的自得感：“桃则溪之，梅则屿之，竹则林之，尽可自名其家。”

历史的斑斓过尽，在波光碎影里，我们，又都是冷泉亭的过客。

三、灵隐寺何以香续千年

杭州灵隐寺所在灵隐山麓，背靠北高峰，面朝飞来峰，两峰挟峙，林木耸秀，深山古寺，云烟万状。灵隐寺为杭州最早的名刹，也是中国佛教禅宗十大古刹之一。这座千年古寺之所以名闻天下，在我看来，有以下几个各方面值得探讨。

灵隐寺的传说奇玄曼妙。一种说法为普遍说。灵隐寺建于东晋咸和元年(326)，至今已有约1700年历史。开山祖师为西印度僧人慧理和尚，他在东晋咸和初，由中原云游入浙，至武林(即今杭州)，见有一峰而叹曰："此乃中天竺国灵鹫山一小岭，不知何代飞来，佛在世日，多为仙灵所隐。"遂于峰前建寺，名曰灵隐。查一下中印度确实有一座"灵鹫山"，为释迦牟尼修行成佛之地。唐僧西天取经的目的就是去"灵山"参佛求法。

另一种为玄幻说。又传灵隐寺原来叫"灵鹰寺"，始建于唐初。相传1400多年以前，今秦岭湾门前，有一座笔架山，笔架山左侧，是块凤凰朝阳地。原先这里荆棘丛生，荒无人烟。后有一吴姓僧人在山后住，打柴种地为生。一天，僧人在笔架山丛林打柴，因为天热，将僧袍脱下，挂在树枝上，又去忙活。忽然，一只大雁凌空而下，将袍叼走，向南飞去，至灵隐寺落下。吴僧望空向南一路追来，但见此处绿树森森，翠柳成荫。绿影婆娑间，一岭土坨南头北尾；前饮碧水绿荷，后交浮菱青湖；左右两侧隆起两扇翼状土丘；整个地貌有如巨鹰卧地。吴僧人感悟为神灵指点，遂于此焚香祷告，搭棚立寺，故名"灵鹰寺"。

灵隐寺久经兴废，立而不倒，体现了禅宗主张"心性"历经实践、掌握真理的奥义。查阅该寺历史，从晋至清，其经历有8次劫难，有天灾，有法难，有兵燹，可以说是历经劫难。北周武帝年间（561—578），一度宣布废佛，并下令僧徒还俗，焚烧法器佛典，将寺庙充作公产，此次法难称为北周武帝灭佛。唐武宗会昌五年（845），发生了佛教史上的"会昌法难"事件，武宗再一次大规模力主排佛废佛并禁佛。元顺帝至正十九年（1359），寺毁于兵火，损失惨重。再到明朝，灵隐寺有过三次天灾：洪武三年（1370），灵隐寺失火，损失较重；隆庆三年（1569），灵隐寺全寺均毁于雷火，仅剩直指堂；崇祯十三年（1640）灵隐寺遭灾祸，全寺失慎于火。清朝嘉庆二十一年（1816）秋，灵隐寺毁于火灾；咸丰十年（1860），太平军入杭州，大多寺宇被毁。虽然寺屡遭劫难，却也有香火旺盛之时。五代时期，由于统治者崇信佛教，该寺曾有僧众3000人，殿宇房舍1300余间，高僧延寿住持弘法，名扬天下。宋代统治者对灵隐寺更加重视。庆历年间，丞相韩琦、参政欧阳修等奏赐契嵩所著书《传法正宗定祖图》《传法正宗记》《传法正宗论》三书和《辅教篇》等入藏。宋仁宗准奏下旨传法院编入《藏经》，并赐契嵩"明教大师"的称号。引来海内外信徒前来取经，灵隐寺香火盛况空前，成为禅宗圣地。宋代时有禅宗五山的说法，灵隐寺之灵峰山居首。

禅宗认为，禅并非思想，也非哲学，而是一种超越思想与哲学的灵性世界。禅宗作为中国哲学思想史的一支一脉，影响了宋明儒学的发展。中国历史上很多文人慕名而至灵隐寺，或留下动人诗篇，或留有墨宝，或题有书法名联，故而灵隐寺的传统文化析出成为其魅力无穷的部分。

灵隐寺现藏康熙、乾隆、马一浮、童曼筠、朱祖功、魏寅等名联数十副。如马一浮题于大雄宝殿的"古德此安禅，似岳镇西湖，看庭前树老，陌上花新，衲僧莫道闲机境；林神常奉足，喜法流东土，任狮子嚬呻，象王蹴踏，游人只认好溪山。"对仗工整，写出了僧人就佛修行的淡定从容，可以说是经典之作。马一浮（1883—1967），原名浮，又字一佛，浙江绍兴人。1903年留学北美，习西欧文学，曾预撰《欧洲文学四史》等著作。后又游学德国，学德文。不久又留学日本，研究西方哲学。1911年回国，赞同孙中山领导的辛亥革命，常撰文宣传西方进步思想。后潜心考据义理之学，研究古代哲学、佛学、文学等。

灵隐寺是诗歌的原乡，这里留下诸多名家的绝妙诗章。白居易、苏轼、贾岛、潘阆等大家留诗数十篇，文韵悠长。宋之问《灵隐寺》："鹫岭郁岧峣，龙宫锁寂寥。楼观沧海日，门对浙江潮。桂子月中落，天香云外飘。扪萝登塔远，刳木取泉遥。霜薄花更发，冰轻叶未凋。夙龄尚遐异，搜对涤烦嚣。待入天台路，看余度石桥。"其绘胜景句，清新坦易，抒情真挚，畅美如画。

灵隐寺是文化艺术的福境，藏有康熙题匾。自命风流儒雅的康熙皇帝来到杭州灵隐寺，老和尚请求他为寺院题块匾额。康熙信手挥笔，在纸上写了个老大的"雨"字，可"灵隐寺"的"灵"字按繁体写法在"雨"字下面还有三个"口"和一个"巫"，这许多笔画怎么也摆不下了，真是急得皇帝下不了台。还好，在一个随从的暗示下，他将错就错，写成"云林禅寺"。这块匾挂了三百年。寺中还藏有董建中名画《花鸟图》。董建中，清初人，董其昌裔孙。山水师董源、花卉宗黄筌，曾以国子生考授中同知。清圣祖南巡，董建中以所绘蟠桃图进呈，清圣祖旋命画扇称旨，授湖北荆门知州。这一幅花鸟画画法更接近周之冕和陈淳的画法，也杂有一些恽南田的风格。贯休和尚《十六罗汉图》原石在今杭州碑林，灵隐寺共有两套拓片。这对研究宗教和石刻艺术具有一定价值。

另外如乾隆行楷书"雅宜清致"、康有为书法、吴昌硕书法绘画、马一浮书法、李叔同书法、章太炎书法、潘天寿绘画、谢稚柳书画、沙孟海书法、谭建丞书法绘画等以及大量拓片都是弥足珍贵的作品。因此，可以说灵隐寺不仅是禅宗圣境，更有其文化支脉，为灵隐文化锦上添花的绝响。

灵隐寺的众多佛教活动，在宣讲佛法、教化世人方面具有深远的影响力。发放腊八粥是浙江杭州千年古刹灵隐寺持续多年的传统，2015年腊八节，灵隐寺不再在寺内送粥，而是将施粥对象重点转向寺外福利院、老人院等特殊群体所在地。同时，腊八节当日寺内会举行大型传供法会、祈福法会、方丈讲经等一系列佛事文化活动。每年农历九月，灵隐寺会举行水陆法会。水陆法会主要是普度水、陆、空六道众生，借诸佛本愿功德，俾在者善根增长，福慧绵长；祈已故者同生净土，早登莲邦。水陆法会规模堪称是中国佛教中仪式最隆重、最殊胜的大型佛事法会。灵隐寺水陆法会历时七天，每天举行诵经、拜忏等佛事，为信众祈福消灾、报恩超度历代先亡及累生父母。2009年，杭州灵隐寺发起“托钵行脚”慈善活动，截至2015年，已经举行6届。杭州佛教协会会长光泉法师表示，托钵行脚是将佛法的慈悲精神在生活中实践，并普及社会，让更多人有机缘种植福田、护持佛法。

行文至此，我不仅要为灵隐寺点赞。如果你有机缘到杭州来，灵隐寺确实值得一去。因为它是信众心灵的道场，更是一代代人摆脱风尘，而欲亲近自然、体悟青山，同时又冀求这里的幽微与文化滋哺，从此脱胎换骨的圣地。

四、韬光庵里的悬疑官司

若论写灵隐寺的诗，绕不开要讲的诗是哪一首？我觉得应该是唐代宋之问的《灵隐寺》：

鹫岭郁岧峣，龙宫锁寂寥。

楼观沧海日，门对浙江潮。

桂子月中落，天香云外飘。

扪萝登塔远，刳木取泉遥。

霜薄花更发，冰轻叶未凋。

夙龄尚遐异，搜对涤烦嚣。

待入天台路，看余度石桥。

这首诗引经据典，对灵隐寺一带的自然美景做了生动的摹写，既有想象，又有联想。可谓细致入微，而又藏情于景。那么问题来了，你觉得哪一句写得最好？世人普遍认为是第二句“楼观沧海日，门对浙江潮”。

这两句是在灵隐寺写的吗？答案是在灵隐寺韬光庵写的。说起写韬光庵的文章，必然列张岱《韬光庵》、萧士玮《韬光庵小记》、袁宏道《韬光庵小记》三篇来说一说。

张岱文中提到：骆宾王亡命为僧，匿迹寺中。宋之问自谪所还至江南，偶宿于此。夜月极明，之问在长廊索句，吟曰：“鹫岭郁岧峣，龙宫锁寂寥。”后句未属，思索良苦。有老僧点长明灯，问曰：“少年夜不寐，而吟讽甚苦，何耶？”之问曰：“适欲题此寺，得上联而下句不属。”僧请吟上句，宋诵之。老僧曰：“何不云‘楼观沧海日，门对浙江潮’？”之问愕然，讶其遒丽，遂续终篇。迟明访之，老僧不复见矣。有知者曰：此骆宾王也。”

这里先解释一下，“鹫岭”本是印度灵鹫山，这儿借指灵隐寺前的飞来峰。“龙宫”是相传龙王曾请佛祖讲经说法，这里借指灵隐寺的殿宇。“岧峣”是形容山高而陡峻的样子。这一句用了“鹫岭”“龙宫”两个典故，突出灵隐寺的神秘色彩。

而第二句“楼观沧海日，门对浙江潮”说明了灵隐寺的地理位置：临近大海，正对着钱塘江。登楼远眺，海上日出红似火，钱塘江大潮滚滚，汹涌奔流。这一句可以说突然拉高了意境，变得开阔无比，令人豁然开朗。

文中的老僧是骆宾王，骆宾王的诗风磅礴大气，一改六朝与初唐的浮靡诗风。但是，问题来了，这两句是骆宾王想出来的，还是宋之问自己想出来的呢？

我们先看看明朝其他两位散文大家萧士玮、袁宏道对此是否提出过疑问。

萧士玮文:“初到灵隐,求所谓‘楼观沧海日,门对浙江潮’,竟无所有。至韬光,了了在吾目中矣。”萧认为此两句必定是在韬光庵写的,至于是不是骆宾王,他没有提及。

再看袁宏道文:“余始入灵隐,疑宋之问诗不似,意古人取景,或亦如近代词客捃拾帮凑。及登韬光,始知‘沧海’‘浙江’‘扪萝‘刳木’数语,字字入画,古人真不可及矣。”

袁宏道是睿智的,他相信宋之问写得出来,因为登上韬光庵,可见钱塘江“浪纹可数”。

那么,第二个问题,第二句是宋之问自己写的,还是骆宾王帮他写的?

我们先看看这首诗的背景:唐中宗景龙四年(710),宋之问被贬官到越州(今浙江绍兴)任职长史,相当于现在的市秘书长。他在赴任的途中,经过杭州,仰慕灵隐寺的盛名,于是跑去参观游览。张岱文中“宋之问自谪所还至江南,偶宿于此”,证明宋之问确实到过灵隐寺的韬光庵。这里要插一句,当时,韬光庵属于灵隐寺的一部分,不似今天独立出来。

宋之问这个人靠谱吗?

宋之问是个官二代。他的父亲宋令文是草根出身,却好学上进,文章、书法和武艺都很好,为人又忠义,做过唐高宗的骁卫郎将,东台详正学士,人称“三绝”。

宋令文生了三个儿子,大儿子宋之问继承了他的文才,次子宋之悌骁勇过人,三子宋之逊擅长书法。上元二年(675),宋之问考中进士,加入了官员的队伍中,从此开始了他攀龙附凤、投机官场的人生历程。举个例子,比如宋之问写得一手好诗,武则天很欣赏他的才华。他本人又长得高大英俊仪表堂堂,看到张易之、张昌宗两兄弟上了武则天的床后权势滔天,于是动了歪心思,就写了封暧昧情书给武则天,自我推荐要做她的男宠。结果武则天嫌弃他有口臭,不予理睬。在武则天那儿碰壁后,宋之问又去抱张易之、张昌宗兄弟的大腿,极尽卑躬屈膝阿谀奉承之能事,还给张家兄弟倒尿壶。都说有才的人都比较清高自傲,宋之问却为了升官发财,连脊梁骨都不要了,真是丢尽文人的脸面。

这样的人品能写出此等“楼观沧海日,门对浙江潮”的好诗句吗?更何况,宋之问和骆宾王早就认识,还相互赠诗给对方,即便骆宾王剃发为僧,宋之问也不可能不认识他。

问题又来了,民间为什么盛传这个故事?我的观点是因为宋之问人品极差,老百姓或许以此来含蓄批评这个人。骆宾王人品极佳,曾写过《讨武曌檄》,可以说是个正义凛然之人。

那么骆宾王到过灵隐寺吗?

《新唐书》本传说他“亡命,不知所之”,唐人孟棨《本事诗·征异》说他“落发,遍游名山,至灵隐,以周岁卒”,《唐才子传》卷一说“传闻桴海而去矣”,众说纷纭。既然有说他到过灵隐,那么看起来宋之问那句诗就有可能是他帮宋想出来的吧。

我的观点和袁宏道比较一致。既然韬光庵可以登临望钱塘江,兼及诗歌语境,宋之问应该是能想象出来的。至于他能不能碰上骆宾王,我觉得只能是瞎想的情节,有意关联罢了。不过这个宋之问的人品实在令人难以启齿。

沧海桑田,许多官司疑案都沉没在史海中了。对于古诗文,我们尽可存疑,探幽发微。“诗无达诂”,你赞成或反对,只要有识见,就会有人为你点赞。

五、“三生石”牵出的奇幻因缘

“三生石”位于杭州“下天竺”法镜寺后的莲花峰东麓，是清初《西湖佳话》所传“西湖十六遗迹”之一。石高三丈许，由三块天然石灰岩组成。石上镌刻“三生石”三个篆字及《唐·圆泽和尚·三生石迹》碑文。

关于三生石，首先要提苏东坡的《僧圆泽传》，此书大致说唐朝时有一个叫圆泽的和尚，他和李源交好，有一天他俩一起去峨眉，有两条路可以走，圆泽要走一条，李源要走另一条，最后还是依了李源。半路上，碰见一个大着肚子的孕妇，圆泽脸色一变说：我之所以坚持不走这条路就是这个原因，她孕的就是我，已经三年了，今天见了面再也躲不过去了，一会你去看那个婴儿，我会以笑为证，我们如果有缘十二年后在钱塘天竺寺外可以一见。说完，那个妇人就生产了。李源过去一看，那个婴儿果然对他笑了。

十二年后，李源如约而至，正是一个月明之夜，忽然听到一个牧童唱到：“三生石上旧精魂，赏风吟月不要论。惭愧情人远相访，此身虽异性常存。”

李源知是圆泽，就想上前和他亲近，可牧童又唱道：“身前身后事茫茫，欲话因缘恐断肠。吴越山川寻已遍，却回烟棹下瞿唐。”唱完就不知所终。

这个故事一直被引为佳话，李源与圆泽和尚之间的友情之深，竟然通过圆泽的今生、托生与来世相逢来实现，确实印证了“生死轮回”的佛教观念。

话又说回来，三生石的故事其实是源远流长的。汤显祖《牡丹亭》讲述了官宦之女杜丽娘一日在花园中睡着，与一名年轻书生在梦中相爱，醒后终日寻梦不得，抑郁而终。杜丽娘临终前将自己的画像封存并埋入亭旁。三年之后，岭南书生柳梦梅赴京赶考，适逢金国在边境作乱，杜丽娘之父杜宝奉皇帝之命赴前线镇守。其后柳梦梅发现杜丽娘的画像，杜丽娘化为鬼魂寻到柳梦梅并叫他掘坟开棺，杜丽娘复活。随后柳梦梅赶考并高中状元，但由于战乱发榜延时，仍为书生的柳梦梅受杜丽娘之托寻找到丈人杜宝。杜宝认定此人胡言乱语，随即将其打入大狱。得知柳梦梅为新科状元之后，杜宝才将其放出，但始终不认其为女婿。最终闹到金銮殿上才得以解决，杜丽娘和柳梦梅二人终成眷属。

这个故事就是典型的“三生石”版本故事。这类故事往往有着奇幻的剧情，才子佳人，因缘际会。民间故事中发生在杭州的《白蛇传》就是典型的一例。故事描述的是一个修炼成人形的蛇精与人的曲折爱情故事。故事包括篷船借伞、白娘子盗灵芝仙草、水漫金山、断桥、雷峰塔、许仙之子仕林祭塔、法海遂遁身蟹腹以逃死等情节。同样，《梁山伯与祝英台》《孟姜女》《牛郎织女》基本上都属于这类故事，通过宣扬真挚的情感而赢得大多数老百姓的点赞与关注。

而曹雪芹的不朽名篇《红楼梦》，其书名即源于“三生石”的传说。《红楼梦》的说法：“只因西方灵河岸上三生石畔有绛珠仙草一株，时有赤瑕宫神瑛侍者，日以甘露灌溉。”贾宝玉就是神瑛侍者的化身，林黛玉就是那棵绛珠仙草，他们之间，原本是有因缘的。林就是来报答贾的雨露灌溉之恩的。

为什么人们会这么相信“三生石”的故事？这个故事本来是一段公案，俗人和僧人之间的。苏东坡把它写下来，是在印证他与佛教中人的友情的。苏东坡的《赠下天竺惠净师》就是讲述他与下天竺寺惠净法师的故事。他的老友赠他丑石，苏东坡遂写了“当年衫鬓两青青，强说重来慰别情。衰鬓只今无可白，故应相对说来生”来告慰朋友。王元章《送僧归中竺》“相逢五载无书寄，却忆三生有梦回”也同样讲述的是文人和僧人的恒久友情。同样，白居易与韬光法师的交情，都算是有情趣有意趣的佳话，口口相传。

细究起来，“三生石”的故事起源于佛教“轮回”说。自佛教传入中国之后，经过汉、魏、晋、南北朝与中国传统文化的长期交流碰撞，佛教中的三世因果，轮回转世等观念已渐渐深入人心。而高僧圆泽和忠臣之后李源之间一诺千金、隔世不忘的友情与宿命的神奇，正好契合了中国人对生命永恒的期盼和对友情的珍视，引发了人们对前世今生的幽思和共鸣。

如此，当我们回首前尘往事，纵观今生来世，真实的情谊也罢，虚幻的故事也罢，或者再加盐添醋成人神、物人，越是夸张神奇，就越能满足人们窥奇览胜的欲望，而作为宣传材料的“三生石”之类故事，也就越来越能撼动人心。张岱《三生石》干脆全文引用苏东坡的《僧圆泽传》，可见他是如何受其影响，而笃信这类“前世、今生、往生”的奇葩传说，至少，搜奇猎艳，往往是文人们茶余饭后所津津乐道的话题。

一代硕师阮伯元

阮元(1764—1849),字伯元,号云台、雷塘庵主,晚号怡性老人,江苏仪征人。乾隆五十四年(1789)进士,先后任礼部、兵部、户部、工部侍郎,山东、浙江学政,浙江、江西、河南巡抚及漕运总督、湖广总督、两广总督、云贵总督等职。历乾隆、嘉庆、道光三朝,诏授光禄大夫、太傅、体仁阁大学士,谥号"文达"。被尊为三朝元老,九省疆臣,一代文宗。

为什么说阮元堪称"一代宗师"?阮元论学之旨,主张实事求是,"余之说经,推明古经,实事求是而已,非敢立异也",他对经学研究的独到见解具有深远意义。

写作方面,在"桐城派"门生遍及南方之时,阮元却与当时的桐城派"古文"异趣迥然,其论文重文笔之辨,以用韵对偶者为文、无韵散行者为笔,提倡骈偶。

在考据方面,阮元写出《明堂论》《封泰山论》等文,阐释了自己对古代典章制度的理解与考究。

在阅读上,他主张"四步读书法",即"读—评—抄—著"。读,即通读文章,知其大意;评,评校,就是知其所以然,然后参考典籍、其他版本,不能盲从,要自己分析;抄,抄写,是为了强化记忆,巩固印象;著,著文,将自己的研究公之于众,这是最难的。如果没有花精力去认真研习,读书恐怕还是停留在肤浅的认识层面上。

阮元任职浙江期间，于清嘉庆六年(1801)，在修《经籍纂诂》时的旧址孤山上增修房屋，创办书院，称为“诂经精舍”。诂经精舍以“明经训，储高才”为宗旨，轻视举业，崇尚经史辞章，实质上已具高级学术研究场所的内涵。晚清著名学者朱一新、章炳麟等皆出于此。

阮元在杭州创办诂经精舍时，为了调动学生们的积极性，鼓励和倡导学术自由，阮元还创新了奖学金制度，对学生们的独到学术见解进行“现金”奖励。这样就使得很多原本连饭都吃不饱的文人学者能够埋头一心一意地钻研学问，对学术创新做出了很大贡献。嘉庆二十五年(1820)阮元在主政两广时，为了促进广东地区文教事业的进步，引进新式的教育思想，在广东创办了学海堂新书院。尤其值得一提的是他创建的八学长制。“八学长制”的设立是在道光六年(1826)，当时阮元即将卸任两广总督，担任云贵总督。在他走之前，他为了后人能继续弘扬学海堂的学术精神，特地制定了《学海堂章程》。《学海堂章程》的第一条就规定了学海堂有8个学长，这里的学长就相当于校长。一个学校有8个校长，而且互相平级，各自平等，这不仅在中国的书院史上绝无仅有，在外国的教育史上也是独一无二的，属于阮元首创。

学海堂一度是清代广东最高学府，走出了“海内通儒”陈澧、“经学博士”吴兰修、校勘大家曾钊和谭莹、诗坛名宿张维屏、近代科学先驱邹伯奇、戊戌变法领导者之一梁启超等一批名垂青史的人物。

应当说，阮元既是经学研究的推崇者，又是现代书院的开创者。他不仅是文学宗师，也是具有开创精神的教育家。

能有此贡献已属不易。其实，阮元骨子里的正直是蓄养在心的。他作为清朝三朝元老，为人处世自是楷模。60岁生日时，家人、朋友别出心裁为他准备庆贺，不料他却带着一帮人去抚院东园湛清堂下空无人迹的竹园中避客煮茶，绘《竹林茶隐图》，并题诗：“万竿修竹一茶炉，试写深林小隐图。

岂得常闲如圃老，偶尔兼住亦庐吾。传神入画青垂眼，揽镜开奁自满须。二十余年持使节，谁知披卷是迂儒。”

82岁时，阮元曾在文章中这样回顾自己的“茶隐”经历：“至臣四十岁时浙江巡抚任内，凡寿日皆茶隐于外。五十隐于漕舟，六十隐于兼粤抚之竹林，七十在黔溪雪舟中，终身避此哗嚣之境。及今八十二岁，茶隐于长芦庵，巧遇溪山瑞雪之景……”

为人淡泊，不重名节，喜欢饮茶，崇尚高雅，适当远离名利，这应当是他能于浊世中秉持凛然气节的根本立场。

作为学者型官员，阮元将穷幽极微、求真务实、经世济用的治学原则贯穿于从政生涯，宦迹所到之处，均勤政廉明、治绩斐然，被道光皇帝称赞为“极三朝之宠遇，为一代之完人”。

紫阳书院

看到紫阳小学的入泮三字经:菊花黄,入紫阳。吾六岁,进学堂。令我油然想起古老的入泮礼。入泮,进学之意。古代的入泮礼大致经历正衣冠、拜孔子、拜先师、净手几个环节。正衣冠,方正心,净手,去除杂念,专注读书。由此对紫阳书院的礼矩仪俗,有着鲜明的代入感。

紫阳书院即现在的上城区紫阳小学,坐落于吴山下太庙广场南面。说起它的历史,不可谓不久远。紫阳书院旧址,为凤山门内馨如坊清代周雯之故居。清康熙四十二年(1703),两浙都转运使高熊征及盐商汪鸣瑞等,捐钱购地,在原通玄观所在地增筑书院,因此地为紫阳山麓,并与一代名儒朱熹的字(朱熹,字紫阳)同名,因此初定名为“紫阳别墅”,又称紫阳祠或朱子祠。单从这些名称上来看,我们可以猜想最初紫阳别墅更大意义上应该是为了纪念朱熹,只不过实际上是供学生学习的书塾。

它最初的办学经费来自哪里?

最初,紫阳书院的经费都由盐商们捐赠,但到了乾隆年间,紫阳书院费用增加,单靠商捐已不够开支,便在两浙盐务项下拨下官款,以资应用。

清政府多次拨给两浙盐务项下的官款,资助书院膏火。雍正三年(1725),宁绍副使徐有纬捐俸重修书院。乾隆三十八年(1773),护巡抚布政使王站桂再次重修。

乾隆五十七年(1792),汪青请监使阿林保重修紫阳书院,历经2年才完工。

嘉庆二年(1797),学政阮元增建校经亭。嘉庆八年(1803),以生徒日增,席不敷坐,盐运使延丰又建观澜楼5楹,阮元为书院写《紫阳书院观澜楼记》。

咸丰五年(1855),书院监院陈其泰谋修院宇,杭州知府王有龄,蠲廉任之,并建昭忠祠于书院后山巅,别建昭忠于院左。既落成,王有龄为紫阳书院题写楹联:“圣代重孺风,教秉新安,趋步定知歧辙少;名臣留讲舍,政传渤海,补苴当念善成堆。”

书院聘的老师都有哪些人?紫阳书院从创建到结束,共有199年历史。在这近两百年间,先后有傅王露、卢文绍、龚丽正、龚自珍、孙衣言、夏同善等名师大儒,在此开展各种著书、讲书、传书等活动。可谓名师众多,文蕴深厚。紫阳书院的著名生徒,有“鉴湖女侠”秋瑾之父秋寿南、晚清著名经学家黄以周、杭州维新思想家汪康年等。其生徒在嘉庆时达328人,同治、光绪年间,生徒更盛,远在敷文书院、崇文书院之上,在当时有较大的影响力。

以下介绍一下几位在紫阳书院有影响力的名师。

孙衣言,清朝著名政治家,官至翰林院侍讲。1865年,担任过紫阳书院山长。

这里再提龚自珍,晚清著名文学家,曾任这里的讲席(教师),他的父亲龚丽正曾经做过紫阳书院的主持。龚自珍一生仕途不顺,六考才中进士,由于他的文章批判性太强,得罪主考官,仅列三甲第19名,官止于内阁中书。后又因抨击时弊,得罪权臣,仕途多舛,转而辞职讲学,先后在江苏丹阳书院、杭州紫阳书院执教。他的批判意识与睿智思想也影响了他的学生的人生成长。

有近200年历史的紫阳书院也经历了天灾人祸。咸丰五年(1855),书院的监院陈其泰,谋修院宇。杭州知府王有龄给予支持,又建“昭宗祠”于书院后山巅。咸丰十一年(1861),太平军第二次攻占杭州,在与清军激烈的攻防战中,紫阳书院毁于兵火。此后,紫阳书院累有重建修复,尤其是同治七年(1868),督政使蒋益澧拨专款重修、扩建楼厅斋房共38间。至此,紫阳书院设施日臻完善。也是在这一时期,监院陆宗翰拆去了“昭宗祠”旧匾额,改揭“紫阳书院”额于门楣,令书院终于有了这一定名。

尔后,屡有起落。光绪二十三年(1897),紫阳书院与时俱进,有西学东渐之风。四年后,清政府命令各省书院改办学堂,光绪二十八年(1902)五月,紫阳书院改为仁和县学堂,为其书院之路画上了完美句号。紫阳书院由此跨上了学堂、小学的变迁之路。

书香满堂,弦歌不辍。民国时期,辛亥革命后,仁和县学堂又改为杭县第一小学;1923年,与县立第一国民学校合并为杭县县立第一小学;1923年,改称杭州市立城区第一小学校;1932年,又改为杭州市立太庙巷小学。1958年,太庙巷小学更名为紫阳小学,沿用至今。

由于紫阳书院支持者和历代儒师的努力,它的存续对浙江文化的传承发展起了很大作用。

如今的书院当然是后面恢复的,包括“观澜楼”“景徽堂”还有“藏诗墙”,真正属于文物的恐怕只有那只香炉了。

紫阳书院被淹没在尘烟中,但是它的存在,对于浙江人与浙派文化无疑是影响深远的。赓续传承经典,造就人才,应该说起到重要作用,可见其意义非凡。

抛却湖山一笛秋

一、其生坎坷

龚自珍，浙江仁和（杭州）人。近代文学开风气的人物，近代著名的启蒙思想家、文学家。祖父、父亲均在北京做官，母亲善吟诗绘画，是个才女，外祖父段玉裁是位文字学家。龚自珍自小就受到良好的学术与文学的教养和熏陶。他小时候就读书广泛，关心国事，产生改革变法的思想。他在科举上不得志，27岁中举，38岁才中进士，曾任内阁中书、礼部主客司主事20余年，始终是个七品小京官，无法施展抱负。48岁时，他终于对官场厌倦，不抱希望，愤然辞官还乡，不久与世长辞。他一生创作，诗、词、文都有建树，被后世称为“近代文学开山作家”——著有《龚自珍全集》传世。

他的一生大致可以分为三个阶段。

20岁以前，在家学习经学、文学。他自幼受母亲教育，好读诗文。从8岁起学习研究经史、小学。12岁从段玉裁学《说文》。他搜辑科名掌故；以经说字，以字说经；考古今官制；研究目录学、金石学等。同时，在文学上，也展示了自己的创作才华。13岁，作《知觉辨》，“是文集之托始”；15岁，诗集编年；19岁，倚声填词；到21岁，编词集《怀人馆词》3卷、《红禅词》2卷。段玉裁作序说他“所业诗文甚夥，间有治经史之作，风发云逝，有不可一世之概。尤喜为长短句”。

20—28岁，应乡试至入仕时期。嘉庆十五年（1810），龚自珍19岁，应顺天乡试，由监生中式副榜第28名。二十三年（1818）又应浙江乡试，始中举，主考官为著名汉学家高邮王引之。次年应会试落选，嘉庆二十五年（1820）开始入仕，为内阁中书。这时期他逐渐接触社会政治现实，并从科试失意中体验到政治腐败，产生改革的思想，并从刘逢禄学习《公羊传》。同年，他请教名师王芑孙，王认为他的诗“伤时之语、骂坐之言，涉目皆是”，于是龚开始戒诗。

29岁至去世。嘉庆二十四年会试落选后，他又参加五次会试。道光九年（1829），第六次会试，始中进士，时年38岁。在此期间，他仍为内阁中书。道光十五年（1835），迁宗人府主事。改为礼部祠祭司主事行走。两年后，又补主客司主事。这类官职都很卑微，困厄下僚。道光十九年（1839），辞官南归。道光二十一年（1841），暴卒于丹阳云阳书院，时为鸦片战争第二年。这一时期，他对政治现实认识日益深刻，提出不少改革建议，写出许多著名评论，如《西域置行省议》《东南罢番舶议》《阮尚书年谱第一序》《送钦差大臣侯官林公序》和历史、哲学论文如《古史钩沉论》等。也有不少文学散文名篇，如《捕蜮》《书金伶》《己亥六月重过扬州记》《病梅馆记》等。他的许多著名诗篇，如《能令公少年行》《咏史》《西郊落花歌》和《己亥杂诗》等，也都是这一时期的作品。

二、其思曲折

龚自珍的思想发展，有一个艰苦、复杂和曲折的过程。他最初接受的是以戴震、段玉裁、王念孙、王引之为代表的正统派考据学。但他冲出考据学的藩篱，不为家学和时代学风所囿。在现实社会运动主要是农民起义的启发下，他以特有的敏锐的眼光，观察现实，研究现实。在《明良论》《乙丙之际箸议》等文中，他对腐朽黑暗的现实政治和社会，进行了深刻的揭露和批判。《平均篇》指出了贫富不均所造成的社会败坏现象及其危险的后果："小不相齐，渐至大不相齐；大不相齐，即至丧天下"；提出"均田"的改革主张，要求"贵乎操其本源，与随其时而剂调之"，"挹彼注兹"，平均贫富。在《尊隐》中，他隐晦曲折地表现出对农民起义的大胆想象和热情颂扬，向往着未来时代的巨大变化。

30岁前后，龚自珍在学术思想上也发生了较大的变化。他从对正统派考据学严厉的批判到坚决抛弃考据学，接受今文经学《春秋》公羊学派的思想，从刘逢禄学习，"从君烧尽虫鱼学，甘作东京卖饼家"(《杂诗，己卯自春徂夏，在京师作，得十有四首其六》)。但他肯定考据学有用的部分，同时也批判今文经学杂以谶纬五行的"恶习"，而主张"经世致用"，倡导学术要为现实政治服务。

史学观念上，他认为史官之所以可尊，是因为史官站得高，从全面着眼，客观、公正地对现实政治社会进行批判。这实际是要把历史和现实政治社会问题即"当今之务"联系起来，应用《春秋》公羊学派变化、发展的观点，在"尊史"的口号下，对腐朽的现实政治社会进行全面的批判。中年以后，随着仕途失意，感慨日深，思想也陷入矛盾、烦恼和痛苦中，"坐耗苍茫想，全凭琐屑谋"。他是一个在中国封建社会开始发生重大变化的前夕，主张改革腐朽现状和抵抗外国资本主义侵略、近代资产阶级改良主义的启蒙思想家。

三、其文捭阖

龚自珍的诗今存的有600多首，绝大部分是他中年以后的作品，主要内容仍是"伤时""骂坐"。道光五年的一首《咏史》七律是这类诗的代表作。诗中咏南朝史事，感慨当时江南名士慑于清王朝的险恶统治，庸俗苟安，埋头著书。

其诗歌清奇多彩，不拘一格，大概是受到了先进思想的影响，这些思想铸就了他的诗歌的灵魂。思想的深刻性和艺术的独创性，使龚诗别开生面，一个不同于唐宋诗，呈现了近代诗的新风貌，如《己亥杂诗》等，呼吁执政者不拘一格选拔人才。

其小品文《病梅馆记》中，作者借谴责摧残梅花的举动来抒发对清统治者压抑、摧残、扼杀人才的现实的愤慨、痛恨之情，书写疗梅治梅的愿望实际上是表达自己要求改革、拯救人才的愿望和决心。

第五辑

故乡之歌

想到这里，我仿佛即刻就尝到了那稻花鱼的鲜味，那鲜味诱我神往。我的心忽然就飞越千山万水，回到湖南凤凰的乡下，我也想捋起袖子，卷起裤管，下田去再抓一次稻花鱼，然后再去烧一顿烤鱼吃。

——《稻花鱼》

关于葫芦

3个月前某天，妻子从市场上买了几株幼苗种在果蔬盆里。自从去年种瓜得瓜，种西红柿得西红柿，种花菜得花菜，我渐渐相信一个朴素的道理：创造靠的是勤劳的一双小手。

幼苗一天天长大，妻子捡来几根竹片插在果盆里。大约1个月时，瓜蔓儿沿着竹片攀缘而上，它们伸出细长的触须牵住我们拉好的渔网，向网中央攀爬。张张荷叶状的叶片儿碧油油的，甚是好看。

有一天，我看到白色的花瓣儿开出来，仿佛睡莲盛开在碧荷的海洋之心里。这个时候，神奇的葫芦娃就藏在花蒂下面。蒂落瓜儿露脸，婴儿般打量着世界，充满好奇，充满幻想。

从小就喜欢葫芦娃的故事。有个老爷爷种下葫芦子，有灵性的葫芦子长得飞快，不久藤上便结出了7个色彩不同的葫芦。蛇蝎二妖得知后，决定除掉葫芦藤。夜晚，老爷爷没有听从葫芦们的劝告，出屋相救，不幸被妖怪擒走。大娃、二娃、三娃、四娃、五娃、六娃、七娃，7个葫芦娃勇救爷爷，都被妖精抓住。最后老爷爷拿出山神给予的“七色莲花”，使7个葫芦娃团结一心，将妖精全部消灭。

这个葫芦娃救爷爷的故事温暖人心的地方不仅在于正义战胜邪恶，团结就是力量，我觉得它的动人之处还在于手足情深，以及人伦的美好。就像一个家庭，一个关于劳动的故事，在生活中开花又结果。如此之美，而又朴实纯真,满足了人们的厚朴心愿。

我们为了满足口腹之欲,动手培植葫芦藤,其实也是为了延续葫芦娃的故事,还有美好的念想。

人们喜爱葫芦的原因比较复杂。古时有些农家在屋梁下悬挂葫芦,称其为“顶梁”,据说有此措施后,居家比较平安顺利。台湾地区流行一句谚语“厝内一粒瓠,家风才会富”,是说家里放一个葫芦,才会平安富足。长期以来它便有了增寿、降瑞、除邪、保福、佑子孙等寓意。

葫字最早写为“瓠”“匏”“壶”等,据说种植已有7000年历史。《诗经·豳风·七月》中的“七月食瓜,八月断壶”,应该算是最早的文字记载了。

随着社会推进,人们把葫芦晾干,以供欣赏之用。葫芦除了有着“福禄”的象征意义,更有娱乐表达的作用,比如乐器葫芦丝,其吹奏起来悠扬动听,令人留恋。有次在河坊街,就有一个卖葫芦丝的商人吹奏云南民乐《月光下的凤尾竹》,听来令人动容。

细想起来,我们种植葫芦,因为它爱生长,能蔓延,多果实。这多少有点原始母性崇拜的倾向。其实,我们更在乎的,应该是劳动过程中带来的愉悦和满满的成就感。

另外就是,盘中盛典,比如葫芦汤、葫芦炒肉,还有虾皮葫芦,等等,把成果化为佳肴享受,也许就是稼穑带来的终极目的。元代王祯《农书》:“瓠之为物也,累然而生,食之无穷,烹饪咸宜,最为佳蔬。”本人深以为然。

拜寿记

记忆中,很多充满乡土气息的民俗风韵,生动,鲜活,却行将远去。

很小的时候,就觉得给外婆拜寿是最美好的事情。每到农历六月初四,我们就分别从各自家里出发,带上寿面、新鲜的猪肉、鸡肉或鸭肉,还有几根甘蔗,母亲千叮万嘱,我们雀跃着去外婆家。那时候,鸟儿欢唱,水稻开始抽穗。云天浩瀚,和风轻扬,我们来到了外婆家。

二姨的3个孩子到了,三姨的2个孩子到了!小舅一边吆喝,一边忙着摆凳子。外婆说,再拿几张凳子来。我抢着去楼上帮拿。只听外公说,拿新凳子,拿新凳子。

我们取下新凳子——外婆告诉我,那是让大舅新打的。客人来得多,一个人一张——我们家3个,二姨家3个,三姨家2个——刚好搬8张。新凳子有点重,四平八稳。

二姨早就在灶台上帮忙,她说:"上次小青坐的凳子塌了,饭碗摔掉一个。"舅舅在边上擦拭凳子:"我也摔碎一个啊,饭碗拿不稳,以后就麻烦了!"

我母亲赶忙插话:"碎碎平安,碎碎平安!他大舅忙好了快劈柴去!"

这时三姨赶来了,挺着大肚子。外婆看见就说,两个人坐,要安排一张新凳子。我把自己的凳子让出来,让三姨坐,三姨说:"当大哥的就是懂礼俗。"小舅刚刚挑水回家,听见就夸我:"大外孙读书人,见过世面的。"

我知道,小舅舅说我读书多,我不过是读初中而已。但在我们家亲戚里,已经算是秀才了。

灶上,母亲在掌勺炒菜。二姨夫过来了,母亲便让贤。"第二代人里最会烧菜的,是你这个当大厨的。"母亲将锅铲交给二姨夫,"我给你切菜。"

三姨说:"我就剥蒜刮姜吧。"她挺着身子,问我母亲要了把小刀。

我和小青拔鸭子毛,大舅负责烧猪脚,其他的小孩子,三姨的大女儿也参与进来:"给我一只鸭子,我也帮忙拔毛!"三姨说:"你带妹妹去店上打酱油!你俩只配卖鸭子毛换糖。"大家一个劲地笑。

饭菜弄好,小舅取来2000响鞭炮,我和小青争着要放大的鞭炮。只听见鞭炮在堂屋前轰鸣,"邦邦邦,噼噼啪啪",鞭炮密集脆响。外婆早就穿上母亲缝的一件斜襟布扣衣,一条青布裤子。大家扶外婆坐在太师椅上。"来来来",大舅叫我们孙辈,"快来快来,给外公外婆叩头。"外公在边上说:"你外婆今天是寿星,她该坐主席。"

大家推让着坐定。我们鞠躬,一鞠躬,二鞠躬,三鞠躬。外婆拿出红包:"来来来,每一个人都有。"三姨打趣说:"今年底,我就能拿三个红包了。"外婆说:"肯定的啊,你不吃亏!多吃点鲫鱼豆腐汤!"

母亲给外婆夹了一块粉蒸肉:"娘先吃。"母亲夹了菜,说要尝尝二姨夫的好手艺。这个时候,摆好大圆桌、长方桌,大圆桌12人,长方桌12人,实际上是11人,还有一个空位子。大舅说:"三姐,今冬我再打一把椅子。"

外婆打断他的话:"我给大外孙夹一个鸭巴腿。"大家举杯共庆。

外婆斟酒说:"今天我开戒了,喝一口酒!"

酒是三姨夫买的。外婆要给我父亲喝酒,我父亲赶紧摆手说:"岳母,我不喝酒的。"

这个时候,会喝点酒的舅舅、二姨夫、三姨夫也倒上了,大家推杯换盏。

小孩子们夹菜,两条狗在桌下抢骨头。大舅边喝酒边说:"老子忙,两个狗在下面也忙!”大家一阵哄笑。外婆夹一块骨头扔给阿黄,另一块让阿黑也咬上:“好了好了,现在公平了,不要打架!”

宴席过后,大家又喝茶聊天。聊半年收成,舅舅说今年杂交水稻肯定增产,二姨夫说他家的农麦158产量好,打算打100斤糯米粑。因为我家没种糯米,打算分给我们30斤。大家商量着,先支援我家打稻子,然后去木林桥外婆家,最后到雷公田三姨家。至于三姨夫他们,因为承包水果山林,种橘子,种桃子,又种瓜,这个时候也没有多少活了,三姨夫会上来帮忙打谷子。

外婆劝说:“那算了算了,太远了。林峰乡到这边60里路呢!”接着说,“你们的回礼我都放背篓里了,记得带回家啊!”大家说着感谢的话,站起来相互握手。

这就是农村的生日庆典。和谐美好,亲如一家。大家相互帮忙,共担责任。亲戚亲戚,相互亲近才成为亲戚。外公说:“在这个大家中,有困难就要说开。同甘共苦,才是最重要的。我说得没错吧。”

大家相互告别,说:“过年了再聚。明年二月,拜年,也为外公祝寿。”

稻花鱼

稻禾勾起饱胀的籽粒，金秋来了。田里要放水了，用脚踩出一条深沟，水淹过了半条小腿——该是捉稻花鱼的时节了。

赤着脚噼里啪啦往田里走，清凉的稻田水将脚板浸得凉凉的，我们开始下田了。只见一条条鱼儿扬起尖滑的鳍背，撩得我们心痒难耐。用锄头挖开田坎口子，田水滚滚流出，慢慢见到鱼儿拼命溯游。我们就往上游去抓。抓鱼要从头上掐，鱼儿滑，拎住头部，手一合。或者两只手合成喇叭状盖住，再往上一抄手——鱼儿到手，扔进大桶里。有时候也有失手，眼看着浑浊的水中鱼鳍一晃一晃，用手去抓时，那鱼儿啪地一下子滑脱，从手里溜出去，还溅人一脸泥浆。引得大家你看我，我看你，相互哄笑打趣："看呀，那张猫儿脸。"对方也回应："你是猴子脸呢。"田里，荡漾着盈盈笑语。大伙儿说笑后又弯下腰，在齐腰的稻草田里四处寻觅。

狡猾的鱼，开心的抓鱼者，彼此相互较量，实在是一件开心而又刺激的事情。

稻浪滚滚，和风轻扬，我们遐想着一年的好收成。鱼抓完了，水放光了，接下来只等秋霜过了，稻米成熟，就可以收割了。

这个时候，抓到的鱼苗约二指宽，大约3两，以鲫鱼、鲤鱼类为主——正是做酸鱼的好食材。先是将鲜鱼用清水洗净，剖开，去其内脏后置于酸坛里，撒上一些辣椒面、盐，再与生姜、大蒜、香料拌匀。三四天后，再将坛里的鱼取出，在酸坛底放上一层小米饭。根据鱼的多少，将小米面一层一层装入酸坛内——摊一层鱼，撒一层小米面或玉米面，每层都得用手压实。装完以后，再压上一层拌好的小米饭，接着密封，盖紧。这种酸坛坛口有一个盛水凹槽，放进适当的水以隔绝外界空气，使坛内的酸鱼不会氧化变质。这样保存的鱼可以放很久。

酸鱼可以生吃，也可以红烧。如果不打算现吃，另一种做法是切成两半，然后在油锅里煎。或切块，阳光下晒干，可以存放很久。做熏鱼也可。

酸鱼还可以烧汤，起锅放姜、蒜、青辣椒，再放酸菜，爆炒，上汤，然后煮开，便成为美味的酸菜鱼。

当然，把鱼肚掏空，用竹签穿起来，放在炭火上烤，也是一种办法。这可是地地道道的烤鱼啊。

尽管酸鱼的味道不错，但我们更在乎的是抓鱼的乐趣。那种求而不得的失落，还有抓住时的快意，都是我们在乎的。农历八月，秋光下，热热闹闹的抓鱼情形，如今想来也是异常开心。

我的学生吴红国微信上告诉我，今年稻花鱼每斤20元，他刚拿到镇上，一下子就被抢光了。同学群里也有人一次拿三五斤，确实蛮受欢迎。他告诉我，回家时，可以来尝尝家乡的稻花鱼，今年总共有100余斤吧，做了10余斤酸鱼。

想到这里，我仿佛即刻就尝到了那稻花鱼的鲜味，那鲜味诱我神往。我的心忽然就飞越千山万水，回到湖南凤凰的乡下。我也想捋起袖子，卷起裤管，下田去再抓一次稻花鱼，然后再去烧一顿烤鱼吃。

家乡的稻花鱼，让人回味，让人留恋。

父亲的“遗产”

父亲平日里沉默寡言，最大的爱好便是抽烟。他先后在省电力公司和地方电厂，还有退休前所在的国营机械厂工作过，上班也就是上班，很少扯闲话，下了班就回家。他也没什么大的爱好，如果说有，那便是伺候烟。他下班无论多晚，都会往乡下老冲坳跑。老冲坳有一块地，大约两分左右宽，地里种着烤烟。父亲浇粪肥，掐烟芽，锄草，忙的时候，回到家都晚上九点多了。

母亲不高兴，问他：“就算2个小时也到家了，你去哪里了？”

“在烟地里呢。”父亲卸下肩上的柴草，又洗手，又擦汗。

“那烟就是你的命！饭菜都放凉了，自己热一下！”

这个时候我便抢着往灶膛里加柴：“爸爸，我帮你热一下菜。”

父亲边吃饭边给我讲他与烟的故事。他说自己17岁便开始抽烟了。小时候的农村一穷二白，爷爷带着他去地主家当雇工，累了，就抽出烟袋烟盒，要父亲替自己装烟丝。他瞧着瞧着，以为天下的男人都有一个爱好——抽烟，会抽烟，就等于长大了！吃完饭，父亲便扯稻草搓烟索，有时候还教我用3股细索搓成粗索子。

秋天到了，父亲将地里的烟收上来。掰开索夹紧烟叶，一匹一匹黄烟叶垂挂在屋檐下。父亲交代我，记得收烟，要不然下雨淋着了，就完了！我开始不以为意，有一回烟淋着雨，挨了父亲一顿骂。母亲就说：“烟是什么好东西吗？不抽要你的命是吧？”从此，父亲也不吱声了。

冬天，父亲把烟叶放到烟篷里去烤，常常呛得连声咳嗽，即便如此，他照样乐此不疲。

等到把烟叶一张张压扁，放在被子下再压实，父亲才会拿出来，坐在条凳上，用菜刀切成细细的烟丝。

父亲教过我卷烟支，他往往是捡我们的数学练习本，32开的纸拆成两半，然后从一个角开始卷，卷成一个喇叭筒，用口水当胶水密封，如此就完成了。

母亲看着我们父子俩配合默契地卷烟，笑着打趣父亲：“你又培养了一个接班人啊！”过后，私下对我说：“可别学你爸，抽烟不是好事情！”过后我明白，在那个年代，1捆烟草的市场价是30元，父亲一年要抽4捆烟，自己种烟草，等于替家里节省了120元，我们三兄妹可以上学，买点文具，买点肉，晚饭里能有点油水了。

母亲的骂对于父亲来说等于零。我们家搬到城里，父亲便不种烟草了，抽1毛3分一盒的“勤俭”牌香烟，还常常遗憾地说机器生产出来的烟不过瘾。自从2015年10月中旬父亲查出肺癌晚期，医生便不让他抽烟了。此后，父亲便将本来用来买烟的钱攒了下来。我联想到平日父亲的善良，他对我的种种帮衬，以及上学那年他买给我的春兰牌手表，他在院子里捆烟索准备晒上墙的情景都一一浮现在眼前……我的眼泪很快就掉下来了。

自然，生活中亦充满让人感怀、令人嗟叹的事情，父亲的烟钱竟然作为“遗产”转给了我，触景生情，令我泪奔。

故乡的“忙年”

母亲从凤凰寄来腊肉、暴腌肉、香肠、猪头肉、酸豆角、糯米辣椒……身在异乡，也能感觉到家乡浓浓的年味扑面而来。

所谓忙年，指的是年前这段时间忙碌的准备工作。小时候，最盼望的事情是过年。过年最忙的是腊月里头，腊月里做什么？二十杀年猪，二十五做豆腐，二十六扫阳尘，二十七泡糯米，二十八打粑粑，二十九种种有，三十夜慢慢撤……凤凰乡下，苗族和汉族的习俗差不多。

杀年猪

有一年腊月二十，母亲叫二姨夫来帮忙杀猪，又让先营叔帮忙扛来大澡盆。烧开水，二姨夫和先营叔就抓住猪头，再用钩子钩住猪腿，猪架在一字凳上，二姨夫一刀下去，猪血放进母亲准备的盆子里，再加点盐，可以做成猪血团。还可以和糯米放一起，等猪肠有了，再做糯米血肠——那可是一道湘西名菜。

二姨夫把猪从脚部吹胀，泡在澡盆里刮毛，再挂上梯子破膛，割头，过秤。“不错，一共158斤，发财。”他说。

然后砍肉，处理猪的肝、肺，翻肠子，切下板油。母亲会炼出一坛子猪油，炒白菜之类的蔬菜会很香。在油盐珍贵的时光，一坛子猪油，我们会吃上3—5个月。那时没有油水，这猪油就是珍品。当然，条子肉会用花椒、盐，其他料腌渍熏黑成腊肉。再就是做香肠，暴腌肉。

做豆腐

做豆腐要经过泡豆—磨豆—过豆腐—点浆—定型几个环节。关键在过豆腐和点浆上。过豆腐，是在横梁上架一个十字叉即摇架，将滤布四角夹紧在摇架的四端，一瓢一瓢将粗浆舀进滤布里，摇晃摇架，布下就滤出纯浆来，滤进大木盆或大锅里。

过滤出的豆渣，也是一道美味。把它们捏成一个个团子，装进篮子，熏制成腊豆腐。过滤后的豆浆，要用开水煮熟，即煮浆。没有煮沸的豆浆可是有毒性的哦！

点浆，也就是点卤，这是传统石磨豆腐制作的奥秘。在豆浆中徐徐浇入石膏水或胆巴水，用水瓢上下不停地翻豆浆。分量要把握好，多了，出来的豆腐很少，味道差；少了，豆腐全是网眼，捻不起来。往往要一边搅拌一边观察，雾气腾腾，神奇的变化发生了，豆浆开始结成糊状、块状，慢慢变成了豆腐脑。

母亲点浆，我们就看着。她用瓢翻浆时，看浆定型翻豆腐脑，那时就觉得母亲简直就是在变魔法，将水变做豆腐。她用纱布将豆腐脑裹起来，在木箱中压制定型。老豆腐压得久些，嫩豆腐压的时间短些。

扫阳尘

扫阳尘，即打扫房子。乡下人正儿八经打扫房子，一年到头也就这么一次。将几丛竹枝绑在竿子上，掸掉楼板、帐顶上的灰，抹干净灶头、碗柜，清洁房间里各处卫生死角。到处打扫需要时间，一般是一个上午扫干净，下午再清洗塑料布，两个人分工会快一点。扫去阳尘，扫去晦气霉运，象征意义明显。

打粑粑

湘西苗族、汉族和土家族均有打粑粑习俗。打粑粑大致有泡米、煮饭、捶打、团粑、搓粑几个环节。将糯米用清水洗净，然后用清水泡一个晚上。第二天早晨，大锅大灶，灶下架劈柴，灶上罩木甑，甑里盛满糯米，干柴猛火，半个小时左右，甑里糯米就蒸得热气腾腾，香飘满屋，逗人吞涎。糯米蒸熟后，就将糯米饭盛出来，倒入涂有食用油的石臼内。这种石臼的凹处像个麻雀窝，又大又圆又深。糯米倒进去后，两个大汉抄起专用的棒槌先擂起来，左边擂一下，右边擂一下，你来我往，非常融洽。若是其中一人力气不逮，动作慢，糯米就会被粘住，这时对方用力往自己边上扯，这样动作就慢，也会耽误时间。

火候到时，壮汉便快速将缠绕在棒槌上的糍粑，移至抹有蜂蜡或者植物油的桌子上。有人快速将糍粑用双手的虎口箍圆并扯割开，然后按人数多少，分成数块，大家趁热用手将它做成一个一个的糍粑圆球。接着，用另一块门板压在上边，两边轮番用力，经多次就将圆球压成圆饼糍粑了！

过年守岁

大年三十，一大早我挑水灌满缸，我们就开始忙碌了。母亲忙着杀鸡，我忙着烧猪头、猪脚。我准备一把铁钳，在火膛里烧红，然后伸到猪脚弯里、猪耳朵里、猪鼻子里烧烤，听到哧哧声，油掉进火里，满屋子油烟，常常会熏得人掉眼泪，但内心是高兴的。

饭菜烧好，先祭祖先，祭灶王爷——用猪头肉、鸡肉、鸭肉，号称“三荤”，讲究点的人用“牛羊猪”来祭，然后烧纸钱请先人来吃。

饭桌上少不了一道青菜，寓意是清清白白。豆腐煮着吃，狗肉不上正席。

饭后要守岁，即烧一膛大火。一家人可以吃零食，说笑话。大约到凌晨十二点，我负责抢头水，打着手电从大井挑一担水回家，中间我滑了一跤，水洒了。这时听见狗叫和一声鸡啼，夜里漆黑一片。

回家后我开始放鞭炮。母亲从大门外抱一捆柴火进来，这叫“早点发财”，寓意来年走财运。其实已到十二点半了，又进入新的一年。

如今在城里过年，虽然少了许多忙碌辛劳。可是年味淡了，年俗简化了，已经少了那份忙活中蕴含的讲究。说实话，在乡下过年，那才是真正意义上的“忙年”！时代在进步，我们在不断创新的同时也在不断呼唤着回归传统文化，重拾“年味”，留住祖宗传袭下来的美好习俗。虽然乡下人大多已不养猪，豆腐也已经规模化生产，但我们一定要珍惜年俗，重视年文化！

故乡的枞菌

昨天，弟弟和表弟在朋友圈里发了捡枞菌的动态，激起我久远的思绪。

枞菌采摘一般是在清明节前后，有一种说法是那一拨既肥又饱满。农历三月至十月间，只要是雨后潮湿的林地都容易生长枞菌。每次采摘时间为15—20天，过了这个时期它就会烂掉。9月份大雁南飞，这个时节也容易长枞菌，因此枞菌还有个美好的名字——雁来菌。

枞菌喜欢长在枞树林里，一般幼枞树林比较多，幼林指的是长了7—8年的枞树林；老枞树林里也会生长，不过数量没有那么多。一般情况下，夏季长出来的枞菌是橘黄色的，秋季长出来的是褐色的。

枞菌的生长需要有枞树，又名马尾松，杭州九里松一带有，杭州花圃里也有。但没有长枞菌，江南一带也笼统地叫它野蘑菇。枞菌生长需要沙土、充沛的雨水和适宜的温度。在我老家湘西地区和贵州铜仁交界地带，沙性土壤占大部分，很容易长枞菌。枞菌保鲜性差，常温下三天就会变色腐烂。所以采摘后应该洗干净及时放冰箱速冻保鲜。

还有一种处理办法，就是可以用来炼菌油。我母亲会将枞菌油炸。其法，在油锅里放引油，将洗净的菌子放进去用文火慢慢熬，里面也可以放几颗花椒之类的香料提香。炸出来待凉后可以装进罐子里存放，烧菜时放一点，增香；下米粉时放一点，其比芝麻油还要香。

由于枞菌营养丰富，常被用来款待贵宾。它是一种珍贵的真菌，营养价值很高，富含粗蛋白、粗脂肪、粗纤维、多种氨基酸、不饱和脂肪酸、核酸衍生物，还含有维生素 B_1、B_2、B_3、维生素 C 等元素，不仅味道鲜美可口，还具有药用价值，有强身、益肠胃、止痛、理气化痰、驱虫及治疗糖尿病、抗癌等特殊功效。

据说重阳节后至十月上旬的枞菌口感最佳，故枞菌又名“重阳菌”。

此外，枞菌还有特殊的价值，如美容、抗衰老、提高人体抵抗能力，所以被誉为“菌中王子”“素中之荤”。

在老家湖南凤凰，人们视采摘枞菌为快乐游戏。眼下正值处暑过后，湘西一带刚下过一场雨，枞菌一朵朵拱地而出，这让当地老百姓以为天赐珍馐。这枞菌单炒辣椒就很美味，如果再炒上肉丝，那就是世上难得的佳肴了——吃了口齿生香，荤素搭配，其味实在是人间享受！你只要去凤凰旅游，强烈推荐来一盘枞菌炒肉。当然，也可打一碗素汤，菌汤浓而鲜，令人唇齿生香！

令人难忘的不只是吃菌子。我觉得那捡菌子的时光最为美好。大家开展捡菌子比赛，往往是女孩子利索，据说是因为她们专一，而又喜欢钻进灌木丛里寻找。那么枞菌王子也就偏爱漂亮的山里妹子了！有时，还得当心眼镜蛇。如果踩上它，它就会记恨你一辈子。所以我认为白蛇是不会嫁给许仙的，正所谓道不同不相为谋！

家乡的枞菌啊，是我儿时的难忘珍馐，更能令人思绪泛滥，心上涨潮。我母亲在我下城读书时，泡一碗干菌子，炒几只红绿相间的辣椒为我送行，我就能在离家后念上半个月，想着弯弯的回家路，飞向我家的灶台与大锅。我听见弟弟妹妹的话语声，以及我家猪圈里那些吭哧吭哧的叫唤声，母亲在喂猪呢。我放下书包，喊一声“妈”。母亲就“哎”一声答应，说：“回来了，洗把脸就吃饭。”我知道，灶台上那道菜肯定是“枞菌炒肉”！

困难的时光里，我们总是把吃顿枞菌当成是大自然的馈赠。在家乡它只要双手就可采，外面市场价已卖到了30—60元一斤了，有人捡一天菌子能挣300块钱呢！

我们也渐渐很难吃到它了，真的好想吃一顿枞菌炒肉啊！要是可以人工培植枞菌就好了。

家乡的八月瓜

“八月瓜，九月炸，十月采来诓娃娃。”这首童谣总是把我带进童年回忆里。

农历八九月，正是采摘八月瓜时节。为什么这么说呢？童谣里说得好，九月炸。“炸”是什么意思呢？炸开口子，指八月瓜真正的成熟期在农历八九月，公历为九十月中旬。小时候，八月瓜要到密林中去找，为了找到它，我们翻山越岭。八月瓜属藤本植物，它与别的树枝缠绕，攀枝而上，它通常是三片叶子长在一根枝头上，看起来很有规律，所以又叫三叶木通。听说还有五叶一枝的，没有得见。

八月瓜藏在藤蔓枝叶里，时不时露出俏皮的身影。它的果子初时绿，熟时紫，其形似放大的腰果，又像牛肾，和紫薯也有几分相似。

我们不刻意去找八月瓜，因为并不好找。趁着放牛、砍柴火的时候顺便爬树去摘。老藤下，摘到几个，尤其是裂开口子的，掰开吃。它的瓤肉莹白似雪，还像卧蚕，娇憨好看。吃一口，香甜，滋味芬芳馥郁。

但是要细细碎碎慢慢嚼，籽多，虽然可以下咽，要和瓤肉一起吃掉才好。

这个时候我们都喜欢比较，看谁采得多。童年时野生八月瓜是珍贵的，结得又少，所以舍不得吃，拿回家与家人共享。有时为了采八月瓜忘记看牛了，牛吃了别人家的菜叶，被菜园主人一通骂，回去还要罚挑水三担才有饭吃。过后还要专门去赔礼道歉，可谓得不偿失。但是想想有八月瓜吃，愉悦还是很快淹没了忧伤。毕竟,这瓜只有两个月里能吃上,物以稀为贵吧。

八月瓜浑身都是宝,它的皮可以泡茶,解暑消疲,还有养颜之效。

它的肉营养极丰富,乳白多汁,香甜滑嫩,清润芬芳,美味可口,远胜蜂蜜。八月瓜含多种可溶性果糖、淀粉等碳水化合物以及钙、磷、铁、锌、硒等人体所需的微量元素,还有有机酸、蛋白质、维生素、12种氨基酸以及人体不能合成的缬氨酸、蛋氨酸、异亮氨酸、苯丙氨酸、赖氨酸等,可以说是水果中的“战斗机”。

它的药用价值也相当高。八月瓜的药用名,叫木通,有一首《木通》诗,详述了其功效:

孔通细细免锥刀,出样珊瑚价倍高。

行却月经无阻滞,堕将胎产不坚劳。

热邪九窍皆能泄,甘淡诸淋总可操。

泽泻木通同利水,火分君相辨微毫。

《全国中草药汇编》中记载:“八月瓜利湿,通乳,解毒,止痛。治小便不利,脚气浮肿,乳汁不通,胃痛,风湿骨痛,跌打损伤。”可以说,八月瓜就是一味不可多得的良药。

它分布在中国、印度(东北部)、不丹和尼泊尔;在中国分布于云南、贵州、四川、江西和西藏东南部(亚东、错那、林芝、波密、察隅)。生长于海拔600—2600米的山坡、山谷密林和林缘。

如今,这种野生瓜已然被推广成为经济型水果,在好些地方种植,比如湖南永州、湘西浦市、贵州铜仁等地。有一回在铜仁,路边就有专门卖八月瓜的瓜农。老板告诉我,他转包了100亩,亩产2000斤,每斤批发价5—8元。如果以5元批发价计算,就有100万元收入,刨除30万元成本,含人工、农药护理等,那么纯收入在70万元左右。老板的儿子在边上给我递一个瓜,他说："你吃吃看。"我用他递来的勺子挖出瓤肉吃，我说："籽有点多，吐掉吗？"他说："可以咽下去，慢点吃啊。助消化，养肠胃的。"

我没有咽下去，咬破一粒籽，感觉味道有点苦。老板说："苦，证明是一味好药。良药苦口。"

"你现在网上卖不？"我问。

"网上好卖，都1000单了。"

"1000单多少斤？"我问。

他儿子在边上说："5000斤。"

"你数学真好啊，怪不得只能当农民了！"老板开儿子玩笑说。

他儿子咧开红红的嘴唇露齿一笑，憨厚、纯粹。

我心里一动，多像一枚紫色的八月瓜呀！

家乡的铃铛树

9月秋凉，走在凯旋路上，我惊讶于满地的小黄花。我的目光顺着树皮大块裂开的树干向上看，它高大挺拔，自信而从容，这是什么树呀？

栾树，多在庭院中洒脱独立，也喜欢在路边上排成一列，浓荫蔽人。远观，美得像个潇洒君子，近看，又似身着一袭华袍，自信，美丽。

春天的时候，它长出繁茂的枝叶，叶片嫩红。到了夏天，枝叶碧绿，夏花满枝，望去如插上黄簪头饰的贵妇。秋天来了，夏花落尽，即有蒴果挂满枝头，如盏盏灯笼，绚丽多彩。因此，有人又叫它灯笼树。

寺庙里也多见栾树。它的果实在剥去三棱形表皮后，有黑黑的种子，可以用来做佛珠。

由于栾树一年四季均有欣赏价值，一年能占十月春。因此为人们所重视和喜欢，用它来美化生活，净化空气。它也可大范围培植栽种。

安徽一带，早就给它取了名字叫“大夫树”。为什么这样叫呢？班固的《白虎通德论》一书有记录：“《春秋纬含文嘉》曰：天子坟高三仞，树以松；诸侯半之，树以柏；大夫八尺，树以栾；士四尺，树以槐；庶人无坟，树以杨柳。”大概意思是说从皇帝到普通老百姓的墓葬按周礼共分为五等，其上可分别栽种不同的树以彰显身份。士大夫的坟头多栽栾树，因此，此树又得“大夫树”之别名。

这里也可以说栾树曾经作为“墓树”被植种过。同为墓树，虽然“白杨多悲风”,可中国人歌咏杨树的诗文真不算少,到现代还有周作人专门写文章,说自己最喜欢的两棵树之一即是白杨,对栾树却未提及。唐代张说诗写栾树:“风高大夫树,露下将军药。”大风高树,够有气魄,但有点绝唱的意味。

在深秋的街头,诸多景观树都已是繁华落尽,栾树却撑起了别致的景象,葱茏华盖上,密密麻麻的蒴果像无数的小铃铛,鹅黄、嫩青与粉红相间,异样的美丽！这种对抗季节同时又顺时应时的树,人们给它以较高的评价。

《普天乐·咏世》写道:“花倚栏干看烂熳开,月曾把酒问团圆夜。月有盈亏花有开谢,想人生最苦离别。”栾树是一个智者,它像知道什么似的呈现。春夏秋冬,它的出场是精彩的、卓越的。最艳丽橙红的秋果,挂在高大的枝头,仿佛给人以争相斗艳的自豪感。在高约10米的树冠上,远远地,红而艳丽,是响亮而华丽的现身舞台。

杭州的栾树大都是黄山栾树,也叫全缘叶栾树。我写过北京的栾树,与杭州的不同,叶子不大一样,北京的栾树叶子有不规则的钝锯齿,名字就叫栾树。还有南京的栾树,在明故宫城墙的烘托下,这成排的栾树简直让南京街头成了网红打卡的所在。

栾树的历史可谓久远了。其实大禹治水时,我国就已经出现了栾树的身影,《山海经·大荒北经》载有“禹攻云雨,有赤石焉生栾”。这里“攻”是伐木取道的意思,“云雨”是云雨山,据考在鲁中偏西的宁阳,和泰山、梁山为邻。意思就是大禹治水的时候,在这座山上伐木取道,看到红色的石头上生长着栾树。实际上,这个红色的石头,恐怕是一种臆想,它渲染了那么美的场面。

看着这么美的栾树,心下便多了几分对美的理解与思考。做人如栾,坦荡生长,美其美矣,美就美它个生生世世延绵不绝。生命里该有的荣耀,为什么不去争锋呢？最后,精彩的人生,就要敢于亮剑！

童年的爆米花

老人弓腰将爆米花放进塑料袋。“多少钱一袋呀?”我问,这个时候,一个中年妈妈带着女儿走过来。见我蹲着,她也欠身问:“大爷,好不好卖5块?你看都是凉的了!”

大爷装满一袋,继续装,头也不抬说:“不卖!”

“哎哟,大爷你是真不会做生意! 8块一包怎样?”

眼前的大爷让我想起童年的爆米花小贩,他们偶尔下乡。下乡时便在村口大树下选一个避风处架起炉子,然后将一个子弹样的膨化器取出,拎拎估摸着有几十斤重。这个黝黑的膨化器在我们孩子眼中无异于魔法棒。因为它会将又硬又柴的玉米粒变成膨松的玉米花。然后我们看着他(也会碰上个别女师傅)坐下,打开膛口,放半碗玉米粒,再取一个糖罐,将一勺多点糖水倒进去。关上口子,为了密封,在口子上加硬纸板片。再用根铁棍穿进头子拧紧。然后放在火上滚动烧烤。

我们围在边上等着那一声炮响炸开。

大约过了10分钟,我们等得有点急了。老师傅将膨化器口子对准那个布袋,拉开铁膛口,只听“嘭”一声,这声音就像地底下发出来,就看到老师傅将布袋的米花端出来,让我们尝鲜。

嘭嘭的炸开声激起我们的好奇心,那圆滚滚的炉子里有着太多不为人知的秘密,如我们辛酸的童年。那时候家里穷,没有别的玩头。放完学就在村头转悠，等那卖爆米花的人来村口。谁知一等就过了半个月。

“大爷，明晚还来吗？我再炸两斤，一斤大米，一斤玉米粒。”

“不好说，可能上枫木坳苗里头村去！”

等我们边吃着爆米花边走回家。母亲就拿出一只碗，将一把爆米花放进去，然后放一勺红糖和一碗开水。开水泡才能将爆米花泡软。然后舀上一勺，喂正在吃药的二妹。

这时候，三妹说：“妈妈你也吃。”母亲便将一勺子糖水米花喂三妹，“你也来一口吧。”弟弟只有两岁，在边上就要去抢，嘴里说着：“弟弟要，弟弟要！”

那时，家里四个孩子。我是老大，看着就偷偷咽口水，走开了。家里穷，唯一的零食就是爆的一两爆米花，再付两元钱加工费给老人。

母亲叹气说，“唉！从前有说有笑的，这病咋好不了了！”

二妹会唱《天仙配》里的段子：树上的鸟儿成双对，绿水青山带笑颜。她也会跳《红色娘子军》里的芭蕾舞。甚至还会唱《洪湖赤卫队》里卖唱姑娘的歌：手拿碟儿敲起来，小曲好唱口难开。声声唱不尽人间的苦，先生老总听开怀。……演员王玉珍唱的老歌，二妹张口就会。母亲一高兴，就鼓掌说：“给二丫头泡碗玉米糖水。”

可是二妹再也不能唱歌了，她喉咙里发出一种声音，就像我们家老牛的哀鸣。二妹夭折的时候才7岁。她一颗泪掉进了米花糖碗里，还有厨柜里面咬了一口的红苹果。

临终的时候，二妹只和母亲说一句：“妈妈，把红苹果给弟弟妹妹吃，把米花糖，舀一碗给哥哥！”

我听着，耳边突然响起“嘭”的一声，那声音，如此剧烈，震动我的耳膜，紧接着，就听见三妹的哭，母亲的呼天抢地：“惠妹，惠妹！”

…………

想到这里，我举起手机，拍了一张老人转膨化器的照片，那炉火熊熊燃烧着，发出一种异样的紫色光亮，仿佛在和往事做一种告别。

老人缓缓地对我说："这个爆米花，我要爆一个晚上才能爆出来。政府人员白天不让摆摊的。说影响环境，不好看！"

我听见边上那个带孩子的女人说："算了吧，买一包，就当是扶贫了！"

外婆的秋天

当稻子低垂着沉甸甸的头，木林桥村的郊原上，黄色统率着这片厚土。1918年，田应诏以湘西护国军第一陆军总司令统领湘西2万人向常德沅陵进发，遭遇冯玉祥所部，双方鏖战。我的外婆彼时降生于凤凰县近郊大坳村。那时候，作家沈从文小学毕业从军，随田应诏部下陈渠珍部队流徙于沅水一带。外婆所在村子，有寄希望于挑角下沅陵贩盐的，有在军中扛枪讨生活的。外婆家人口多，人丁兴旺。外婆姓龙，排名老七，大名龙老七。我在长篇小说《血脉》中改其名为龙七妹，是一个令人联想起双枪老太婆的形象。

外婆因何嫁给外公，不详。因为外公滕九良幼时抱养给村中一地主家。据我所知，外婆家族应是大坳村显赫人家。外婆嫁过来时算是门当户对，毕竟两边都是地主家庭。中华人民共和国成立后，划成分，分田土，外公是穷人后代，算贫农。外公家的那幢大房子一分为二，西边分给了叫老贵的鳏夫，据说是个牛医。

我的外婆可以说是个不多言却好强的女人。她侍候外公，和外公生下七个子女，后面有两个因饥饿和天灾夭折了。外公又得了骨癌，所以一家人只有靠外婆忙里忙外才能勉强生活下去。

外婆了解这一点，她的生存哲学就是靠天吃饭，靠手能干。我母亲出于家庭原因，小学毕业后，初中只读了半学期就辍学务农了。在外婆看来，这也是可以帮衬家里的唯一办法。当中学班主任来劝学，外婆对老师讲的那句话是

“自己一个女人家,还要养活那么多子女,不牺牲一下大女儿,谁来帮我们啊!”

老师叹着气无奈地走了,留下母亲在角落里哭了一整晚。外婆过来说:“你哭吧,家里的情况你晓得的。”

所幸外婆把她的女儿嫁得都算近。我母亲嫁到白岩,二姨嫁到雷公田村,三姨嫁到林峰乡下的村子,小时候我曾去过。外婆曾经对我说,你三姨嫁得远,因为年轻时在土桥垄县经济社学园艺,后来认识她的小姐妹汪姨,再经汪认识我当兵的三姨夫。外婆叹气说:“我担心你三姨,她脾气不好。”我母亲平时也说起这一点。果然,三姨后来离婚了。

外婆管教子女,基本上是以身作则。她早上起床挑水,放牛砍柴,养鸭喂猪。这些都恰到好处地影响着她的儿女们。家里除了小舅身体不好,其余人干活都是顶呱呱的。

外婆、外公物色的女婿也都个个勤劳能干。大女婿(我父亲)是国企工人;二女婿是雷公田农民,耕田能手;三女婿是解放军战士复员,挑120斤担子可以跑步。说起家里两个儿子,大儿子学木匠,远近闻名;小儿子务农,忠厚实在。

20世纪五六十年代节衣缩食养大的儿女,后来都相继成了家。外婆的家园梦开始瓜熟蒂落。她的外孙、玄孙们相继出生。外婆感到开心也满足。大儿媳生了三个孩子,小儿媳和小儿子是自由恋爱认识的,结婚后,不久也生了一个男孩。

儿孙满堂,美满幸福。我们常将去外婆家拜寿拜节当成儿时人生最重要的事。而外婆,则嘴里念叨着:“孙儿来了,快坐。”我们就卸下鸭子、猪腿、糖果、甘蔗。外婆从米柜里拿出珍藏的糕点给我们吃。虽然有些糖果已经过期,但我们能够理解老人的欢乐与内心的激动。这个时刻,才是外婆的高光时刻。

普天下有一个幸福的人,就是外婆。儿女都在,外孙女、外孙也在,外婆喝了一口酒。她要把这一道亮丽时光无限放大，再慢慢品尝回味，如同归栏老牛的反刍。

外婆做过一件令人匪夷所思的事情。那就是当时两个儿媳吵架，导致兄弟难过时，外婆因为大舅说了几句护短的话，一口气灌了大半瓶农药。全家人赶紧送往县医院。我去看时，她洗过胃，才开始吃点东西。听小舅说，最初是他媳妇要秧田和垄沟里的好田，分家产时倒也不生事端。因为东西厢房各两间，中间堂屋归外婆。但是垄里秧田让给小舅种，大舅是不高兴的，分家不均导致两边反目成仇。外婆喝药寻短见，后来只好让我母亲出面来调和。那时，外公去世几年了，外婆又不愿意在女儿们面前提及分家的事。这，恐怕是其中一个原因。

这件事情过后，小舅媳妇因为自认吃亏（苗田一分为二）和小舅闹离婚，而后，叫娘家人把嫁妆都搬走了，儿子归小舅抚养。外婆也在众人劝说下帮衬小舅。大舅与小舅，过了几年也就和好如初。

1988年高考后，我考上大学，年届七十的外婆决定和母亲一起送我去吉首读书。外婆主动扛着棉被，三下两下窜到前面，她的白发在我眼前晃动，如同秋天的蒲苇花。离大学校门不远了，外婆兴奋地说："孙儿呀，外婆今天最开心了，要和你喝一杯！"

我们安顿好，外婆和母亲在操场上缝被套。70岁的外婆走针如飞，我仿佛看到她穿行在稻田间，而秋光如同白絮般一点点飞浮在她高昂的音调里。那天，我第一次喝了白酒，外婆如将军得胜般凯旋。临了，她偷偷塞了20元在我书包里，事后才让我母亲告诉我。

此后数十年，我教书，成家。过节时，空了偶尔也去看望她。我到了浙江，母亲电话里说："你外婆80岁了，仍然每天去菜园薅草；舅舅他们打秋稻，外婆也会去帮忙捆稻草。"外孙们都大了，外孙们成家，四代同堂了。母亲知道我也牵挂着外婆。

外婆,越来越瘦了!儿女和孙辈,过节时相邀去看她。她就问起我:“在浙江好生活吗?去远了不放心。唉,太远了!田珊(三姨小女儿)嫁那个人,年纪吧大了点!”

1998年7月,刘欢、李惠敏合唱《东方之珠》,大街小巷人们庆祝香港回归一周年,外婆年届八十了。秋天时,外婆说:“香港回归时,你们来给我过生日。”外婆眼睛有点看不清楚了,但是我们能去的都去了,场面热闹非凡。

2008年北京奥运会,90岁的外婆说:“北京远吗?运动会都比什么?”年轻时她可以报名比赛插秧、割稻子、挑稻子。外婆坐在椅子上,仿佛回忆她曾经去过的砂子坳枫木林。她紧紧抓住我表弟的手不愿意松开。我能感觉到那双劳动过无数个秋天的手的力量!手上青筋暴起,似秋藤盘根错节。

2016年,布谷鸟催耕,田里可以下秧了,插秧比赛可以展开了。外婆握着我母亲的手,问我什么时候回来,要来看看她。母亲俯在她耳边大声安慰她说:“你孙儿在回凤凰路上了,马上来。我是你大女儿蒂仙。您老人家安安心心走吧!”这个时候,外婆一定是做一个梦,梦见她小时候,一个天真的女孩,擎着狗尾巴草,盘算着折成大狗子,和村里孩子比比谁做得好看……

外婆于2016年5月去世。仪式十分隆重,县民委送来了慰问金,村委会班子齐齐来看望。大舅已经是乡人大代表、村委会干部。小舅是村里的保洁员。大舅家造了一幢别墅,小舅家也造了一幢别墅。吹打祭奠两天后葬于自家土地上,那是外婆亲自赶牛犁划过的土地。

高速公路穿过木林桥附近,大舅、二舅家的田地被划掉了,赔了他们钱,所以才造了屋。

外婆走进了原野,她瘦弱的身体化为泥土,归入莽莽大地。

秋阳杲杲,大地晴明!人间又是橙黄一片!

乡村教师们

记忆中的你们，曾经是我成长路上的星光，伴随着我在暗夜里前行；你们，是浅红色的黎明，指引着我向知识的殿堂迈进。

一、我的小学老师

田老师是我小学一年级的启蒙老师。我清楚地记得她将我带进白岩村尼姑庵的小学堂读书的情景。班里有16个孩子。田老师给我们上第一节课，她带着我们读拼音，学认字。课堂上，我们举手回答问题。同学们举手，我有点害怕。这个时候，田老师看到我，说：“请这位小男孩回答。”我竟然脱口而出，叫了一声：“妈。”田老师脸上飞出一朵红霞，在我看来，那是世界上最美的容颜！

田老师马上纠正说：“你是太急了吧，没事，在学校里，老师就是像妈妈一样的人。”后来，她向我母亲讲起这件事情，我母亲的腰也笑弯了。“田老师你还没找对象吧？我帮你找村里最好的小伙子。哈哈哈！”

田老师带着我们去自留地拔草，我不小心碰到苞茎秆，她说没事没事，这个苞谷须颜色是黄的，它的浆会很嫩，可以做玉米粑粑。

我回去和母亲说，母亲就剥玉米，磨浆。连夜包玉米粑粑，蒸好后拿到学校给田老师。田老师很开心，就教我们唱“小鸟在前面带路，风儿吹向我们。我们像小鸟一样，来到花园里，来到草地上”。有一次我逃学，母亲用羊荆条抽着我去。来到学校，田老师让同学搬一个簸箕，让我坐上去，大家抬着我进班级。同学们说："逃学大王回来了，哦哦哦！"从此，我再也不敢逃学了。

到了四年级，我们换了个语文老师，大名刘晓英。由于学校没条件吃饭，生产队长将刘老师安排在农民家里。我主动说，"到我家吧"。1980年，家里还住在地主家的小房子里，我妈让人做了个上下铺。刘老师住上面，我住下铺。刘老师总爱讲故事，那些鬼故事总是吓得我瑟瑟发抖。在学校，我把这故事说给同学，刘老师让我别说，还用戒尺打了我的手。我生气了，下课时，她来门口石板上找我，我一气就跳到石板下的沟里，把脚弄崴了！

刘老师晚上和我母亲解释，我母亲就说没什么的。从此，刘老师上课总是爱讲故事给我们听，我知道有一本叫《聊斋志异》的书，可是没有钱去买。

放假时，刘老师带我进城去她家玩。她有个弟弟，她弟弟会把好玩的香烟盒做纸牌，然后和我比赛谁能打翻。她还带我坐车去吉首市玩。她的父亲是汽车客运站站长。

作为代课老师，刘老师教给我的是平等对待每一个学生。她也让我明白，当一个小学老师，要在孩子心里种下了善良和平等，乃至友谊。

我开始读五年级了，来到木林桥村读书。我的语文李老师经常夸我作文写得好。数学卢老师则觉得我数学方面还要用功，看上去不笨的我如何能开窍啊。因为用功，我当上了中队长，在全校学生面前发言，而卢老师则鼓励我一定要学好数学！

现在想起来，小学老师们总是平等对待每一个学生，他们把爱与信任带给每一个孩子，用一根无形的线牵引着孩子们，那线应该就是美好的未来！

二、我的初中教师同行们

大学毕业后我被分配到乡下教书。我执教的是一所初中。当时，校长是龙嗣贵。我们平时需要在家里生火做饭，往往是饿着肚子上早课，下了课再回去做。

我们的语文组长石老师，他也是2班班主任。我刚刚分配教语文，平时成绩总是和石老师有差距。学校命卷要刻蜡纸，我发现他要么在教务处，要么在班级里。有一次晚自修结束了，我到班里走一圈，就去教务处抢先印卷子。我想，我也可以多练几次，考几次，成绩就上去了！

那一天，风刮得猛。隆冬了，教务处很冷，我鼻涕眼泪止不住。终于印好了，手指也冻成了红萝卜。回去睡觉，第二天醒了，我听见一片哭泣声。医院的车子来了，大约早上七点，后来才知道是石老师晚上去关教室窗子，回来后烤火，刚刚站一下，就脑血栓发作了。

石老师被送到医院，抢救过来，但左边偏瘫了。他的夫人——教生物的黄老师去照顾，几个月后石老师渐渐康复。他要求回来上课，学校没有批准。那时，他57岁，还没有到退休年龄。他说，让我来做教研组长，带5个语文老师。不久，他的老婆查出患晚期鼻咽癌，退休没多长时间，去世了。石老师在早期被批斗过，好不容易平反转正，却又经历了丧妻之痛。他的儿子、女儿因为撇清关系，寄送给别人，石老师生病，儿子、女儿不愿意陪伴。后来，不幸的石老师居然死于一场车祸。死的时候，儿女也只是来看看就走了，没有送终。县教师工会出面，才给安葬了。

地理老师因为生4胎被开除了，教务老师因为同样问题被结扎了，英语老师改行做公务员了，体育老师调进城了。

我站在山道上，回想龙校长的话。周六去驼峰山村，那儿有个孩子不上学了，要去劝学，我记得学生奶奶告诉我，她这辈子连山江镇也没到，不知汽车为何物。

6年中，立誓做一名优秀教师的我，经历种种情况。目睹石老师的悲剧，也为自己曾经的誓言动摇和犹豫过。乡村太穷了，老师没有爱情，更没有起码的收入。乡村贫乏，我面对一群少数民族学生，穷尽自己，试图成为孩子们的引路人，伴随他们走过黑夜，奔向黎明。我和他们道别是在送出两届毕业生之后。那时，我决定离开这个乡镇，去浙江找工作。

在寂静的凤凰乡下，我从一个热血教师一点点变得成熟稳重，体验到一个教师的不易与遗憾。我想，我给孩子以什么呢？对，我教会了孩子爱、平等、理想和坚持。

而我自己则有一片更广阔的天空，需要去翱翔。我需要一个机会，以达成蜕变；我需要一次涅槃，以重生和寻觅。我最终辞职离开了故乡那个乡下小镇。

乡里伢崽上学记

“一炮响,二炮响,家家人家榨米汤”,仁军扳泥巴炮的本事真让我佩服。“叭——”那泥巴响亮炸开的声音立马让我耳朵嘶鸣了两分钟。

这个时候,阳光正斜射在他家门口猪栏的栏杆上。他又矮又胖后来改嫁的娘从门内喊出声:“仁军啊,好放猪了!”

“晓得咯,又不是聋子。”仁军说。

“你等我一下子哟!”我甩掉手上泥巴,有点不甘心。说实话,对于母亲安排我上学,我和仁军都抱着躲一天算一天的想法。

猪在我们前头,我俩走在后头。一会儿我们赶猪,一会儿猪赶我们。我们和猪,不知道谁管着谁。

仁军费力地扑打红蜻蜓,天上的蜻蜓飞成一片彩霞。它们轻飘飘地扇动翅膀,和水田里勾着头的水稻组成一幅画,那画,美得让人心醉。

“我不去上学。”仁军果断地说。

“那我也不去!”我们拉钩相约。

我母亲素来是慈眉善目的,可放猪回来时,她的表情有点凝重。“不上学是不可能的,”她说,“妈当年就是想上你外公不让上。”第二天母亲用羊荆条,打散了我和仁军的邀约。我们发的誓都变成一句空话。

而仁军没有上,因为他小我一岁。我只好将自己用泥巴做的电影机、日本鬼子,还有西瓜炸弹送给他,赔礼道歉,他才算没与我翻脸。

开学第一天，要升旗。场面我就不说了，为了演好戏。

课下我们爱玩的游戏是打纸板。大家猫腰，将一张纸对折，然后再用32开的纸对折，拼成十字形，再穿插。你打我，我打你，打翻过来就吃了谁的纸板。女同学就不一样了，她们玩老鹰抓小鸡的游戏。那个演老母鸡的，除了田老师，就是武英。

武英是对面村子1队或2队田家的，也是原贵州提督田兴恕母亲家的亲戚。在白岩村，人人都知道田家人第4代是在台湾当空军少将师长的田景祥。

我有点恨田家人，田武英和我同桌，她上课不用功，可是打小报告很在行。开学的一件大事除了听校长讲话，还有就是大扫除。我们班负责操场北角的卫生，那里有篮球架，以此为界线。田武英说我们几个男生东北角草拔得不干净。可她们女生那边本来就没有长马鞭草。我们被罚了，重新拔草。

我恨得咬牙切齿。回家后，我的“军师”仁军出主意——明天搞条青花小蛇放她桌子里。蛇是仁军在山上抓的，想卖，人家嫌太小。

第二天武英上课时，打开课桌板。那蛇抬起头，武英吓得花容失色，尖叫痛哭。田老师气极了：“谁干的，啊？”

教室里鸦雀无声，大家你看我，我看你，不作声。第二天，老师上课考认字，轮到我了：“ɑ，o，e，i，u，蛇，蛇。”我不知怎么搞的，竟然读课文读露“馅”了！田老师立马明白过来，罚我去操场拔草一个星期！

但是，武英也是我的朋友，是她教会我夹落子。我们用小石头当落子，抛起来然后用手指一颗颗接住，谁手背上的落子多，谁就赢。当然，还是武英的技术好！我也就原谅她了，忽略了她睡午觉时流出的口水把我的书也弄湿了的事。

“有一天，一只猴子下山来。他走到一块玉米地里，看见玉米结得又大又多……”我印象中，除了田老师读课文，武英算是女生中课文读得最棒的。

转眼我上了初中，与我关系最好的是符君平。他喜好临摹《西游记》里的画，他的临摹技术算是最好的。但符君平成绩不好。开学时，班主任刘老师让我和他坐。“跟到好人成好教，跟到坏人成强盗。”可是直到初三，我也没有改变他。仍旧是炒一缸分葱剁辣椒，三天吃完，后面三天光吃饭过穷日子。

刘老师叹气，“唉——”，不知道是后悔还是表扬。因为我的成绩越来越好，成了全班第一；符君平是倒数第一。

高中开学，班主任蒋老师说，大家相互认识，可以送个小礼物。我的同排，一个姓刘的女生送我一本笔记本，我就在上面抄《真的好想你》（周冰倩）、《梦里共醉》（梅艳芳）、《爱》（小虎队）、《春光美》（张德兰）的歌词，还有歌谱。后来，大家相互抄歌，《垄上行》《外婆的澎湖湾》（张明敏）是我的一个同学、好兄弟陈代军帮抄的。当然，最喜欢的还是这一首：

我们的故事，说着那春天

在春天的好时光，留在我们心里

我们慢慢说着过去，微风吹过冬的寒意

我们眼里的春天，有一种神奇

——张德兰《春光美》

到了1988年，高三第二学期开学，我在国营机械厂当工人的父亲特意领着我去学校外面的供销社，花32元人民币给我买了一块长春手表厂生产的“春兰”牌手表。他说，你妈让我帮你买的，你妈说你的目标是考一个好的大学。

就冲这块手表，我——一个乡下穷学生，要是不知道努力就对不起爹娘了。

结果？你说呢！

一年冬又至

转眼冬至就将来临。杭州的习俗主要是祭祖,有的家里也习惯吃年糕,寓意年年长高,图个吉利。其他地方则流行吃汤圆,民间便有“吃了汤圆大一岁”的说法。汤圆可以用来祭祖,也可用于互赠亲朋,还有团圆之意。

每逢冬至清晨,湖南、湖北等地各家各户磨糯米粉,并用糖、肉、菜、果、萝卜丝等做馅,包成冬至丸。冬至丸不仅自家吃,还会赠送亲友表示祝福。有的还会带上煮熟的冬至丸、水果、香、银纸等祭品,上山扫墓,祭祀祖先。

广东潮汕地区有“东丸节,一食就过年”的民谚,也叫“添岁”。吃烧腊寓意来年能鸿运当头。吃姜饭则是时节的原因,冬至需要御寒,适合进补,冬至煮腊味姜饭,适合时令。在冬至这天,广东人还有“加菜”吃冬至肉的风俗。

那么北方呢?北方过冬至,人们喜欢包饺子,我国北方地区冬至这天要吃饺子,因为饺子有“消寒”之意,至今民间还流传着“冬至不端饺子碗,冻掉耳朵没人管”的民谚。

实际上,冬至习俗由来已久,曾有“冬至大如年”的说法,宫廷和民间历来十分重视,从周代起就有祭祀活动。周代时,人们将冬至当成旧年结束的标志,过了冬至,就是新的一年了。

《周礼·春官·神仕》载:“以冬日至,致天神人鬼。”目的在于祈求消除国中的疫疾,减少荒年,以免发生饥饿与死亡。

《后汉书·礼仪》又记："冬至前后，君子安身静体，百官绝事。"还要挑选"能之士"，鼓瑟吹笙，奏"黄钟之律"，以示庆贺。《晋书》上记载："魏晋冬至日受万国及百僚称贺……其仪亚于正旦。"

唐宋时，将冬至和岁首并重。南宋孟元老《东京梦华录》有云："十一月冬至。京师最重此节，虽至贫者，一年之间，积累假借，至此日更易新衣，备办饮食，享祀先祖。官放关扑，庆贺往来，一如年节。"

南宋吴自牧《梦粱录》载："太庙行荐黍之典，朝廷命宰执祀于圜丘。"祭天前皇帝要先行斋戒。冬至时，到皇城南郊圜丘祭天，祭天的仪式很隆重，也很烦琐。百官和外藩使者都要参加这隆重的朝会。届时，文武官员要整齐地排列在殿中，宋时俗称"排冬仪"。皇帝驾临前殿，接受朝贺，其仪式和元旦时一样。明、清两代皇帝均有祭天大典，谓之"冬至郊天"。宫内有百官向皇帝呈递贺表的仪式，而且还要互相投刺祝贺，就像元旦一样。但民间并不以冬至为节，不过有应时应景的活动。

古代冬至节，民间还有一些有趣的习俗。这一天有时还要举行"隆师"活动。"隆"有尊崇的意思，"隆师"就是敬师、拜师。到了冬至这一天，塾师先要率领学生给孔圣人拜寿，然后弟子拜先生，同窗交拜。这一风俗流行面极广。民国前，各书院、学院和私塾都非常重视这一习俗；民国后，一些私塾还在奉行"隆师"。

冬至在入九之中，入九以后，有些文人、士大夫，搞所谓消寒活动，择一"九"日，相约九人饮酒（"酒"与"九"谐音），席上用九碟九碗，成桌者用"花九件"席，以取九九消寒之意。

民间还流行填九九消寒图以供消遣。九九消寒图通常是一幅双钩描红书法，上有"庭前垂柳珍重待春风"九字，每字九画，共八十一画，从冬至开始每天按照笔画顺序填充一个笔画，每过一九即填充好一个字，直到九九之后春回大地,一幅九九消寒图才算大功告成。每天填充的笔画所用颜色根据当天的天气决定:晴则为红;阴则为蓝;雨则为绿;风则为黄;落雪填白。

此外,还有采用图画版的九九消寒图,又称作“雅图”,是在白纸上绘制九枝寒梅,每枝九朵,一枝对应一九,一朵对应一天,每天根据天气实况用特定的颜色填充一朵梅花。元朝杨允孚在《滦京杂咏》中记载:“试数窗间九九图,余寒消尽暖回初。梅花点遍无余白,看到今朝是杏株。”

那时的冬至节还有一首“流行歌曲”:一九、二九不出手;三九、四九冰上走;五九、六九,沿河看柳;七九河开,八九雁来;九九加一九,耕牛遍地走。意思是说,冬天的寒冷季节大致在这一段中了,最冷的时候终将过去,大地春暖,一元复始,万象更新。

冬至也是个有内涵的节日,诸多诗人提及它,有着不同的感触。

宋代诗人范成大《满江红·冬至》中品味它的过往与未来:“寒谷春生,熏叶气、玉筒吹谷。新阳后、便占新岁,吉云清穆。”

朱淑真看到“葵影便移长至日,梅花先趁小寒开”。这也是今天我在西湖边看到的。当一枝早梅成为长桥公园里的风景,我知道,也许不久之后,湖面会封冰,柳枝会甩动发丝。时间的车轮在向前奔跑,斗转星移,我们又将迎来新的年景。

活在世间,应如梅尧臣《冬至感怀》所言:“人实嗣其世,一衰复一荣。”须明了,万事皆有因缘,得失均无所谓了,往长远处思虑才是最重要的!

醉湘西

我已然沉醉在你宽广无私的胸膛里。

在你154万平方公里的土地上，生活着土家族、苗族、汉族等多个民族，264万各族儿女唇齿相依，血脉相连。战国时属黔中，西汉时属武陵，宋时属辰州，元时属恩州、辰州，明时属永顺，清时属凤凰，民国时属辰沅道。中华人民共和国成立之初，凤凰、乾城（今吉首）、永绥（今花垣）、泸溪等县和永顺、龙山、保靖、古丈等县分属沅陵专区、永顺专区。1952年8月，湘西苗族自治区成立，辖吉首、泸溪、凤凰、古丈、花垣、保靖6个县，并代管永顺、龙山、桑植、大庸（今张家界永定区）4个县。年底，代管的4个县亦属直接管辖。1955年4月，湘西苗族自治区改为湘西苗族自治州。1957年9月20日，湘西土家族苗族自治州正式成立……自古湘西多豪俊。革屯运动、苗民起义、抗日战争，烽火硝烟里，湘西儿女为争取民族独立、自由洒下热血。明嘉靖年间，土司彭翼南率六千士兵赴沿海平倭，立下“东南第一战功”，名垂青史；苗族将领杨岳斌三定台湾，战功赫赫；国门虎将罗荣光死守大沽口炮台，以身殉国；郑国鸿、张德胜等一大批湘西籍爱国将领，为抵御外国列强瓜分中国而英勇献身。八一南昌起义的壮士行列中，有湘西人矫健的身影；湘鄂川黔红色根据地的创建中，有湘西上万英雄儿女参加；上甘岭抗美援朝的激战中，有湘西无数烈士在冲锋陷阵。湘西历史，是一曲不朽的长卷，在云烟深处纷至沓来，荡气回肠。

武陵逶迤，江流浩瀚。时至今日，随着祖国改革开放的步伐加快，湘西地区也发生了巨变。她的美被不断唤醒、开发。

作为土生土长的湘西儿女，我热爱这里的一草一木，热爱这里的青山秀水，热爱这里的草木风光。我曾在黄昏登上云贵高原，在苗民起义碑前膜拜；我曾走过对歌台，遐想这里的儿女情长。我曾擂响花鼓，去追寻遥远深长的记忆。传说蚩尤败于黄帝，后代繁衍于此。这里的苗民地处僻壤，数千年来农耕、狩猎，形成了自己独特的山地文化、民风民俗。它们久远、悠长，而又历久弥香。

这里有国家历史文化名城凤凰古城。每当晨曦初露，一江碧水东流迎晖。水流曲折，吊脚楼下，苗家儿女在浣纱、捶洗、对歌，小伙子驾船漂过。一个吆喝唤起悠长的苗歌韵味，听来缠绵，回味悠长。夜幕降临，凤凰沱江两岸歌声缭绕，灯影人影，波光月光，美不胜收。

这里的苗族传统节日有赶年、四月八、六月六、大端午、七月十五等。赶年，比汉族提前一天过年，月大过二十九，月小过二十八。沉醉在苗族同胞的浓浓节俗里，我们穿银挂彩，环佩叮当，载歌载舞，将回忆和目光留驻于此。

请随我去茶峒镇看一看沈从文笔下的边城吧。一条河流上，船夫摆渡，缆绳将两岸的山影云影投射到河流里，此时若翠翠在，若有白河的抢鸭子习俗，那才是虎耳草的故事，那才是文学大师的梦境。我仿佛听到锣鼓的声音，小伙子在水里泅游的声音，鸭子的嘎嘎声，人们的欢笑声，以及划水的哗哗声。

也请随我去芙蓉镇走走。这个“挂在瀑布上的千年古镇”，如此古色古香。我喜欢去小镇上走走，静静地，听远处流水的敲打，观近处的青瓦白墙。我知道，仙境是可以写在凡处的，静养、闲看流水落花，是在这里最美的享受。

再往老司城走一走吧。永顺县城东20余公里处的灵溪镇老司城村，本名福石城，1724年司城迁至颗砂乡，为区别新老两座司城，福石城又名老司城，是南宋绍兴五年（1135）至清雍正二年（1724）永顺彭氏土司的政治、经济、军事、文化中心。2015年7月4日，永顺老司城遗址与湖北恩施唐崖土司城遗址、贵州遵义海龙屯土司遗址联合代表的“中国土司遗产”被列入世界文化遗产名录。老司城遗址完整地体现了迄今已消亡的土司文化传统，为研究集传统文化、民族文化、家族文化、政治文化等多元文化于一体的土司文化提供了独特丰富的材料；完整地见证了汉文化与民族文化的交流与融合过程，是中国古代中华民族大融合的典范，是民族区域自治的成功案例。在这里待上一会儿，你会感念历史的波谲云诡，烽火硝烟。

还请让我带着你去龙山县看看里耶古镇。里耶镇位于湖南省武陵山腹地。早在距今6000年前，里耶就有人类居住。2002年，在里耶城一口巨大的古井里，发现了3万多枚秦简，震惊中外。2005年9月，里耶经建设部、国家文物局评定，被命名为“中国历史文化名镇”。去千年古镇一游，你会感受到被重新发现的秦简改写了中国历史，你会惊奇这块土地的力量，它的厚重，它的绵密与幽深。

请让我为你泡一杯毛尖茶。古丈毛尖，为历史悠久的名茶，西晋《荆州土地》记载：“武陵七县通出茶，最好。”啜茶，清香馥郁；观色，黄绿明亮，叶底若翠鸟探姿的形状。唐宋时期，皆列为贡茶，名扬天下，历久弥香。

让我带着你去湘西，去烟雨凤凰坐坐船，去武陵源走一走，吃吃蕨菜炒腊肉，吃吃血粑鸭，然后我们在夜色下放一盏河灯，在清吧里坐一坐，喝点小酒。而后，我们慢慢回味，也许，在一个朦胧的日子，我们会相约在吉首，去逛遍沈从文的湘西，去品尝苗家人的腊肉和灯盏窝的味道。

湘西，在等你来！翠翠，在等你来！

亲爱的稻子

当禾叶上的露珠沿着叶脉流入禾根，一只纺织娘正展开绿色翅膀飞向另一枚叶片，它还没来得及回望，季节就递变到处暑以后。黄澄澄的稻浪兀自梳理着自己的发型，稻子齐刷刷地低垂着头，像是在和大地喁喁私语。

其实用不着去解读什么是秋语。走进一片稻田，看看成色，也许就知道一年的收入会有多好。

这是苗乡。一条路蜿蜒于层层稻田之中。山野起伏，但不妨碍把打谷机挪入田里。我在近30年前教过的学生隆金宜告诉我，这片稻田该有800斤产量，大约一亩山田可以收这些稻谷。

农民是看天吃饭的，他们珍惜每一粒稻谷。这一粒谷子就是一粒米，它大约经过雨水、惊蛰、春分、清明、谷雨、立夏、小满、芒种、夏至、小暑、大暑、立秋、处暑这13个节气，始成为一粒晶莹的大米——你能想象半年多劳作的艰辛吗？

我不禁想起自己贫寒的童年。我仿佛看到我父亲和舅舅们扛戽桶走向田野。“慢点来，慢点来！”我母亲叮嘱他们，走过窄窄的田坎，一大早她已经在田里割开一分田的稻禾了。我家里大约有7块地，面积近4亩。背戽桶的人辛苦，一不小心就会闪了腰，比如像我黑爷。他说抗美援朝他都没受伤，回家打稻子腰竟然给拉伤了。

舅舅说：“美国鬼子和日本鬼子难道比不上一丘田一架戽桶让你怯场

啊？”黑爷没有回话，只是按按腰说：“你们站着说话不腰疼哩。”于是，大家嬉笑后赶紧弓腰割稻。

收获与栽种哪个更艰辛，我说不上来，割稻子看技术，镰刀要选择齿轮细，韧口亮的——这我父亲有经验。他是国营厂工人，17岁前，却是地道农村娃。他说磨镰刀和磨柴刀不一样，要留心看锯齿，不伤齿，否则没法干活。左手伸出去抓稻束，这时候明晃晃的太阳就像碎银子般刺眼，鼻子能闻到稻子的清香，还有禾草的香味。镰刀由钩尖到刀尾拖出来，稻茬就一个个齐刷刷地露出身子。我们把禾苗抱到戽桶边，开始甩打，打谷子要顺势，一打打，二打打，三打打，然后换一个面，左边，一打打，二打打，够了，力量要有分寸，免得手臂酸肌肉疼。

甩打稻子和割稻，没有明确分工。这两种工序可以兼顾。如果割得慢，就多分配人割，或者被催促赶工。一般是割稻4人，打稻2人，这样比较合理。

“今年头茬稻，要煮一锅粥。”母亲说，“米香。”舅舅说：“头碗饭当然要吃白米饭，就吃光的，不要菜。”黑爷说：“我看打糍粑吃好。那块糯米田的稻子，明天先打掉。”我抢着说：“那明天糯米稻子，我来割。”妹妹也跟着说：“我负责捆禾把。”

这个时候，阳光正好，微风不燥。“大家赶紧休息一下，吃了中饭再干活吧！”

我迫不及待地打开饭篓，去年的米煮的饭也很香啊。

我们就坐在新禾把上，吃饭，喝水，扯闲话。黑爷聊起我父亲小时候去地主家里混饭吃的事：“你爸爸很会吃饭，一口气吃两大碗。田生东家不高兴了。但是你爷爷干活力气大，地主觉得值得的。你爸就是混饭吃，长得像瘦猴。”大家又是一片嘻哈声。只听见别人家的打谷机隆隆隆隆作为背景音在传响。

如今时光远走，而稻田犹在，人已非昨。

秋天的山乡，在一望无际的稻浪里翻滚着。隆金宜告诉我，如今他的两个儿子都在浙江打工，一个跑快递，一个在锻造车间里做焊工。大的已成家，有一个小孩，小的还没有着落。种着稻子，交一点粮食给国家，其余的给自己，绿色作物，稻米香啊，家乡口味永远忘不了。

在9月金秋，我站在房顶上，只能看着家乡的稻浪，心上泛起浪花，有遗憾，也有回味的馨香。农村一点点变成旅游区，稻田也就成为农业文明最后的景观了，这是一种必然，也是一种去路。

灵　鸟

朋友发了个视频，一只乌鸦从冒烟的草堆中衔出枝条往外搬，它一会儿叼一根枝丫往左挪，一会儿又叼一枝往右挪。等到树枝搬开，它又叼一根湿枝往火焰上压。或许是温度过高，鸟儿忍不住了，它飞到旁边的木架上梳理羽毛，让脚爪凉快一点。过一会儿，它又去看，火焰一点点在变小，鸟儿一会儿飞开，一会儿又扑到新鲜树枝上，直到把火扑灭。

乌鸦飞到水池边去找水。这时候，拍视频的主人说，这只乌鸦并不是他们家养的，但他曾经救过这只鸟，那时候鸟儿受伤了，他帮它治好了伤。

这户人家的主人是幸运的，同样，那只鸟儿灭火的义举令人感动。我想起苏东坡《记先夫人不残鸟雀》一文："少时所居书堂室前，有竹柏杂花，丛生满庭，众鸟巢其上。武阳君恶杀生，儿童婢仆，皆不得捕取鸟雀。数年间，皆巢于低枝，其鷇可俯而窥。又有桐花凤，四五日翔集其间。此鸟羽毛，至为珍异难见。而能驯扰，殊不畏人。闾里间见之，以为异事。此无他，不忮之诚信于异类也。"大致就是说自己少年时，所住的书房前，有绿竹翠柏与各种花树，在整个院子里，好多鸟儿在树上、竹子上筑巢搭窝。他的母亲武阳君讨厌杀害生命，小孩子、奴仆都不许捕取鸟雀。多年之后，鸟雀们都把它们的窝筑在低低的树枝上。巢中那待哺的雏鸟人们俯身即可窥见。又有美丽的桐花凤，连续四五天飞翔、聚集在花丛之间。这种鸟儿的羽毛最为珍贵奇异难得见到。然而它们竟能如此驯顺，一点都不怕人。乡里人见到此况，都觉得是很奇异的事情。这里边其实没有其他奥秘，只是因为我们没有伤害鸟雀的意图，取信于它们的缘故。

苏东坡说得很明白了。其实，人禽之间，相佑相护，并不是起初都如此。人信任鸟，呵护它，鸟儿便把你当故旧，没有敌意。苏东坡的母亲护鸟爱鸟，的确是位了不起的女性。她鼓励丈夫苏洵，使这个浪子在35岁时开始奋发图强。她的两个儿子苏轼、苏辙在她的教化下功成名就，“一门父子三词客”，成为后世津津乐道的佳话。

鸟儿有灵性，人又有善意。人、鸟相互信赖，才有许许多多逸闻流传。

明朝末年，河南有一个叫柏之桢的人，他心地善良，平日非常爱护动物，小到飞禽昆虫，都曾蒙受他的恩泽。

因为长年累月慈心护生，鸟雀也都能感受到柏之桢的善意。每天他们家即将开饭的时候，就有很多鸟雀飞到地面，聚集在柏之桢面前，也不知道害怕，颇有点鸥鹭忘机的意思。冬天下大雪时，因为大雪覆盖地面，柏之桢担心鸟雀找不到草籽而忍饥挨饿，于是不避寒冷走出家门，亲手打扫出一片干净的地面，又将米粒碾碎，均匀地撒在地面上，方便鸟雀啄食。

柏之桢这种慈悲护生的行为，也不知道坚持了多少年。后来民间动荡，有一股流寇攻进了柏之桢居住的县城，走到柏之桢家门口，还没进门，就看见成千上万的鸟雀，在屋檐下，在台阶前，或飞翔或逗留，叽叽喳喳，非常热闹，让人误以为这是荒无人烟的空屋。这些流寇也是如此，以为这里无人居住，于是都散去了。柏之桢一家老小二十口，个个安然无恙，而当时县城内几乎血流成河，没有人能保全性命。

有佛义放生诗写道：“放生悟无生。放生生死竟。放生与杀生。果报明如镜。”

冯骥才的《珍珠鸟》，同样为孩子们讲述人与鸟和谐相处的故事。试想，如果没有慈悲、善良的苏东坡母亲程氏的循循善诱教导，又怎样成就一个大爱无疆的文学家苏东坡呢？“吾上可以陪玉皇大帝，下可以陪卑田院乞儿。眼前见天下无一个不是好人。”“惟江上之清风，与山间之明月，耳得之而为声，目遇之而成色。”格局改变人生，而这样的胸襟抱负，也是人与自然相处的基本法则。

人性与禽性相和谐自然是美好的。但是我们同时也应看到，人类捕鸟、食鸟、囚鸟的行为也一直存续着。善与恶的较量从古至今一直都有。相比之下，老虎捕食，最多不过是咆哮、扑跃、吞咬，大餐一顿而已；而人类则有时用计谋、用陷阱、用集体屠杀，甚至以正义的名义，来残杀同类或捕杀自然界的珍贵生灵。这是值得警示和抨击的，为人所不齿……世界上的恶在我们人类身上还是存在的。篮球明星姚明有一句话——以后再也不穿真皮服装。

让我们为姚明点赞，善良可以表现在言说上，体现于行为中。用这样的镜头作结吧：吉林省珲春市有一块敬信湿地，它的边缘的一处村庄，房屋与大雁仅隔着一道白色的栅栏，村庄的犬吠声、来回走动的村民都没有影响它们在村旁觅食，大雁之外，白枕鹤也来到村庄周围觅食。这些候鸟仿佛和村民就是邻居一样！

天人合一，才是最好的选择！

梦里梦外是故乡

在凤凰文艺群里看到家乡《民风》杂志黄老师发的凤凰的水井照片，其中有两张是白岩村井，我忽然想起自己老家来。

白岩村为什么叫白岩？也许是王积坪石山上的岩板多，也许是家家户户砌屋基时都是用白石板做垫子。老一辈的人也说不清楚。我想说说白岩村的两口井。大井在田家村和周家村之间。在我们村，田、周两姓人家多，由于长期相处，后来也有周家女嫁到田家做媳妇，周家男子娶了田家女做老婆。慢慢地，院子里的两姓人和睦相处了。而白岩井，就在两个村庄的中间。

白岩井分为里外两部分，里面的井用来喝，外面的井池一个用来洗菜，一个用来洗衣服。早上，会看见本村人背着白菜、萝卜去洗菜。萝卜洗掉泥，用菜刀割下萝卜须。广菜要剥皮，芫荽要洗去根上的泥，再用小刀削干净。然后去井里打水挑担回家。一个女人，背着背篓，挑一担水——这是我印象中的凤凰乡下妇女，她们勤劳持家，当然也会用粗话收拾男人。

洗衣服用棒槌和茶枯。茶枯碱性强，去污力不错。一般是边捶衣服边唠话。女人们聊别个家里的伢崽乖不乖，也聊村里的红白喜事。有一回她们聊到田家院子阴历初九上梁，我就起早叫我的小兄弟去抢梁粑粑了，尽管第二天去得早，还是抢不过大人，我回家时满身泥浆，粑粑也没抢到，脚还被别人踩乌了。

男人们的乐处就是去井边洗澡。其实白天这里是不让洗澡的，因为怕弄脏。男人们晚上去洗。夜色下来他们到井边搓澡，就会说痞话，我小时候就是听了一些痞话，回家讲一句臊话，我母亲就骂我，说没有家教。

井里有小鱼在游，这种小鱼家乡人叫鱼神，不能捉不能吃。白岩村的人都用这口井。它冬温夏凉，而且也是全村新闻传播的平台。

白岩村的人也都把这口井当成神物来膜拜。到后来，我母亲生我弟弟，还说是井水边捞上来的。

村里边办红白喜事，也要去井边打水，起水。起水实际上应叫祭水，就是死者家人请道士作法，来烧纸祭奠，告诉水神，这个人的魂要收走了。水神同意了，道士才将死者的魂魄交给天堂里的人。

另外一口井在村口的水田边。相传水里住着犀牛，有人看见过。以我的想法，犀牛怎么会钻到井水里，这不过是人们的猜测罢了。当我们到撮箕垄、老冲、水打笼一带砍柴，或者捡树桩回家，打稻谷，挖番薯，一到砻底下水井边，就用手掬起水狂喝一通。那种酣畅痛快是前所未有的。

现在想到故乡，那两口井总在梦里浮现。他带给我40来年的牵挂，也是一个人远在几千里外，一说起它，立马就有点哽咽乃至泪光闪烁的时候。

路有多远，情有多深

从父亲墓地的荒僻小路可以推断白岩村当年的闭塞。那时候，下街（进城）走的就是王积坪、烂桥、云神脑、响水洞、茶子林、尖坡脑、恰岩板、枫木坳、沙湾，然后再从金家园走到街上。

我父亲会告诉我，走路要看路况，不稳的石板容易打滑，解放鞋容易踩空。冬天时，鞋子中间绑一把稻草，防滑防冻。他还告诉我，响水洞有洞神，喊一嗓子他会回你话。

我们路过茶子林，父亲说木林桥村某某在那里挖到金元宝，又说是金蛤蟆。“文革”时，木林桥有个在国民党里当大官的，他把宝物埋在田坎下。这个人被整得要死，告诉造反队，他把宝物藏在响水洞里，大家要他带路，跑到响水洞，他一个迈步准备跳下去。人们把他抓回来，逼他，他死也不说，临近去世，才把藏宝地点大致说了：茶子林。于是，茶子林前面的田保坎全被挖垮了。

人们疯狂找宝物。据说，滕家某某小子挖到了。也就在一条新路通往大坳方向路面上，这个滕某某因为调戏白岩村的小姑娘，并且将人家脑壳打昏迷了，有人报警，他被抓住，判死刑一枪崩掉。他妈妈认为是白岩村人做的事，就把他埋在云神脑山脚路边来吓唬白岩村人。这个地方我最怕。

去县城的路上还有尖坡脑的凶坟。那路边埋有一个难产死的寡妇。我父亲告诉我，每次下街，走到那里我心里就七上八下的。

到了恰岩板、枫木坳一带，因为有枫树精的传说，这个地方树上贴着红纸鞋。据村里老人说那棵枫木树成了精以后，还经常去扬州做生意，人家问他家在哪里，他说就住在凤凰恰岩板，而且还把做生意赚来的钱帮助周边的老人和孩子。白岩村人认为枫树精是善良的树神，就让身体弱的孩子祭拜他，把孩子的生辰八字写在纸上，再在树底下烧掉，然后把一双红纸鞋子贴在树身。这样祭拜仪式就完成了。

枫木坳边上还有一口水井，喝水时路边扯一根茅草打个结，做个纸钱，再掬水来喝。

然后继续走路下城。来到沙湾，沙湾在堤溪边上，有一个油坊，我喜欢探头探脑去看榨油。先是碾茶粉，碾压后的茶粉放到专用的大木桶里，用大火蒸，这个过程称为“蒸麸”。蒸熟的标准是见蒸汽但不能熟透。再将蒸好后的茶麸做成“茶麸饼”，先要用稻秆编制成秆网，把秆网放到圆形的铁箍之中，倒上蒸好的茶麸，将茶麸压成饼状。

最后将“茶麸饼”放入特制的“木房”(木头挖空制成)里压榨，这个过程称为“打油”。开榨时，掌锤的师傅，执着悬吊在空中大约30斤重的油锤，悠悠地撞到油槽中“进桩”上，于是，被挤榨的油坯饼里便流出一缕缕金黄的茶油。

当我看着茶油流到桶里，才想到该进城去剃头了。于是赶紧进城，沿北门城墙进到凤凰县城，在虹桥边上的理发厂里花八分钱理发。

过后，买几把辣椒种子，再买几个灯盏窝，买一本《群英会蒋干中计》连环画，最后打点桐油回家。

我沿着弯弯山路回家，一路上唱着歌儿，在尖坡脑那儿我一溜烟小跑，把凶煞鬼坟丢在身后。六点多钟我回到白岩村的家里了。

山路十八弯，这条路见证我的成长，也扩展了我的阅历见识。我上中学从这里走路下街，再背被窝回家度寒暑假。一年一年，我长成了一个玉树临风的帅气小伙！

岗莌坡，老冲坳

岗莌坡我去得最多，沿着垄里头田坎边路走过我家的砂土园。那个园就在路上方。再走过裸露石块的山冈，进入一片枞树林，路在树林边上，因为牛也走，所以路比较烂，乱石加泥淖，还有牛粪，踩上就麻烦了。我们往往喜欢走枞树林，枞树遮天蔽日，加上矮处还有长刺的杉树，我们叫杉木利树，居然也走出一条路。人在林中走，有点马帮过坳的神秘感。那时生产队里放电影《阿诗玛》，里面好像有云南马帮走古道的镜头。

林地上经常可以找到一些菌子，有枞菌、栗菌、火谈菌、滑落菌等。阳光透过林间树叶，照射到低矮的羊及刷树上，我拿着钩刀一蓬树一蓬树翻找。看到一朵枞菌，就像瞎眼鸡崽碰到蓝绿色，该有多么高兴啊。然后砍柴火，砍了一捆，再砍一捆。栎木和羊及刷树是我的最爱，拣菌子是碰运气的事。枞菌可以炒辣椒吃，可以炼菌油，还可以烧汤吃。火谈菌、滑落菌要多放大蒜去土腥味。山间野菽，是山里人的大餐。那时候吃不起肉。野菌就是“素肉”，比肉更香。我们也把菌子焯水晒干，变成干菌藏起来，日后食用。

我去岗莌坡还有一个目的，我家四亩地，有一亩三分在这片山坡上。岗莌坡不算高，但是也不低，它是一个缓坡地。我家的地在这里的半山腰上，属于旱地。基本上是靠天吃饭，看年成好不好。为了能接水，我们要在春天多理沟渠，让天上的水流到地里，才能养田，才能犁出来，再养水。水满了，才能继续春耕。

我拿着薅锄，赶着黄牛去田里，牛在田边吃草，我去理水。只听到老冲坳那边有人在唱山歌。"各边伢崽莫打岩，打死你妈要你埋"，山歌粗糙，挑逗性强。对面就是苗族村落，有人用苗歌回了几句。我听不懂，我的族叔周守宝说，人家也在回骂我们呢，这边哪敢接。

在老冲坳的山弯里，我家有块地。地里种烤烟。到了春夏天，烟叶长大，我父亲和我去掐烟芽，也薅草。父亲有时候也背打药桶打药。父亲说，不打药烟叶就被吃光了。还有块地种玉米和花生，花生苗长到有玉米脚高了。它黄色的花开过后，果针就落地生长，结出荚果，也就是花生。别的树果子长在树枝上，花生却长在地里。它需要黑暗的空间，漫漫黑夜孕育了它的饱满，因为土壤里有特殊营养物质。

苞米（玉米）一节节拔高，节上长出苞谷棒子，苞谷须由白色的，到黄色的、棕色的、黑色的，苞谷就一点点成熟了。看苞谷叶子由绿变黄，棒子由小变大。这样的日子，有等待，有汗水过后的满足感。我们种苞谷为做苞谷粑，烤苞谷，包苞面。

有时候，我会爬到老冲山顶，那里是裸露的石板，我爬山不仅是为了去乘凉，山风飒飒，在风里传送着远山的诱惑，还有我对远方的猜想。山外有山，在遥远的山冈下，就是凤凰沱江镇所在地，就是老县城了吧。长大后我一定要进城，我的理想是做个城里人，像我父亲一样。我父亲虽然住在白岩村，可他也住城里面，他17岁招工后，成了国营电力部门的工人。

而我，心里面也想着有一天不再爬岗蔸坡和老冲坳了。

杨世平,乡村教育30年

乡下教书30年是个什么概念?以我的想象,在蝉声如水的黑夜里备课,这边放下碗筷,那边还要准备晚上的巡视和寝室管理。在一个疾风苦雨的周末,还得约上失学在家的同学,去40里开外的乡下村庄去劝学……乡下教师的生活图景就是如此!

杨世平老师的头10年,在四中驻留,担任语文老师、教导主任;第二个10年,足迹遍布凤凰吉信镇、木里乡、林峰乡三个乡镇,当老师,当校长;第3个10年,在林峰乡担任校级领导,也兼课。

杨世平是一个平凡的乡村教师,身材中等,皮肤微黑,走到人群中便再也分辨不出来了。大学毕业后,杨老师分到吉信镇的凤凰四中时,还是一个毛头小伙子。他把自己的文学理想放在点燃孩子们的文学热情上了。执教40、41班时,他创建了"山伢子"文学社,参加文学社团的学生有50多人,经常开展文学活动,组织学生到乡村做调查,参观沈从文故居,组织学生到张家界、凤凰奇梁洞、天下第一大石桥等地观光;组织学生互批作文,刻钢板,办专刊。

这在我看来真的是一件大好事,在凤凰山江民二中执教时,我也曾有这样的想法。无奈只是想想而已,杨老师却做到了。乡下孩子难有机会学写文章,因为基础不好。杨老师是他们的引路人。他用这样的方式,唤起孩子们对语文的兴趣,照亮了他们前行的路。

除了燃起孩子的文学理想，杨老师还关心病痛孩子的成长。吉信四中30班里有个叫杨文辉的孩子，平时读书很努力，可惜上初三时突然得了肺结核，休学一个学期。本来休学留级是一个选择。可杨世平没有放弃他，每个月坚持去看小杨两次，给他带去试卷作业。杨文辉也非常努力，在最后两个月奋起直追，以全校第一名的成绩考上了中专。在当时，初中生考上中专是凤毛麟角的。对此杨老师如释重负，他相信：决不放弃，用一颗无私的爱心能浇开孩子求进的花朵。在杨文辉身上，他看到了成功的曙光。

在凤凰执教17年，杨世平担任12年班主任，做过工会主席、教导主任、校长。把一个农村中学建设成“园林式”的自治州农村寄宿制示范学校。

走在绿树环绕的林荫道上，凉风习习。当年，正是杨老师和同事们将绿意种在四中的每个角落，才有今天的校园绿色屏风！他当之无愧是四中的“捍卫者”。

如果说当教师是一流的、优秀的，那么当上校长后的杨世平更是实干的，也是精彩的。他有能力，也喜欢折腾创新。在四中期间，他教的班级语文合格率在全县曾排名第二。调到凤凰林峰乡工作后，他向社会筹资100多万元，修建中学食堂、厕所及完小教学楼。打地下井解决学校长期以来的饮水困难，开了全县打地下水解决学校饮水困难的先河。他争取项目资金修建林峰完小综合楼、食堂、围墙、校门等，争取教师公租房及土洞等5所村小建设和维修项目，全面改善了中学、完小和村小的面貌。筹备资金的个中辛苦，杨世平心里最清楚了，要打报告，要催拨，要一遍遍跑关系，可他愣是没有放弃。

在凤凰林峰乡工作期间，他还干了一件精彩的“大事”。2013年在国家海洋局宣传教育中心和武汉威科奇新动力能源科技有限公司的支持下，在完小创建了“全国海洋意识教育基地”，实现学校教学与社会实践相结合。

杨世平还参加了全国海洋教育青岛论坛经验交流，把学生的社会实践活动推向全国，提升了学校的办学品位。把一个乡村完小打造成“海洋意识教育基地”，在我看来是大胆而又有意义的。一个身怀浪漫激情的教育工作者，用他的眼光开启孩子们的探索之门。凤凰是一个多山地区。林峰乡，多树多山，哪里有海洋呀！但是杨老师却把孩子们的幻想打开了，有如打开一个时光宝盒。我想说，这样的老师，这样的校长是有全球视野的。孩子们可以在学校尽情享受到蔚蓝色的浪漫之旅！

要说杨世平老师是一个踏实的好老师一点都不为过。他的育人理念是先进的，富有前瞻性。在吉信工作期间，任30班班主任时，学生普遍个子不高，初一时参加学校体育活动次次末名。他鼓励学生不要放弃，经常带他们锻炼，学校开田径运动会别班都由学生自愿报名，杨老师却抽中午时间让学生在班级内逐一选拔，再对他们进行训练；到初二时，学生个个生龙活虎，尤其是篮球训练；到了初三，男女队都争得了全校的篮球赛冠军。

此外杨老师还把校外活动开展得轰轰烈烈。他组织成立了凤凰县吉信体育协会，连续九年每年春节都组织迎春活动，开展篮球、乒乓球、舞狮、象棋、卡拉OK、桌球等文体活动，让学生活动走向了社会，这一活动一直延续至2002年，每次活动达万人以上，使地方文体气氛更加浓郁，激发了青少年参加文体活动的兴趣。

在这位“闲不住”的老师和学校管理者眼里，学校因为有“活动”才有凝聚力；学校老师有能力创新，班级才有团结向上的氛围。

他还一心一意搞起了教学研究，完成了多个课题。出版教育专著《新课改下初中语文教学艺术谈》。2006年8月，他被聘为全国教育科学“十五”规划重点课题”“中国民间和乡土文化资源与美术教育研究”课题组成员。发表了多篇论文，写了多篇风俗民情文章。2019年8月成立凤凰县历史文化研究协会，任会长，组织会员们挖掘凤凰县历史文化，搜集了几百万字的历史文化资料，正在编写《凤凰地名故事》《凤凰杨氏通志》等书。

杨老师确实是一个能人，锐意革新，同时他又是一个普通人，真诚待人，无私奉献。我问他有没有做过劝学的事情，他不加思考地说了一件事。在四中教书期间，有一个姓吴的同学没有交齐费用，他决定让同学们去他家了解情况，结果知道孩子母亲卖油炸糕，父亲腿脚不好。晚上他又亲自去他家劝学，女孩母亲拿出钱说，大家这么关心我的孩子，砸锅卖铁也要把孩子供到毕业。杨老师经常垫钱帮助孩子交学费，当家里人过问时，他才把事情告诉家里人。这样，孩子们陆陆续续回来读书了。改变了他们一家家三代人的命运！

杨世平说，希望自己做一个改变乡下孩子命运的教师，让爱与美的种子在他们心中生根发芽！

他的爱陪你走天涯

老陈发给我一段视频，视频中有一群器乐演奏者，有几个人拉二胡，有一个弹吉他，有一个吹笛子。这个小小乐队的演员是认真的，老陈坐在中间，满头白发，老态龙钟，正在看着曲谱拉二胡，前面还有人在唱“泉水叮咚泉水叮咚响”。微信中他还写文调侃：退休后社交寻觅的知音就这么一群人。

我脑子里回想起他2019年退休时离开的场景——

他最后一眼看着熟悉的校园，学生问：“陈老师，你还会回来吗？”他摆摆手说“会的”，那一瞬间，他知道自己将要离开这熟悉的地方——山江九年制义务学校。

1996年的9月，陈敬明从一所乡中调入县制中学山江民二中，也就是山江九年制义务学校的前身，时年38岁。他是拎着脸盆和背着他心爱的二胡进山江民二中的，有点像瞎子阿炳。那时候，我正执教某两个班的语文课。老陈是以音乐教师的身份调上来的。他说他是半路出家，最初当过语文老师，曾经在《萌芽》杂志上发表过中篇文章。这不由得不令人起敬意。

但是看了他的个人履历，种种想法就变得顺理成章了。

1976年9月—1984年8月落潮井学区三所村小中心校教语文兼音乐。1984年9月—1988年2月新场完小教语文，后两年教音乐。1988年3月—1989年8月凤凰四中教全校音乐。1989年9月—1992年8月千工坪中学教音乐兼思品，任首任班主任。1992年9月—1996年8月桥溪口中学教音乐兼思品与班主任。1996年9月—2019年6月民二中(后合并为山江九年制义务学校)工作。前二十年只在落潮井与千工坪得过一次优，其他三所学校十分认真从未获优，校优也没有，后半生荣誉全来自民二中(山江学区)!

还有一则补充文字：1976年9月—1979年11月中国末代知青，大队民办教师。

看了这个介绍我才明白：老陈从民办教师做起，打小学时就教语文，也教音乐。后来在其他几所学校执教时慢慢转到了教音乐上了。因为他的民办转公办身份，一路走来，可以说是历经坎坷。后来我们在一起的时间里，老陈偶尔喝点小酒，酒后他就会拿起他的二胡，拉一曲《赛马》直接将我们带进草原的牧歌田园。

我常想，老陈为什么与二胡做伴？这恐怕是他做民办教师时兴趣所致，也是用以排遣寂寞的方式。他和我说，二胡就是他的小情人。当然，二胡也是他钟情于艺术的选择。老陈大名叫陈敬明。叫他老陈，一是他年纪长我十余岁，二是出于尊敬。

他说民二中是在他的努力下重视音乐人才的发掘。记得那年元旦文艺会演，我和老陈是负责人。他帮学生排大合唱，我带学生跳交谊舞。我们俩还合作民二中第一首校歌《苗岭之声》的创作，我作词，老陈谱曲。他还专门去请教过凤凰音乐界权威任求林老师。谱成一首具有新疆音乐风格的曲子，曲风欢快。先是一段过门，婉转悠扬。然后唱词：金色的太阳照在苗岭上，我们这一排排小白杨。风吹杨柳是一样好光景。成长的岁月，充满着芬芳，充满芬芳……

这是我们的第一次合作，也是最后一次合作。至今我还记得那个寒冷的12月31日晚上，学生们载歌载舞，他们是如何的开心，我们是怎样的难以忘怀。

老陈说他来了以后,改变了民二中的面貌。这个中考成绩一直不理想的学校平时生活也是乏味的。除了几场篮球赛,此外没有什么拿得出手的项目。因为是民族学校,奢望一下子好起来是很难的。

他开始发掘一批孩子的音乐才华。为此他利用早自习、午休、晚饭后休息时间来辅导学生,学生龙梅爱家里很穷,通过班主任与本人的努力及香港爱心人士的帮助才不至于失学,爱心人士为其捐赠了四千多元的二胡及高中全部学费,她顺利考取音乐院校!

这个叫龙梅爱的小女孩14岁就两次上辽宁电视台《天才童声》栏目,唱的是《高山有好水》《平凡的妈妈》。我认真地看了龙梅爱的演唱视频,体会到梅爱的坚强与勤奋。“高山有好水,瀑飞壮豪情……”我想,这里面有着多少不易,老陈必是倾囊相授,手口相传。

老陈在山江学校23年,免费教过上百名学生的声乐、器乐。

老陈告诉我,我离开山江后他花费了巨大的心血将“苗岭之声”会演节目越办越红火:合唱队为电影配过主题歌,学生吴娟在“青歌赛”与其组合得过金奖,学生龙梅爱上过辽宁台《天才童声》栏目、上过央视3套中秋晚会节目;每年的全县“三独”比赛经常拿到一等奖。山江学校这些年教学质量在全县排名较后,就靠音乐这一块雄霸两山地区。多年的努力,山江学校已有了标准的音乐舞蹈室……老陈还告诉我,他的父亲与儿子也都是教师!

老陈如数家珍地将这些年的经历告知于我。那时,我才明白,他是多么辛劳,多么不易!山江这块瘦土开出明艳的花朵,这与他的坚守有关。我很少看到他的夫人来山江,只看到他一个人孤灯下拉二胡的情景。那时,他也许知道自己可以为这块贫瘠的地方做一点事情。

荣誉来自一个人的付出与艰辛。山江学区大部分教师对老陈都尊重,他被评为“突出贡献奖优秀教师”(县级共15人,艺体教师仅他1人),“湘西州杰出教师”(全州仅27人)。

在他的影响下,山江九年制义务学校还建成了专门的音乐教室。这也是山江历史上第一个专业教室！我听着悠扬舒缓的旋律,这旋律里充满了欢乐,把一个个有音乐梦想的孩子的兴趣点燃,更像是对一个多年执着坚守教育阵地的理想主义者的讴歌!

因为老陈的坚持,以及23年的努力,山江师生辛劳的付出支持,他终于到了退休时光。将要离开之时,他想到的第一件事就是说服他的儿子调到山江去。“做人要懂得知恩、感恩。只有扎根于泥土,你才能生根发芽。”

临到最后,我想说,老陈这个人就是一个心中有爱的兄长。他对学生的爱,就像龙梅爱歌声里所唱的“会有多少风雨谁能预计呀,她的爱陪你到天涯……”其实,从一个民办老师到功成身退,这条山乡教育之路,老陈走得更久长,已经有43个年头了!

在我眼里、在学生心里的老陈,是一个虔诚的教育工作者,更是一个守候在山江教育热土上的“神话”。他用一把二胡行走江湖,他用他的坚守创造了属于山江的荣耀和辉煌!

老陈,你是好样的!

高考之后

我是1988年参加高考的，记得那年的高考作文题目是《习惯》。作文写什么已经记不清楚了。因为7月7—9日这三天，天气炎热。监考的时候老师干脆弄了几块冰放在教室后面。开电扇容易吹掉试卷，所以开考后电扇就不用了。我们做试卷时，老师有时候会拿一块毛巾为学生擦汗。为这三天考试，我们夜以继日地复习，由于读的是文科，要背的东西太多。6日一大早我就背数学公式和语文古文，因为要考数学和语文。我一大早就在学校操场边上散步，当然，手上带着书，嘴里念念有词。记得那几天基本上都是这样过来的。

三天的时间过去了，我们开始策划自己的假期生活。寝室里大家一边讨论去谁家比较好玩，一边卷铺盖，扔资料。把三年来做过的试卷、不要的书都扔掉。当我扔掉一些书的时候，忽然觉得还是先留着比较好，想想也就算了。

一大堆书放在寝室里总是不好的。我把被子和书籍打好包，中午去了父亲的单位，父亲说他第二天会帮我来拿，所以就放心回到学校。这个时候大家争先恐后邀请对方去自己家里玩。我们商量妥当，决定去杨佳媚、刘晓红、田玉珍、谭友元、胡师顺、田仁友家玩。因为茨岩、廖家桥、吉信、黄合一带比较方便，便于骑自行车。那时候，有自行车的家庭不是很多，像我，甚至连自行车都不会骑，只得坐在别人车子后面。

因为三天后回校估分，填志愿，我们不能在外待得太久，于是决定去一个女同学家里玩一下。这个女同学家里早就准备好了西瓜和一顿中餐。大家骑着车，唱着“河山只在我梦萦，祖国已多年未亲近……”出发了。虽然是夏天，空气也炽热无比，但是蝉声也仿佛变得嘹亮高亢，把我们的兴奋点燃。

我们在同学家里聊天，然后去爬山。看禾苗已经抽穗，听山鸟啼唱，心里满怀着对上大学的渴望。我们相约，考到省城长沙，或者更远的地方去，比如北京、比如上海，或者哈尔滨。

回到学校，早上估分。我们那时是没有看到分数就填志愿的。所以估分的时候基本上都是凭经验做判断。我一下子估出474分。记得1988年文科高考考试科目为语文、数学各120分，政治、历史、地理和英语各100分，总分为640分。这个分数是可以上比较理想的重点本科的。因此填志愿的时候，我胆子很大居然填了一所西北大学，是国家211工程重点大学。那时候，心里就想，或许可以去北方体验辽阔的大漠风情了。

那时候，也不会和父母商量着哪里生活便捷，哪里是自己向往的地方。换成是现在，我绝对会填浙江或者上海的高校，或者是广东的高校。

成绩单出来后我傻眼了。只考了407分，而且分数线公布后，我的分数加上少数民族优待20分，也只有427分，刚刚达到专科线。填报的前几个志愿都变成了美丽的肥皂泡。我想这下完了。只有明年再努力了。我的班主任王老师安慰我说，考砸了没关系，很多人都是再考才上大学的。

一等等到8月底，到大中专录取时限了，没有录取通知来，我有点着急，去学校打听复读的事，并且和同学约好，准备去复读寝室占一个位置。我回到家里，母亲便让我帮她干些农活，比如去田里补肥。晚稻开始抽穗时，要补肥料。我一边干活一边想着再读一年，还是想去考那个西北大学。

我想要飞翔，只能暂时修理翅膀。折戟之时，只剩下英雄泪！

到9月上旬，我父亲比平时下班早一点回到乡下，他手里揣着一个信封，着急地喊着我名字。那时，我和母亲正在撮箕垄边上翻红薯藤。他老远就喊着："儿子，儿子，大学录取通知书来了！"

等待一个夏天的煎熬，我终于如愿以偿，考上了湘西州吉首市一所大专院校，成了委培生。不仅学费全免，还能享受师范生待遇，毕业了就分配工作！当然，那是我在保送怀化师专面试时所不愿意去读的！

我家为我考上大学办了一次宴会，请村里亲戚都来吃饭。我父亲说，录取通知书在县邮电局放着时，父亲是委托一个熟人去帮忙拿到的。父亲自豪地说着我考取大学的事，显得很兴奋。母亲则忙前忙后张罗宴席，和亲戚攀谈。

我们家为了帮我转户口，卖掉500斤粮食。从此，我一个农村娃鲤鱼跳龙门，变成了城里人。

虽然这是一件无心插柳柳成荫的事情，因为我并不喜欢读师范，却不想自己最终还是变成了一个中学老师！

1988高考，改变了一个普通农村娃命运！从此我汇入城市的海洋，成为一尾自由自在追求理想的鱼，为了自己的人生梦想而打拼！

我查了一下资料，1988年，全国高考人数272万，录取人数67万，录取率为25%，也就是说100个高考生里面只有25个人能考上大学！想起来，和大多数落榜复读生比我确实幸运的了！我的许多同学，还有很多人至今在农村修理地球呢！自然，也有人复读一年后考上大学或者中专，慢一步实现了自己的人生梦想！

虽然说人生的厚度并不一定决定于高考，但是毋庸置疑，高考是一道分水岭，它对普通老百姓来说是举足轻重的大事！许多人从此为自己的命运蓝图做了新规划！

河流的第三条岸(后记)

常想,河流与文学,与人,有一种怎样的关系。

沈从文《长河》写的是辰河中部吕家坪水码头及其附近小村萝卜溪的人与事,时间是在一九三六年秋天。从二十世纪初到这个时间,中国社会的巨大变动辐射到这偏僻之地,居住在湘西辰河两岸的人的哀乐和悲欢,就和一个更大世界的变动联系在一起。河流延绵,拓展了沈从文的文思与步履,《长河》是他文学创作的“第三条岸”。

迟子建《额尔古纳河右岸》是我国第一部描述东北少数民族鄂温克人生存现状及百年沧桑的长篇小说。书中,一位年届九旬的鄂温克族妇女、最后的酋长向我们讲述了这个弱小民族顽强的抗争的历史和其中优美的爱情故事。河流对作家来说就是一个民族的悲欢沉浮。

文学家汪曾祺,其作品结构大多按照生活的多维流动来“建构”,这样的建构必然导致小说像一条河流,多岔道而主流不明显。为文坛提供了一种特别的小说艺术风格。汪曾祺和沈从文一样,在文学上颇有建树且个性独特。

由此,我想到他——巴西作家罗萨,他的代表作《河的第三条岸》,讲了这样一个故事:一位老人驾着小船,远离家人和所有的人,独自在河上漂流,从此再也没有回家,再也没有和任何人讲过一句话,最后杳然不知所终。老人和他的船,在儿子眼中就成了“河的第三条岸”。这个故事或许会让我们想到塔希提岛上的高更、阿尔的凡·高,以及所有那些走出人的疆域永不上岸的人。

河流,成为艺术追求的“第三条岸”。人与河的对峙,需要一个人付出何等的勇气和力量。他们的存在,使我们在日常生活之外还能够看到梦想若明若暗的光亮。毫无疑问,“第三条岸”是存在的。

人的一生,都可能是在河流中泅渡。这样的河,也许是一段不可逆的流程。我常常喜欢回溯,有点像春暖回到浅水区的河豚。我们其实都一样,喜欢在河流里上下翻滚,从而很难走出来,走上彼岸和新生。所以罗萨告诉我们,大多数人都是如此,成为河流中的一朵浪花,一道晶亮的光波。他们,无法数着星星计算月亮的距离。

人是河流里的一滴水,难以避免命运的渊薮。对从众的人来说,大多数人宁愿选择随波逐流。这就是日常的法则。

如果说有选择,当初沈从文也许不会选择写作。然而,他的性格是水性的,柔中显刚。汪曾祺是他的学生,深受其艺术熏陶。他们一样,心中有一条感情的河流,这条河是野性的,绵远的,静水流深。

晚上走在贴沙河边,突然想起这个话题时,我在思考和寻觅“第三条河岸”,50年的阅历,让我不断追思和判断,我心中的河流就是第三条河或岸。大约19岁时,我觉得自己和大多数人一样,没有留在荒蛮落后的农村。白岩村只有一条溪,所有的人守在溪边生活。我们像寻求庇护一样,在井边汲水。我母亲告诉我,弟弟是井边上洗菜时捡来的。我是怎么来的,大约也是一个同样的理由,母亲没有回答。于是,我曾经一次次去这口村井里寻找,那里是否藏着生命的秘密?我知道,水来自地下的涌泉。但是我们那里的习俗认为人是被泉眼的鼻祖——井后边那一个个大溶洞所牵引着的。我费了很大劲想走进溶洞去寻找洞神探索其源,结果当然是令人失望的。

我不知道生命的源头。我的思考肯定出问题了,就是停留在事情的粗浅层面去质疑。就像所有人都知道天上有颗星,它最亮。然而,我不知道为什么那么亮。是离地球最近呢,还是它的体积最大?

于是,我的人生随着进了大学而改变了。我第一时间知晓,我是从母亲流淌的河流里长出来的,我走在自己的第二条河流之上。我得再一次出发,任性地走下去。就像这个"并不比谁更愉快或更烦恼"的人,有一天订购了一条小船,从此开始了他在河上漂浮的岁月,而且永不上岸。是的,我觉得自己和罗萨小说中的人很像,我也在寻找自己的"第三条河流"。

我的第三条河流是什么?是沈从文的辰河吗?抑或是迟子建心中的额尔古纳河,曹文轩眼里的"静水流深"?也许是,也许不是。

对于我来说,我觉得它一定不是别人的河流。它们是天上的繁星,是心上的彩虹,是心中的秘境。

我选择用笔来表达,用心去倾诉,用脚去丈量。在我的脚下,是一块开阔的绿地,有着曼珠沙华一般的迷离与梦幻。罗萨《河的第三条岸》所述:"爸爸,你在河上浮游得太久了,你老了……回来吧,我会代替你。就在现在,如果你愿意的话。无论何时,我会踏上你的船,顶上你的位置。"。哪怕是找到一朵彼岸花,也行。

每一个人内心都有一条秘境的河流,有的人找到了,并上岸了。有的人,乐此不疲地寻找着。"谁道人生无再少?门前流水尚能西,休将白发唱黄鸡。"让我们划动理想的桨吧!因为你若停留,上岸,你便永远也找不到第三条河流,也便到不了彼岸。

我相信,我是那个乐此不疲的父亲,还是一位痴迷于其道的追梦人!

周　勇

2022年9月1日